Van dezelfde auteur in deze serie verschenen:

1. Moord uit het verleden
2. Trein 16.50
3. Moord in de pastorie
4. Poirot speelt bridge
5. Zoek de moordenaar
6. De giftige pen
7. Een kat tussen de duiven
8. De vier klokken
9. Wie adverteert een moord!
10. De werken van Hercules
11. Lord Edgware sterft
12. De Laagte
13. De wraakgodin
14. Na de begrafenis
15. De versierde bezemsteel
16. Overal is de duivel
17. De man in het bruine pak
18. Een olifant vergeet niet gauw
19. Het mysterie van Sittaford
20. Het vale paard
21. Moord in het studentenhuis
22. Doem der verdenking
23. Rally naar Bagdad
24. Sprankelend blauwzuur
25. Schuldig in eigen ogen
26. De moordenaar droeg blauw
27. Een goochelaarstruc
28. Het derde meisje
29. Een handvol rogge
30. De geheime tegenstander
31. Dood van een huistiran
32. Het kromme huis
33. Het mysterieuze manuscript
34. Drama in drie bedrijven
35. De moordenaar waagt een gok
36. Moord in Mesopotamië
37. Moord in de Oriënt-expres
38. Waarom Evans niet?
39. Vijf kleine biggetjes
40. Moord op de golflinks

AGATHA CHRISTIE

DE WRAAKGODIN

Uitgeverij Luitingh ~ Sijthoff

Voor Daphne Honeybone

Achtste druk

Oorspronkelijke titel: *Nemesis*
Vertaling: Mariëlla Snel
Omslagontwerp: Rick Vermeulen (HW)
Omslagillustratie: Maurice Blok

CIP/ISBN 90 245 1331 6

De wraakgodin

'Ons codewoord luidt *wraakgodin*.'

Miss Jane Marple zat in de grote leunstoel bij de haard in haar huis in St. Mary Mead en herhaalde die zin zacht voor zichzelf.

Het was een deel van een brief - een ongewone brief van een ongewone man. De man die deze brief had geschreven, was dood. Ze had zijn overlijdensbericht meer dan een week geleden in de krant zien staan.

Wraakgodin... Het woord riep voor haar een beeld op van tropische palmen, een blauwe Caraïbische Zee en haarzelf - rennend door de warme, welriekende avondlucht op het eiland St. Honoré, om hulp te halen. Om op tijd hulp te halen om een leven te kunnen redden.

Ze had op hulp aangedrongen - die zelfs geëist - en *wraakgodin* was het woord dat toen over haar lippen was gekomen.

Nu werd háár om hulp gevraagd, om een haar onbekende reden en over een zaak waar ze niets van afwist! Het was onmogelijk, beslist onmogelijk, maar toch...

Welke kwalificaties zou zij hiervoor in vredesnaam kunnen hebben? Ze dacht terug aan een bepaalde passage uit de brief. 'U hebt een groot, natuurlijk rechtvaardigheidsgevoel. Ik wil dat u een onderzoek instelt naar een misdaad. Ik kan me u in gedachten voor me halen, zoals ik u op een avond heb gezien toen ik werd gewekt door een zeer aanhoudend vrouwspersoon, gehuld in een wolk van roze breiwol!' Miss Marple keek naar haar breiwerk.

De brief eindigde met een citaat uit het boek van de profeet Amos:

Laat liever het recht als water golven,
De gerechtigheid als een immer vliedende beek!

'Dat heeft toch helemaal niets met mij te maken,' zei Miss Marple weifelend.

Ouverture

Miss Jane Marple was gewoon 's middags haar tweede krant open te vouwen. Iedere morgen werden er bij haar thuis twee kranten bezorgd. De eerste las Miss Marple 's morgens, onder het genot van een kopje thee. Dat wil zeggen: als hij op tijd werd bezorgd. De krantenjongen was berucht om het feit dat hij het niet zo nauw nam met de tijd. Vaak was er ook opeens een andere jongen, of een krantenjongen die alleen tijdelijk voor de eerste inviel. En elk had zo zijn eigen idee over de route die hij tijdens het bezorgen moest nemen. Misschien dat het daardoor wat minder monotoon werd. Maar die abonnees die eraan gewend waren hun krant vroeg te lezen, zodat ze de sappige nieuwtjes konden meenemen voor hun vertrek naar bus, trein of ander vervoermiddel om naar hun werk te gaan, ergerden zich als de kranten te laat kwamen, hoewel de dames van middelbare leeftijd en ouder die vredig in St. Mary Mead woonden, er vaak de voorkeur aan gaven de krant te lezen tijdens het ontbijt.

Vandaag had Miss Marple de voorpagina doorgewerkt, evenals een aantal andere artikelen in het ochtendblad dat ze ietwat 'Voor elk wat wils' had gedoopt nadat de krant in andere handen was overgegaan en tot grote ergernis van haarzelf en haar vriendinnen nu voor het grootste deel vol stond met artikelen over dames- en herenmode, kinderprijsvragen, klaagbrieven en feuilletons. Als er al echt nieuws werd opgenomen, was dat in elk geval niet op de voorpagina te vinden, maar in een klein hoekje op een van de binnenpagina's. Miss Marple, die ouderwets was, gaf er de voorkeur aan dat kranten *kranten* waren, en je het nieuws meedeelden.

Na de lunch trakteerde ze zich die middag op een dutje van twintig minuten in een speciaal aangeschafte, rechte leunstoel die tegemoet kwam aan de eisen van haar reumatische rug, waarna ze *The Times* opensloeg, die zich er nog altijd beter voor leende om op je gemakje door te lezen. Niet dat je *The Times* van nu kon vergelijken met die van vroeger. Je kon er bijvoorbeeld tegenwoordig nooit meer iets in vinden. Je kon niet met de voorpagina beginnen en doorbladeren in de hoop alle rubrieken in hun gebruikelijke volgorde aan te treffen. Aan al die tradities werd op wrede wijze een einde gemaakt. Twee pagina's over vakantie op Capri, met foto's. Er werd veel meer aandacht aan sport besteed dan vroeger. Maar de rechtszaken en overlijdensberichten werden nog op dezelfde wijze behandeld. De familieberichten waren naar een andere plaats verhuisd: Miss Marple had de indruk dat ze nu voorgoed naar de achterpagina waren verbannen.

Miss Marple besteedde eerst aandacht aan het belangrijkste nieuws op de voorpagina. Daar was ze niet lang mee bezig, omdat ze dat die ochtend al had gelezen, hoewel het allemaal misschien wel iets waardiger was verwoord. Ze keek even naar de inhoudsopgave. Artikelen, commentaren, wetenschap, sport. Toen ging ze op de haar gebruikelijke manier verder, door de krant om te keren en even snel naar de aankondigingen van geboorten, huwelijken en sterfgevallen te kijken, waarna ze van plan was de pagina met de ingezonden brieven op te slaan, waar ze vrijwel altijd wel iets aantrof waar ze van kon genieten. Daarna pakte ze de pagina met de hofberichten, waarop deze dag ook het nieuws van de veilingen te lezen was. Vaak stond op die pagina ook een wetenschappelijk artikel, maar ze was niet van plan dat te lezen. Ze begreep er maar zelden iets van.

Toen Miss Marple de achterpagina onder ogen had, om naar de aankondigingen van geboorten, huwelijken en sterfgevallen te kijken, dacht ze, zoals zo vaak: het is eigenlijk triest, maar tegenwoordig heb je alleen nog belangstelling voor de *sterfgevallen*.

Mensen kregen baby's, doch de kans was heel klein dat de naam van de mensen die baby's kregen, Miss Marple ook maar bekend was. Als er een kolom was geweest met baby's wier geboorte door hun grootouders werd aangekondigd, zou ze wellicht nog wel eens het genoegen hebben mogen smaken een naam te herkennen. Dan had ze misschien kunnen denken: mijn hemel, Mary Prendergast heeft er een *derde* kleindochter bij – hoewel ook dat nog wel eens een beetje ver van haar af had kunnen staan.

Ze keek de huwelijksaankondigingen door, ook niet al te

aandachtig, omdat de meeste dochters of zonen van haar oude vriendinnen al enige jaren geleden waren getrouwd. Toen kwam ze bij de overlijdensberichten en besteedde daar wel serieuzere aandacht aan. Ze besteedde er zelfs zoveel aandacht aan dat ze er zeker van kon zijn dat haar geen enkele naam ontging. Alloway, Angopastro, Arden, Barton, Bedshaw, Burgoweisser - (mijn hemel, wat een *Duitse* naam, maar hij scheen tot zijn overlijden in Leeds te hebben gewoond). Carpenter, Camperdown, Clegg. Clegg? Was dat een van de Cleggs die zij kende? Nee, daar zag het niet naar uit. Janet Clegg. Ergens in Yorkshire. McDonald, McKenzie, Nicholson. Nicholson? Nee. Geen Nicholson die zij kende. Ogg, Ormerod - dat moet een van de tantes zijn, dacht ze. Ja, dat zou haast wel. Linda Ormerod. Nee, die had ze niet gekend. Quantril? Hemeltje, dat moest Elizabeth Quantril zijn. Vijfentachtig. Goh! Ze meende dat Elizabeth Quantril al enige jaren geleden was overleden. Het idee dat zij zo lang had geleefd! En dat terwijl haar gezondheid altijd zo delicaat was geweest. Niemand had verwacht dat *zij* zo oud zou worden. Race, Radley, Rafiel. Rafiel? Die naam klonk haar om de een of andere reden bekend in de oren. Rafiel. Belford Park, Maidstone. Belford Park, Maidstone. Nee, dat adres kon ze zich niet herinneren. Geen bloemen. Jason Rafiel. Nu ja, het was gewoon een ongebruikelijke naam. Ze nam aan dat ze die ergens een keer had gehoord. Ross-Perkins. Dat zou... nee, dat was ze niet. Ryland? Emily Ryland. Nee. Nee, ze had nooit een Emily Ryland gekend. *Teerbemind door haar echtgenoot en kinderen.* Nu, heel aardig, of heel triest. Hing af van het standpunt dat je wenste in te nemen.

Miss Marple legde haar krant neer en wierp even een blik op het kruiswoordraadsel, terwijl ze zich bleef afvragen waarom de naam Rafiel haar zo bekend voorkwam.

'Ik zal het me straks wel weer herinneren,' zei Miss Marple, die uit lange ervaring wist hoe het geheugen van oude mensen werkte.

'Straks weet ik het wel weer. Daar twijfel ik niet aan.'

Door het raam wierp ze een blik op de tuin en keek toen weer een andere kant op, trachtend die tuin uit haar gedachten te zetten. Haar tuin was haar grote vreugde geweest en ze had er vele, vele jaren lang hard in gewerkt. Nu hadden die bezorgde artsen haar het werken in de tuin verboden. Ze had een keer geprobeerd zich tegen dat verbod te verzetten, maar was tot de conclusie gekomen dat ze toch maar beter kon doen wat haar was opgedragen. Ze had haar stoel zo neergezet dat het niet meeviel de tuin in te kijken, tenzij ze iets bepaalds absoluut duidelijk wilde zien. Ze zuchtte, pakte haar breitas op en haalde daar een wollen jasje voor een klein kind uit, dat bijna af was. De voor- en achterkant waren al klaar. Nu zou ze verder moeten gaan met de mouwen. Mouwen waren altijd vervelend werk. Twee mouwen, precies hetzelfde. Ja, heel vervelend en saai. Maar wel mooie roze wol. Roze wol. Wacht eens even, waar deed haar dat aan denken? Ja, ja, aan die naam die ze net in de krant had gelezen. Roze wol. Een blauwe zee. Een Caraïbische zee. Een zandstrand. Zonneschijn. Zij breiend en – ja, natuurlijk! – meneer Rafiel. De reis die ze had gemaakt naar het Caraïbisch gebied. Het eiland St. Honoré. Het cadeautje van haar neef Raymond. En ze herinnerde zich dat Joan, Raymonds vrouw, had gezegd: 'Raakt u nu niet weer bij een moord betrokken, tante Jane. Dat is niet goed voor u.'

Nu, ze had toen niet bij een moord betrokken *willen* worden, maar het was gewoon gebeurd. Dat was alles. Doodeenvoudig vanwege een majoor op leeftijd met een glazen oog, die erop had gestaan haar een paar lange en saaie verhalen te vertellen. Die arme majoor. Hoe heette *hij* ook al weer? Dat was ze nu vergeten. Meneer Rafiel en zijn secretaresse, mevrouw... mevrouw Walters, ja, Esther Walters, en zijn masseur en bediende Jackson. Nu herinnerde ze zich alles weer. Wel wel, die arme meneer Rafiel. Dus meneer Rafiel was dood. Hij had geweten dat hij niet al te lang meer te leven had. Dat had hij haar vrijwel rechtstreeks gezegd. Hij leek het nog langer te hebben volgehouden dan de artsen hadden gedacht. Hij was een sterke man, een koppige man... en een heel rijke man geweest.

Miss Marple bleef in gedachten verzonken, terwijl haar breinaalden regelmatig doorwerkten, zonder dat ze daar echt met haar hoofd bij was. Haar gedachten waren bij wijlen de heer Rafiel en ze probeerde zich zoveel mogelijk over hem te herinneren. Geen man, in feite, die je makkelijk vergat. Een beeld van hem kon ze zich heel goed voor de geest halen. Ja, een heel sterke persoonlijkheid, een moeilijke man, die je kon irriteren en die soms gruwelijk onbeleefd kon zijn. Dat laatste had niemand hem echter ooit kwalijk genomen. Ze namen hem niet kwalijk dat hij zo onbeleefd was, omdat hij zo rijk was. Ja, hij was heel erg rijk geweest. Hij had zijn secretaresse bij zich gehad, en zijn bediende, een beroepsmasseur. Hij had zich niet goed kunnen voortbewegen zonder hulp van anderen.

Die verpleger-bediende was een nogal twijfelachtige figuur geweest, dacht Miss Marple. Meneer Rafiel had zich tegenover hem soms heel erg onbeleefd gedragen. Hij had nooit laten merken dat hij dat erg vond. En ook dat was natuurlijk gekomen omdat meneer Rafiel zo rijk was geweest.

'Niemand zou hem ook maar de helft betalen van wat ik hem betaal,' had meneer Rafiel gezegd, 'en dat weet hij. Maar hij is wel goed in zijn vak.'

Miss Marple vroeg zich af of Jackson? - Johnson? - bij meneer Rafiel was gebleven, minstens... een jaar lang nog. Ja, een jaar en drie of vier maanden. Waarschijnlijk niet, meende ze. Meneer Rafiel was iemand geweest die van veranderingen hield. Hij kreeg genoeg van mensen, van hun manier van doen, hun gezichten, hun stem.

Miss Marple begreep dat. Ze had zelf ook wel eens dat gevoel gehad. Die gezelschapsdame van haar, die aardige, attente, je dol makende vrouw met haar koerende stemgeluid.

'Ah,' zei Miss Marple, 'wat een wending ten goede sinds die...' Hemeltje, ze was háár naam nu ook vergeten. Juffrouw Bishop? Nee, niet juffrouw Bishop, natuurlijk niet. Waarom had ze nu opeens aan de naam Bishop gedacht? Wat was dit lastig.

Ze dacht weer aan meneer Rafiel en aan... nee, Johnson was het niet geweest. Jackson. Arthur Jackson.

'Hemeltje,' zei Miss Marple nogmaals. 'Ik haal *alle* namen altijd door elkaar. Natuurlijk dacht ik aan juffrouw *Knight*.

Niet aan juffrouw *Bishop*. Waarom denk ik aan haar als juffrouw Bishop?' Opeens wist ze het antwoord op die vraag. Een schaakstuk. Een ridder, een bisschop: een loper, zoals dat op het vasteland van Europa werd genoemd.

'Straks ga ik haar nog juffrouw Toren of juffrouw Pion noemen, al is ze nooit iemand geweest die een ander als een pion in haar eigen winstgevende schaakspelletje zou hebben gebruikt. Beslist niet. Hoe heette die aardige secretaresse van meneer Rafiel ook al weer? O ja, Esther Walters. Dat klopte. Wat zou er met die Esther Walters zijn gebeurd? Had ze niet wat geld geërfd? Nú naar alle waarschijnlijkheid wel.'

Ze herinnerde zich dat meneer Rafiel haar daar iets over had verteld. Of had zij dat gedaan? Hemeltje, wat raakte je in de war als je je dergelijke dingen een beetje precies probeerde te herinneren. Esther Walters. Ze was heel erg aangeslagen geweest door wat er toen was gebeurd, maar ze zou daar nu wel weer overheen zijn. Ze was een weduwe geweest, nietwaar? Miss Marple hoopte dat Esther Walters was hertrouwd met de een of andere aardige, vriendelijke, betrouwbare man. Dat leek ietwat onwaarschijnlijk. Esther Walters, meende ze, had bepaald talent gehad om de verkeerde man te kiezen om mee te trouwen.

Miss Marple dacht weer aan meneer Rafiel. Geen bloemen, had erbij gestaan. Niet dat ze er zelf ook maar over zou hebben gedroomd om bloemen naar meneer Rafiel te sturen. Hij had alle kwekerijen in Engeland kunnen kopen als hij dat had gewild. In ieder geval hadden ze elkaar daar niet goed genoeg voor gekend. Ze waren geen vrienden geweest, hadden geen echte affectie voor elkaar gevoeld. Ze waren - naar welk woord zocht ze? - bondgenoten geweest. Ja, ze waren voor een heel korte tijd bondgenoten geweest. Een heel opwindende tijd. En hij was een waardevolle bondgenoot geweest. Dat had ze meteen al geweten. Ze had het geweten toen ze door die duistere, tropische nacht in het Caraïbisch gebied naar hem toe rende. Ja, ze herinnerde zich dat ze toen die roze wol had gedragen. Hoe noemden ze zo'n gevalletje ook al weer toen zij nog jong was? Een stola? Die leuke roze sjaal, die ze om haar hoofd had gedaan. En toen had hij haar aangekeken en gelachen. Later, toen ze dat ene woord had gezegd – ze glimlachte bij de herinnering daaraan – had hij ook gelachen. Maar uiteindelijk was hij niet blijven lachen. Nee, hij had gedaan waarom ze hem had gevraagd en daardoor... Miss Marple loosde een diepe zucht. Ze moest toegeven dat het allemaal heel opwindend was geweest. En ze had er haar neef of die lieve Joan nooit iets over verteld, omdat zij haar uiteindelijk hadden aangeraden zich met dergelijke zaken niet in te laten, nietwaar? Miss Marple knikte. Toen mompelde ze zacht: 'Die arme meneer Rafiel. Ik hoop dat hij niet heeft geleden.'

Waarschijnlijk niet. Waarschijnlijk was hij door dure artsen onder de pijnstillers gehouden, om het einde wat makkelijker te maken. Hij had gedurende die weken in het Caraibisch gebied veel geleden. Hij had bijna altijd pijn gehad. Een dappere man.

Een dappere man. Het speet haar dat hij dood was, want hoewel hij al een oudere, zieke en invalide man was geweest, had de wereld door zijn heengaan toch iets verloren, meende ze. Ze had er geen idee van hoe hij als zakenman was geweest. Meedogenloos, meende ze, en onbeschoft, zeer overheersend en agressief. Een felle man die altijd in de aanval ging. Maar... maar een goede vriend, dacht ze, die diep in zijn binnenste een vriendelijke aard had verborgen die hij met opzet nooit aan de oppervlakte had laten komen. Een man die ze had bewonderd en voor wie ze respect had gehad. Het speet haar dat hij was overleden en ze hoopte dat zijn dood niet moeilijk was geweest en hij zijn heengaan had kunnen accepteren. Nu zou hij ongetwijfeld worden gecremeerd en de as in een grote, marmeren grafkelder worden bijgezet. Ze wist niet eens of hij ooit getrouwd was geweest. Hij had het nooit over een vrouw, of over kinderen, gehad. Een eenzame man? Of had hij zo'n drukbezet leven gehad dat hij zich niet eenzaam had kunnen voelen? Dat vroeg ze zich af.

Ze zat daar die middag vrij lange tijd en dacht na over meneer Rafiel. Ze had nooit verwacht hem nog eens te zien na haar terugkeer naar Engeland, en ze hád hem ook nooit meer gezien. Toch kon ze op ieder moment het eigenaardige gevoel hebben dat ze met hem in contact stond. Alsof hij haar had benaderd of had voorgesteld elkaar nog eens te ontmoeten, wellicht als gevolg van de band die was ontstaan door een leven dat ze samen hadden gered... of door een andere band. Een band...

'Hemeltje, het kan toch zeker geen band zijn die berust op *meedogenloosheid*?' zei ze, dodelijk geschrokken van een idee dat haar opeens te binnen schoot. Was zij, Jane Marple, meedogenloos...? Kon ze dat zijn? 'Het is eigenaardig, maar daar heb ik nog nooit eerder aan gedacht,' zei Miss Marple tegen zichzelf. 'Weet je, ik geloof echt dat ik meedogenloos *zou kunnen* zijn...'

Een donker krullekopje verscheen om de hoek van de deur. Het was Cherry, de welkome opvolgster van juffrouw Bishop... juffrouw Knight.

'Zei u iets?' vroeg Cherry.

'Ik was in mezelf aan het praten,' zei Miss Marple. 'Ik was me alleen aan het afvragen of ik ooit meedogenloos zou kunnen zijn.'

'Wat, u?' zei Cherry. 'Nooit! U bent de vriendelijkheid zelve.'

'Toch geloof ik dat ik meedogenloos zou kúnnen zijn wanneer ik daar een goede reden voor had.'

'Wat zou u een goede reden vinden?'

'De loop van de gerechtigheid,' zei Miss Marple.

'Ik moet zeggen dat u die kleine Gary Hopkins toen goed te grazen hebt genomen,' zei Cherry. 'Op die dag, toen u ontdekte dat hij zijn kat aan het martelen was. Ik had nooit geweten dat u zo boos op iemand kon worden. U heeft hem de doodsschrik op het lijf gejaagd en dat is hij nooit meer vergeten.'

'Ik hoop dat hij geen katten meer heeft gemarteld.'

'Als hij dat wel heeft gedaan, heeft hij zich er in ieder geval van verzekerd dat u niet in de buurt was,' zei Cherry. 'In feite ben ik er niet zeker van of u andere jongens ook geen schrik heeft aangejaagd. Als je u zo ziet, met uw wol en al die leuke dingetjes die u breit, zou iedereen denken dat u zo mak als een lammetje was. Maar er zijn naar mijn idee vast momenten waarop u zich als een leeuwin kunt gedragen als de noodzaak daartoe aanwezig is.'

Miss Marple keek een beetje weifelend. Ze kon zichzelf niet direct zien in de rol die Cherry haar nu had toebedeeld. Had ze zich ooit... Ze dacht na, herinnerde zich bepaalde momenten. Ze had zich mateloos geërgerd aan juffrouw Bishop... Knight. (Ze moest nu echt eens ophouden namen op die manier te verwarren.) Maar die irritatie was alleen gebleken uit min of meer ironische opmerkingen. Waarschijnlijk kenden leeuwinnen geen ironie. Een leeuwin had niets ironisch. Die sprong. Die brulde. Die gebruikte haar klauwen en nam grote happen van haar prooi.

'Ik geloof werkelijk niet dat ik me ooit *zo* heb gedragen,' zei Miss Marple.

Toen ze die avond langzaam door haar tuin liep en de gebruikelijke gefrustreerde gevoelens daarover weer bij haar opkwamen, dacht Miss Marple er nog eens over na. Misschien kwam dat door het zien van een leeuwebekje. Hemeltje, ze had George herhaalde malen gezegd dat ze alleen groengele leeuwebekjes wilde hebben, níet die nogal lelijke purperachtige kleurnuance waar tuinmannen altijd zo op gesteld leken te zijn. 'Groengeel,' zei Miss Marple hardop.

Iemand die aan de andere kant van het hek over het laantje langs haar tuin liep, draaide haar hoofd om. 'Zei u iets?'

'Ik ben bang dat ik in mezelf aan het praten was,' zei Miss Marple en keek over het hek heen.

Dit was iemand die ze niet kende en ze kende de meeste mensen in St. Mary Mead. Ze kende hen persoonlijk, of in ieder geval van gezicht. Dit was een breedgebouwde vrouw in een oude, maar stevige tweedrok, met goede wandelschoenen aan haar voeten. Ze had een smaragdgroene trui aan, met een gebreide wollen sjaal.

'Ik ben bang dat mensen van mijn leeftijd dat nogal eens doen,' voegde Miss Marple er aan toe.

'Mooie tuin heeft u,' zei de andere vrouw.

'Nu is hij niet zo mooi meer,' zei Miss Marple. 'Toen ik hem nog zelf kon bijhouden...'

'O, ik begrijp precies wat u bedoelt. Ik neem aan dat u een van die... ik heb veel namen voor hen, de meeste nogal onbeleefd... oudere mannen in dienst heeft genomen die zeggen dat ze alles van tuinieren weten. Soms doen ze dat, maar soms hebben ze er helemaal geen kaas van gegeten. Dan komen ze naar je toe, drinken eindeloos veel koppen thee en schoffelen een beetje. Sommigen zijn beslist heel aardig, maar toch kun je je er druk over maken. Ik tuinier zelf ook heel graag.'

'Woont u hier?' vroeg Miss Marple met enige belangstelling.

'Ik ben in pension bij een zekere mevrouw Hastings. Ik geloof dat ik haar wel eens over u heb horen praten. U bent Miss Marple, nietwaar?'

'Ja, inderdaad.'

'Ik ben daar als een soort gezelschapsdame-annex-tuinierster. Ik heet Bartlett, tussen twee haakjes, Juffrouw Bartlett. In feite heb ik niet veel te doen. Ze geeft de voorkeur aan eenjarige planten. Niet iets waar je eens echt je tanden in kunt zetten.' Onder het maken van die opmerking deed ze haar mond open en liet haar tanden zien. 'Natuurlijk doe ik daarnaast ook nog wel andere dingen. Boodschappen doen en zo, weet u wel. Als u met uw tuin hulp zou kunnen gebruiken, zou ik u best een paar uurtjes kunnen assisteren. Misschien ben ik wel beter dan die tuinman die u in de arm hebt genomen.'

'Dat zou best kunnen,' zei Miss Marple. 'Ik houd veel meer van bloemen dan van groenten.'

'Voor mevrouw Hastings verzorg ik de groenten. Saai maar noodzakelijk werk. Nu, ik moet weer eens verder.' Ze nam Miss Marple van top tot teen op, alsof ze haar in haar geheugen wilde prenten, knikte toen vrolijk en liep met grote stappen weg.

Mevrouw Hastings? Miss Marple kon zich geen enkele mevrouw Hastings herinneren, en al zeker niet als een oude vriendin die ook veel interesse in tuinieren had. Ja, natuurlijk! Ze zou wel in een van die pasgebouwde huizen aan Gibraltar Road wonen. Daar waren het vorig jaar verscheidene gezinnen naartoe verhuisd. Miss Marple zuchtte, keek nogmaals geërgerd naar de leeuwebekjes, zag onkruid dat ze er graag had willen uittrekken, een paar weelderig groeiende uitlopers die ze met veel genoegen met haar snoeischaar te lijf zou gaan. Uiteindelijk weerstond ze die verleiding manmoedig, maar met een diepe zucht, liep even een stukje over het laantje en ging toen terug naar huis. Weer moest ze aan meneer Rafiel denken. Hij en zij waren... hoe luidde de titel van dat boek ook al weer dat zo vaak geciteerd werd toen zij nog jong was? *Schepen die elkaar passeren in de nacht*. Nogal toepasselijk, als je er eens wat dieper over nadacht. Schepen die elkaar passeren in de nacht... Het was nacht geweest toen ze naar hem toe was gegaan om hem om hulp te vragen, nee, die te eisen. Om aan te dringen en te zeggen dat ze geen tijd te verliezen hadden. Hij had aan haar verzoek gevolg gegeven en meteen alle raderen in werking gesteld. Misschien *had* ze zich toen inderdaad wel als een leeuwin gedragen? Nee, dat was beslist niet zo. Ze was niet boos geweest. Ze was er alleen zeker van geweest dat er onmiddellijk iets moest worden gedaan. En dat had hij begrepen.

Die arme meneer Rafiel. Het schip dat haar gepasseerd was in de nacht, was een interessant schip geweest. Zou hij een aangenaam figuur zijn geweest als je eenmaal aan zijn onbehouwen opmerkingen gewend was? Nee! Ze schudde haar hoofd. Meneer Rafiel had nooit een aangenaam figuur kunnen zijn, en nu moest ze hem maar eens uit haar gedachten zetten.

> *Schepen die elkaar passeren in de nacht en elkaar even spreken; slechts een getoond signaal en een verre stem in het donker.*

Ze zou waarschijnlijk nooit meer aan hem denken. Misschien zou ze eens kijken of er in *The Times* nog een In Memoriam over hem zou staan. Ze achtte dat niet erg waarschijnlijk. Hij was geen algemeen bekend figuur, dacht ze. Niet beroemd. Hij was alleen heel erg rijk geweest. Natuurlijk werd er vaak een necrologie gepubliceerd met als enige reden dat de overledene rijk was geweest, maar ze meende dat de rijkdom van meneer Rafiel daartoe waarschijnlijk toch geen aanleiding zou geven. Hij was geen prominent figuur geweest binnen de een of andere industrie, noch een financieel genie, noch een opmerkelijke bankier. Hij had alleen zijn hele leven lang ongelooflijk veel geld verdiend...

Codewoord wraakgodin

Ongeveer een week na de dood van meneer Rafiel pakte Miss Marple een brief van het dienblad met haar ontbijt en keek er even naar voordat ze hem openmaakte. De twee andere brieven die met de ochtendpost waren gekomen, waren rekeningen, of heel misschien kwitanties. In ieder geval waren ze niet van duidelijk belang. De brief was dat wellicht wel.

Een Londens poststempel, getypt adres, een lange envelop van goede kwaliteit. Miss Marple maakte hem netjes open met de briefopener die ze altijd paraat had liggen op het dienblad. De kop vermeldde het advocaten- en notariskantoor Broadribb en Schuster, gevestigd ergens in Bloomsbury. In passende hoffelijke en juridische bewoordingen werd haar in de brief verzocht op een dag in de volgende week naar hun kantoor toe te komen, om een voorstel te bespreken dat voor haar nog wel eens voordelig zou kunnen zijn. Als datum werd donderdag de vierentwintigste voorgesteld. Indien die dag haar niet schikte, werd ze vriendelijk verzocht te laten weten op welke dag in de nabije toekomst ze waarschijnlijk in Londen zou zijn. Er werd aan toegevoegd dat het kantoor de juridische belangen had behartigd van wijlen de heer Rafiel, die zij, zo meende men te hebben begrepen, had gekend.

Miss Marple fronste lichtelijk verbaasd haar wenkbrauwen. Ze stond langzamer op dan normaal, denkend over de brief die ze had ontvangen. Ze werd naar beneden begeleid door Cherry, die er altijd terdege voor zorgde in de gang rond te hangen om te voorkomen dat Miss Marple iets zou overkomen wanneer ze alleen de trap afliep, een trap die heel ouderwets was, met een scherpe hoek in het midden.

'Wat zorg je toch goed voor me, Cherry,' zei Miss Marple.

'Dat moet ook,' reageerde Cherry. 'Goede mensen moet je met een lantaarntje zoeken.'

'Dank voor dat compliment,' zei Miss Marple, die veilig

beneden arriveerde en voet nummer twee op de begane grond zette.

'Er is toch niets aan de hand?' vroeg Cherry. 'U ziet er een beetje ontdaan uit, als u begrijpt wat ik bedoel.'

'Nee, er is niets aan de hand. Ik heb alleen een nogal ongewone brief gekregen van een advocatenkantoor.'

'Er is toch zeker niemand die tegen u wil gaan procederen?' zei Cherry, die geneigd was brieven van advocaten onmiddellijk in verband te brengen met de een of andere ramp.

'O nee, dat geloof ik niet,' zei Miss Marple. 'Van zoiets is geen sprake. Ze hebben me alleen verzocht de volgende week naar hun kantoor in Londen te komen.'

'Misschien heeft iemand u een fortuin nagelaten,' zei Cherry hoopvol.

'Ik denk dat *dat* heel onwaarschijnlijk is,' zei Miss Marple.

'Nu ja, je kunt het toch zeker nooit weten?'

Miss Marple ging in haar stoel zitten, pakte haar breiwerk uit de geborduurde breitas en dacht na over de mogelijkheid dat meneer Rafiel haar een fortuin had nagelaten. Nu leek het nog onwaarschijnlijker dan toen Cherry dat idee opperde. Daar was meneer Rafiel het type niet naar geweest, dacht ze.

Ze kon niet weg op de voorgestelde datum, omdat ze dan een vergadering moest bijwonen van de Vrouwenclub, om te bespreken hoe ze het geld bijeen zouden kunnen krijgen voor de bouw van een klein aantal extra kamers. Maar ze schreef wel een brief en noemde een datum in de week daarna. Enige tijd later kreeg ze daar antwoord op en werd de afspraak bevestigd. Ze vroeg zich af wat voor figuren die heren Broadribb en Schuster zouden zijn. De brief was ondertekend door J.R. Broadribb, die de oudste vennoot leek te zijn. Het was mogelijk, dacht Miss Marple, dat meneer Rafiel haar in zijn testament een klein aandenken had nagelaten. Misschien een boek over zeldzame bloemen, dat in zijn bibliotheek had gestaan en dat naar zijn idee een oude dame die zo graag tuinierde, wel zou behagen. Of misschien een broche met een camee, die van een oudtante van hem was geweest. Ze amuseerde zichzelf met dergelijke fantasietjes. Het waren alleen maar fantasietjes, meende ze, omdat de executeurs-testamentair –

als die juristen tenminste executeurs-testamentair waren – haar een dergelijk voorwerp wel over de post zouden hebben toegestuurd. Dan zouden ze niet om een gesprek hebben verzocht.

'Nu ja,' zei Miss Marple, 'aanstaande dinsdag zal ik wel wijzer worden.'

2

'Ik vraag me af wat voor een vrouw ze is,' zei meneer Broadribb tegen meneer Schuster, terwijl hij even op de klok keek.

'Ze moet hier over een kwartier zijn,' zei meneer Schuster. 'Zou ze op tijd komen?'

'O, dat denk ik wel. Ik heb begrepen dat het een al wat oudere dame is, en dat type is veel punctueler dan die jonge warhoofden van tegenwoordig.'

'Zou ze mager of dik zijn?' vroeg meneer Schuster zich af.

Meneer Broadribb schudde zijn hoofd.

'Heeft Rafiel haar nooit beschreven?' vroeg meneer Schuster.

'Nee. Zodra hij over haar sprak, koos hij zijn woorden altijd met bijzonder veel zorg.'

'Ik vind dit alles maar heel eigenaardig,' zei meneer Schuster. 'Wisten we maar bij benadering waar het om gaat...'

'Het zou iets met Michael te maken kunnen hebben,' zei meneer Broadribb nadenkend.

'Wat zeg je? Na al die jaren? Onmogelijk. Waar heb je dat idee vandaan gehaald? Heeft hij gezegd...'

'Nee, iets dergelijks heeft hij helemaal niet gezegd. Hij heeft me geen enkele aanwijzing gegeven, alleen instructies.'

'Denk je dat hij tegen het einde van zijn levensdagen een beetje excentriek en zo aan het worden was?'

'Absoluut niet. Geestelijk gesproken was hij nog even briljant als altijd. Zijn slechte lichamelijke gezondheid heeft zijn hersenen in ieder geval nooit aangetast. Tijdens de laatste twee maanden van zijn leven heeft hij zelfs nog eens tweehonderdduizend pond extra verdiend!'

'Hij had *flair*,' zei meneer Schuster met gepaste eerbied.

'Ja, hij heeft beslist altijd flair gehad.'

'Een groot financieel brein,' zei meneer Broadribb, ook op een eerbiedige toon die paste bij het gevoel. 'Gezien het feit dat er weinigen zijn zoals hij, is zijn heengaan des te meer te betreuren.'

Op de tafel ging een zoemer en meneer Schuster nam de hoorn van de haak.

'Miss Jane Marple is hier, in verband met een afspraak met meneer Broadribb,' zei een vrouwenstem.

Meneer Schuster keek zijn vennoot aan en trok vragend een wenkbrauw op. Meneer Broadribb knikte.

'Laat haar maar boven komen,' zei meneer Schuster. En toen: 'Nu zullen we haar met eigen ogen kunnen zien.'

Miss Marple betrad een kamer waar een heer van middelbare leeftijd met een zeer mager lichaam en een lang, nogal melancholiek gezicht opstond om haar te begroeten. Dat was kennelijk meneer Broadribb, wiens uiterlijk zijn naam enigermate tegensprak. Bij hem zat een nogal wat jongere heer die gezetter was. Hij had zwart haar, kleine, scherpe ogen en een beginnende onderkin.

'Mijn vennoot, meneer Schuster,' zei meneer Broadribb.

'Ik hoop dat u niet te veel moeite hebt gehad met de trap,' zei meneer Schuster. Zeventig, misschien dichter bij de tachtig, schatte hij.

'Als ik een trap op moet, raak ik altijd een beetje buiten adem.'

'Dit is een ouderwets gebouw,' zei meneer Broadribb verontschuldigend. 'Geen lift. Nu ja, we zijn een heel oude firma en schaffen niet zoveel van die moderne snufjes aan als onze cliënten wellicht van ons zouden verwachten.'

'Deze kamer heeft zeer plezierige afmetingen,' zei Miss Marple beleefd.

Zij nam plaats op de stoel die meneer Broadribb voor haar bijschoof. Meneer Schuster verliet intussen onopvallend de kamer.

'Ik hoop dat de stoel comfortabel is,' zei meneer Broadribb. 'Zal ik de gordijnen iets dichttrekken? Wellicht hebben uw ogen een beetje te veel last van de zon?'

‘Dank u,’ reageerde Miss Marple dankbaar.

Ze zat stijf rechtop, zoals ze gewend was. Ze droeg een tweed mantelpak, een parelsnoer en een kleine fluwelen toque. Typisch een dame uit de provincie, dacht meneer Broadribb. Hoe zou Rafiel haar hebben ontmoet? Iemands tante wellicht, ergens van het platteland? Terwijl die gedachten door zijn hoofd gingen, sprak hij als een soort van inleiding over het weer, de ongelukkige gevolgen van de late vorst in het begin van het jaar en andere onderwerpen die zijns inziens passend waren.

Miss Marple gaf de vereiste antwoorden en zat rustig af te wachten tot hij zou beginnen over de reden van deze bespreking.

‘U zult zich wel afvragen waar het om gaat,’ zei meneer Broadribb, die een paar papieren op zijn bureau verschoof en haar een passende glimlach schonk. ‘U zult ongetwijfeld hebben gehoord van het overlijden van de heer Rafiel, of misschien heeft u het in de krant gelezen?’

‘Ik heb het in de krant zien staan,’ zei Miss Marple.

‘Ik heb begrepen dat hij een vriend van u was.’

‘Ik heb hem iets meer dan een jaar geleden leren kennen,’ zei Miss Marple. ‘In West-Indië,’ voegde ze er aan toe.

‘Ah! Ja, ik herinner me dat hij daarheen is gegaan. In verband met zijn gezondheid, meen ik. Misschien heeft het hem wat goed gedaan, maar hij was al een heel zieke man, zoals u weet.’

‘Ja,’ bevestigde Miss Marple.

‘Heeft u hem goed gekend?’

‘Nee,’ zei Miss Marple. ‘Dat zou ik niet direct willen zeggen. We logeerden alle twee in hetzelfde hotel en we hebben af en toe wel eens met elkaar gepraat. Na mijn terugkeer naar Engeland heb ik hem nooit meer gezien. Ik leef heel rustig op het platteland, weet u, en ik neem aan dat hij geheel is opgegaan in zijn zaken.’

‘Hij is zaken blijven doen tot aan... nu ja, ik zou bijna kunnen zeggen tot de dag van zijn overlijden,’ zei meneer Broadribb. ‘Een heel goed zakenman.’

‘Dat was hij beslist,’ zei Miss Marple. ‘Ik besefte al heel

snel dat hij een... tsja, een zeer opmerkelijk persoon was.'

'Ik weet niet of u er enig idee van hebt wat het voorstel dat ik u moet voorleggen behelst. Heeft de heer Rafiel u daar op een gegeven moment een aanwijzing over gegeven?'

'Ik kan me niet indenken welk voorstel meneer Rafiel mij zou willen laten doen. Het is allemaal zo onwaarschijnlijk.'

'Hij had een heel hoge dunk van u.'

'Dat is heel aardig van hem, maar nauwelijks gerechtvaardigd,' zei Miss Marple. 'Ik ben een heel eenvoudige vrouw.'

'Zoals u ongetwijfeld weet, is hij gestorven als een zeer rijk man. Zijn testament is verhoudingsgewijs eenvoudig. Al enige tijd voor zijn dood heeft hij laten vastleggen wat er met zijn geld moest gebeuren, welke fondsen moesten worden gesticht, welke liefdadigheidsinstellingen geld zouden krijgen en dergelijke.'

'Ik meen dat zoiets tegenwoordig een heel gebruikelijke procedure is,' zei Miss Marple, 'hoewel ik zelf helemaal niets afweet van financiële aangelegenheden.'

'We hebben om dit gesprek verzocht in verband met de opdracht die mij is gegeven u mee te delen dat er een geldbedrag opzij is gezet dat na een jaar geheel uw eigendom zal worden,' zei meneer Broadribb. 'Daar is echter wel de voorwaarde aan verbonden dat u een bepaald voorstel aanneemt waarvan ik u nu op de hoogte zal stellen.'

Hij pakte een lange, verzegelde envelop van zijn bureau en gaf die aan haar. 'Ik denk dat het beter zou zijn als u zelf leest wat het voorstel behelst. We hebben geen haast. U kunt er rustig de tijd voor nemen.'

Miss Marple nam er de tijd voor. Ze pakte een kleine briefopener van meneer Broadribb aan, maakte de envelop open, haalde er een velletje getypt papier uit en las dat. Toen vouwde ze het weer op, las het vervolgens nogmaals en keek meneer Broadribb aan.

'Dit is niet direct expliciet te noemen. Is er niets dat wat duidelijker is gesteld?'

'Niet voor zover ik weet. Ik moest u dit overhandigen en u de hoogte van de nalatenschap meedelen. Het gaat om een bedrag van twintigduizend pond, vrij van successierechten.'

Miss Marple zat hem aan te kijken. Verbazing had haar sprakeloos gemaakt. Meneer Broadribb deed er voorlopig het zwijgen toe en nam haar heel aandachtig op. Het leed geen twijfel dat ze verbaasd was. Dit was duidelijk wel het allerlaatste dat Miss Marple had verwacht te horen. Meneer Broadribb vroeg zich af wat haar eerste reactie zou zijn. Ze keek hem aan met de directheid en gestrengheid die hij van een van zijn eigen tantes zou hebben verwacht. Toen ze het woord nam, klonk haar stem bijna beschuldigend.

'Dat is heel veel geld,' zei Miss Marple.

'Niet zoveel als het vroeger zou zijn geweest,' zei meneer Broadribb (en kon net de opmerking binnenhouden dat het bedrag tegenwoordig in feite niets meer voorstelde).

'Ik moet toegeven dat ik verbaasd ben,' zei Miss Marple. 'Om eerlijk te zijn: heel verbaasd.'

Ze pakte het document op en las het nogmaals heel zorgvuldig door.

'Ik neem aan dat u weet wat hierin staat?' vroeg ze.

'Ja. De heer Rafiel heeft het mij persoonlijk gedicteerd.'

'En hij heeft u er geen nadere verklaring voor gegeven?'

'Nee.'

'Ik neem aan dat u hem hebt gezegd dat het wellicht beter zou zijn als hij dat wel deed?' zei Miss Marple en haar stem klonk nu ietwat scherp.

Meneer Broadribb glimlachte vaag. 'Dat klopt als een bus. Ik heb hem gezegd dat u het wellicht moeilijk zou vinden om... o, om precies te begrijpen waar hij op doelde.'

'Heel opmerkelijk,' zei Miss Marple.

'Natuurlijk hoeft u ons absoluut niet direct een definitief antwoord te geven,' zei meneer Broadribb.

'Ik zal hier inderdaad over moeten nadenken,' reageerde Miss Marple.

'Het is, zoals u zelf al hebt gezegd, een beslist niet onaanzienlijk geldbedrag.'

'Ik ben oud,' zei Miss Marple. 'Bejaard, zeggen we tegenwoordig, maar oud is een beter woord. Beslist oud. Het is mogelijk en zelfs waarschijnlijk dat ik niet eens meer een jaar zal leven om dit geld te kunnen verdienen, in het twijfelachtige geval dat ik *in staat* zou zijn het te verdienen.'

'Geld is iets dat geen mens mag versmaden, op welke leeftijd dan ook,' zei meneer Broadribb.

'Ik zou mijn geld dan kunnen nalaten aan bepaalde liefdadigheidsinstellingen waar ik belangstelling voor heb,' zei Miss Marple, 'en er zijn altijd wel mensen die wat geld kunnen gebruiken en die je graag wat zou willen toestoppen als je eigen financiële middelen dat toelieten. Verder zal ik niet voorwenden dat ik geen wensen en verlangens heb waaraan ik niet tegemoet heb kunnen komen. Ik denk dat meneer Rafiel heel goed wist dat een totaal onverwachte gelegenheid om dat wel te kunnen, een ouder iemand erg veel genoegen zou doen.'

'Ja, inderdaad,' zei meneer Broadribb. 'Een buitenlandse cruise, wellicht? Of een van die uitstekende rondreizen die ze tegenwoordig organiseren? Theaterbezoek, concerten... de kans om je wijnkelder weer eens aan te vullen...'

'Ik denk dat mijn wensen wat bescheidener zouden zijn,' zei Miss Marple. 'Patrijzen,' ging ze toen nadenkend verder. 'Het is tegenwoordig heel moeilijk om patrijzen te krijgen, en ze zijn zo duur. Ik zou het inderdaad heerlijk vinden om een patrijs - een hele patrijs - helemaal voor mezelf te hebben. En een doos met *marrons glacés* is een luxe die ik me ook niet vaak kan veroorloven. Misschien een bezoek aan de opera. Je hebt een auto nodig om je naar en van Covent Garden te laten vervoeren, en je moet ook onkosten maken om een nacht in een hotel te logeren. Maar ik moet nu ophouden met zomaar te rebbelen. Ik zal dit meenemen en erover nadenken. Ik begrijp werkelijk niet wat meneer Rafiel er in vredesnaam toe heeft bewogen... U heeft er echt geen idee van waarom hij met dit eigenaardige voorstel is gekomen en waarom hij dacht dat ik hem op de een of andere manier van dienst zou kunnen zijn? Hij moet hebben geweten dat het meer dan een jaar, nee, bijna twee jaar geleden was dat hij me had gezien en dat ik veel zwakker had kunnen worden dan nu in feite het geval is, en dat ik veel minder in staat zou kunnen zijn om gebruik te maken van de kleine talenten die ik misschien heb. Hij nam er een risico mee. Er zijn andere mensen die beslist betere papieren hebben om een dergelijk onderzoek in te stellen.'

'Eerlijk gezegd zou je geneigd zijn dat te denken,' zei meneer Broadribb, 'maar hij heeft *u* uitgekozen, Miss Marple. Het klinkt wellicht onbescheiden, maar heeft u soms eerder iets met het oplossen van misdaden te maken gehad?'

'Strikt gesproken zou ik daar met nee op moeten reageren,' zei Miss Marple. 'In ieder geval niet in professionele zin. Ik ben nooit een reclasseringsambtenaar geweest, noch een politierechter, en ik heb ook nooit iets met een detectivebureau te maken gehad. Om het u – hoe vaag dan ook – uit te leggen, meneer Broadribb, en ik vind dat ik dat moet doen en dat meneer Rafiel dat had behoren te doen, kan ik alleen maar zeggen dat meneer Rafiel en ik tijdens ons verblijf in West-Indië in zeker opzicht betrokken zijn geweest bij een misdaad die daar werd gepleegd. Een nogal onwaarschijnlijke en zeer verbazingwekkende moord.'

'Die u en de heer Rafiel hebben opgelost?'

'Zo zou ik het niet helemaal willen stellen,' reageerde Miss Marple. 'Door de kracht van zijn persoonlijkheid en door mijn vermogen uit een paar voor de hand liggende aanwijzingen die mij opvielen de juiste conclusies te trekken, hebben meneer Rafiel en ik een tweede moord kunnen voorkomen op het moment dat die zou worden gepleegd. Meneer Rafiel had dat niet alleen kunnen doen, vanwege zijn invaliditeit. We zijn echter wel als bondgenoten opgetreden.'

'Miss Marple, ik zou u graag nog een vraag willen stellen. Zegt het woord *wraakgodin* u iets?'

'*Wraakgodin*,' zei Miss Marple. Het was geen vraag. Opeens verscheen er langzaam een onverwachte glimlach op haar gezicht. 'Ja, dat zegt me wel iets. Het woord betekende iets voor mij en het betekende iets voor meneer Rafiel. Ik heb dat woord tegenover hem gebruikt en hij vond het heel amusant toen ik mezelf als zodanig beschreef.'

Wat meneer Broadribb ook had verwacht, dat antwoord was het zeker niet geweest. Hij keek Miss Marple aan met iets van dezelfde verrassing die meneer Rafiel aan de dag had gelegd in een slaapkamer bij de Caraïbische Zee. Een aardige en behoorlijk intelligente oude dame, maar een wraakgodin...!

'Uw reactie is ongetwijfeld eenzelfde,' zei Miss Marple en ging staan. 'Als u ten aanzien van deze kwestie nog nadere instructies mocht ontvangen, zult u wellicht zo vriendelijk willen zijn mij daarvan op de hoogte te stellen? Ik vind het zo eigenaardig dat die er niet zijn. Op deze manier word ik volslagen in het duister gelaten over wat meneer Rafiel me vraagt te doen of te trachten te doen.'

'U kent geen familieleden van hem, of zijn vrienden, of zijn...?'

'Nee, dat heb ik u al gezegd. Hij en ik waren op reis in een onbekend deel van de wereld en daar hebben we elkaar getroffen. We zijn bondgenoten geworden bij het oplossen van een heel mysterieuze zaak en dat heeft een zekere band geschapen. Dat is alles.' Toen ze op het punt stond naar de deur te lopen, draaide ze zich opeens om en vroeg: 'Hij had een secretaresse, een zekere mevrouw Esther Walters. Zou het in strijd zijn met de juridische etiquette wanneer ik vroeg of hij haar vijftigduizend pond heeft nagelaten?'

'Zijn schenkingen zullen via de pers openbaar worden gemaakt, dus kan ik uw vraag rustig beantwoorden,' zei meneer Broadribb. 'Het antwoord luidt ja. Mevrouw Walters heet, tussen twee haakjes, nu mevrouw Anderson. Ze is hertrouwd.'

'Ik ben blij dat te horen. Ze was een weduwe met een dochter, en een zeer bekwame secretaresse, had ik de indruk. Ze begreep meneer Rafiel erg goed. Een aardige vrouw. Ik ben blij dat zij dat geld heeft gekregen.'

Toen Miss Marple die avond in haar rechte leunstoel zat en haar voeten had gestrekt naar de open haard waarin een klein vuurtje brandde vanwege de plotselinge kou die zoals gewoonlijk Engeland overviel omdat hij daar zin in had, pakte ze nogmaals het document uit de langwerpige envelop die haar die morgen was overhandigd. Nog steeds half ongelovig las ze, af en toe zacht woorden mompelend alsof ze die in haar geheugen wilde griffen:

> 'Aan Miss Jane Marple, woonachtig in het dorp St. Mary Mead.

Dit zal u worden overhandigd na mijn dood, door mijn jurist James Broadribb. Hij is de man die ik in de arm neem voor die juridische zaken die binnen de privé-sfeer vallen, niet binnen mijn zakelijke activiteiten. Hij is een verstandige en betrouwbare jurist. Zoals het merendeel van het mensenras zwicht hij nog wel eens voor de zonde der nieuwsgierigheid. Ik ben daar niet aan tegemoet gekomen. In sommige opzichten zal deze kwestie tussen u en mij blijven. Ons codewoord luidt *wraakgodin*. Ik denk niet dat u bent vergeten waar en onder welke omstandigheden u dat woord tegenover mij voor het eerst over uw lippen heeft laten komen. Door mijn zakelijke activiteiten tijdens een nu inmiddels heel lang leven heb ik één ding geleerd ten aanzien van mensen die ik in dienst wil nemen. Ze moeten flair hebben. Flair voor de taak die ik hun wil geven. Het heeft niets te maken met kennis of ervaring. Het enige woord dat passend is, is *flair*. Een natuurlijke gave om een bepaald iets te kunnen doen.

U hebt een groot, natuurlijk rechtvaardigheidsgevoel, en dat heeft als gevolg gekregen dat u een natuurlijk *flair* voor misdaden heeft. Ik wil dat u een onderzoek instelt naar een misdaad. Ik heb opdracht gegeven een bepaald geldbedrag zodanig vast te zetten dat het geld van u zal worden als u gehoor geeft aan dit verzoek en als de misdaad door uw onderzoek volkomen wordt opgehelderd. Ik heb u voor het vervullen van deze missie een jaar gegeven. U bent niet jong, maar, als ik het zo mag zeggen, wel gehard. Ik denk dat ik er met een redelijke mate van zekerheid wel op mag rekenen dat het lot u nog minstens een jaar laat leven.

Ik denk niet dat het werk dat moet worden verzet, u tegen zal staan. Ten aanzien van het instellen van een onderzoek bent u van nature een genie, moet ik zeggen. De noodzakelijke middelen voor wat ik het werkkapitaal voor dit onderzoek zou kunnen noemen, zullen u tijdens die periode worden overhandigd wanneer dat nodig is. Ik bied u dit aan als een alternatief voor het leven dat u op dit moment wellicht leidt.

Ik stel me u voor, zittend in een stoel, een stoel die aangenaam en weldadig is voor welke vorm van reumatiek waaraan u nu ook kunt lijden. Ik denk dat alle mensen van uw leeftijd wel aan de een of andere vorm van reumatiek lijden. Als die kwaal van invloed is op uw knieën of uw rug, zal het voor u niet makkelijk zijn veel op stap te gaan en zult u uw tijd wel voornamelijk breiend doorbrengen. Ik kan me u in gedachten voor me halen, zoals ik u op een avond heb gezien toen ik werd gewekt door een zeer aanhoudend vrouwspersoon, gehuld in een wolk van roze breiwol!

Ik kan me zo voorstellen hoe u nog meer jasjes, sjaals en wat voor andere dingen dan ook waarvan ik de naam niet ken, aan het breien bent. Als u er de voorkeur aan geeft te blijven breien, is dat uw eigen beslissing. Als u er echter de voorkeur aan geeft de zaak van de gerechtigheid te dienen, hoop ik dat u dat op zijn minst interessant zult vinden.

"Laat liever het recht als water golven,
De gerechtigheid als een immer vliedende beek."

Boek van de profeet Amos.'

Miss Marple komt in actie

Miss Marple las deze brief driemaal door. Toen legde ze hem terzijde en zat met licht gefronste wenkbrauwen na te denken over de inhoud en de gevolgen ervan.

De eerste gedachte die bij haar opkwam, was dat ze een verbazingwekkend tekort aan vaststaande gegevens had. Zou ze van meneer Broadribb nog nadere informatie krijgen? Ze wist bijna zeker dat dat niet het geval zou zijn, want dat zou niet overeenstemmen met het plan van meneer Rafiel. Maar hoe kon meneer Rafiel in vredesnaam van haar verwachten dat ze in actie kwam ten aanzien van een zaak waar ze niets van afwist? Het was intrigerend. Na nog even te hebben nagedacht, kwam ze tot de conclusie dat het de bedoeling van meneer Rafiel was geweest het intrigerend te maken. Ze dacht weer aan hem, aan de korte tijd dat ze elkaar hadden gekend. Zijn invaliditeit, zijn slechte humeur, zijn briljante vlagen, de enkele humoristische opmerkingen. Hij moest ervan hebben genoten mensen te plagen, dacht ze. Hij had ervan genoten niet tegemoet te komen aan de aangeboren nieuwsgierigheid van meneer Broadribb, zoals deze brief met vrijwel absolute zekerheid bewees.

In de brief die hij haar had geschreven, stond niets dat ook maar als de geringste aanwijzing kon worden geïnterpreteerd. Het was kennelijk absoluut niet de bedoeling van meneer Rafiel geweest om haar door middel van die brief wat wijzer te maken. Hij moest - hoe zou ze het zeggen? - andere ideeën hebben gehad. Toch kon ze niet in actie komen vanuit het niets. Dit zou bijna kunnen worden beschreven als een kruiswoordpuzzel zonder gegevens. Er móesten aanwijzingen zijn. Ze móest weten wat er van haar werd verlangd: waar ze naartoe moest, of dat ze het probleem vanuit haar leunstoel moest oplossen, nadat ze haar breinaalden had weggelegd om zich beter te kunnen concentreren. Of was het de bedoeling van meneer Rafiel geweest dat ze een vliegtuig of een boot nam naar West-Indië of Zuid-Amerika of een andere specifieke plaats? Ze zou zelf moeten ontdekken wat er van haar werd verwacht, of ze moest nauw omschreven instructies krijgen. Misschien was hij van mening geweest dat ze vindingrijk genoeg was om bepaalde dingen te kunnen raden, vragen te stellen, er op die manier achter te komen? Nee, *dat* kon ze eigenlijk niet geloven.

'Als hij dat denkt,' zei Miss Marple hardop, 'is hij gek. Ik bedoel, dan was hij gek voordat hij stierf.'

Ze dacht echter niet dat meneer Rafiel gek was geweest.

'Ik zal beslist nadere instructies krijgen,' zei ze, 'maar welke, en wanneer?'

Pas toen besefte ze opeens dat ze zonder het te merken de opdracht definitief had aangenomen. Weer sprak ze hardop, zich tot het universum richtend.

'Ik geloof in het eeuwige leven,' zei Miss Marple. 'Ik weet niet precies waar u bent, meneer Rafiel, maar ik twijfel er niet aan dat u èrgens bent en ik zal mijn uiterste best doen uw wensen in te willigen.'

2

Drie dagen later schreef Miss Marple een brief aan meneer Broadribb. Het was een heel korte, strikt zakelijke brief.

'Geachte meneer Broadribb,

Ik heb nagedacht over het voorstel dat u me namens wijlen de heer Rafiel heeft gedaan en ik laat u bij deze weten dat ik heb besloten het aan te nemen. Ik zal mijn best doen aan zijn wensen tegemoet te komen, hoewel ik er helemaal niet zeker van ben of ik succes zal boeken. In feite zie ik nauwelijks in hoe dat mogelijk zou kunnen zijn. In de brief zijn mij geen duidelijke instructies gegeven en enige nadere informatie over de onderhavige zaak ontbreekt. Als u nog andere brieven voor mij in uw bezit hebt waarin wel duidelijke instructies worden gegeven, zou ik het zeer op prijs stellen wanneer u mij die toezond, maar omdat u dat nog niet heeft gedaan, neem ik aan dat dat wel niet het geval zal zijn.

Ik neem aan dat meneer Rafiel gezond van geest was toen hij stierf? Ik denk dat ik het recht heb te vragen of er zich in de laatste fase van zijn leven een criminele aangelegenheid heeft voorgedaan waar hij wellicht belangstelling voor gehad zou kunnen hebben, op het zakelijke vlak, of binnen de privé-sfeer. Heeft hij tegenover u ooit wel eens blijk gegeven van woede of onvrede over een opmerkelijke gerechtelijke dwaling waar hij zich erg over kon opwinden? Als dat zo is, meen ik u met recht te mogen vragen mij daarvan in kennis te stellen. Heeft een familielid of kennis van hem geleden, of is zo'n persoon het slachtoffer geworden van een onterechte handeling of iets dat als zodanig zou kunnen worden beschouwd?

Ik ben er zeker van dat u mijn redenen om die vragen te stellen, zult begrijpen. Het is zelfs mogelijk dat meneer Rafiel dat van me heeft verwacht.'

3

Meneer Broadribb liet deze brief aan meneer Schuster zien, die achterover leunde in zijn stoel en floot.

'Ze gaat het voorstel dus aannemen? Sportieve oude tante!' zei hij en voegde er aan toe: 'Ik neem aan dat ze wel een beetje weet waar dit allemaal over gaat?'

'Kennelijk niet,' zei meneer Broadribb.

'Ik wou dat wij het wel wisten. Hij was een oude stijfkop,' zei meneer Schuster.

'Een moeilijk man,' zei meneer Broadribb.

'Ik heb er geen enkel idee van,' ging meneer Schuster verder. 'Jij wel?'

'Nee. Ik neem aan dat hij dat niet wenste.'

'Nu, daardoor heeft hij het allemaal wel veel moeilijker gemaakt,' constateerde meneer Schuster. 'Ik geloof absoluut niet dat een oude vrijster van het platteland in staat is de gedachtengang van een dode man te interpreteren en zo te weten te komen welke fantasie hem dwars zat. Denk je dat hij haar in de maling heeft willen nemen? Als een soort van grap, begrijp je wel? Misschien dacht hij dat zij denkt dat ze heel goed is in het oplossen van dorpsproblemen, maar dat het tijd werd dat ze eens een lesje kreeg...'

'Nee,' zei meneer Broadribb. 'Dat denk ik niet. Zo'n type was Rafiel niet.'

'Soms was hij een zeer plaagzieke oude duivel,' zei meneer Schuster.

'Ja, maar... Ik denk dat hij dit heel serieus meende. Iets zat hem dwars. In feite ben ik er vrijwel zeker van dat hij zich ergens zorgen over maakte.'

'En heeft hij je verteld waarover, of je er op zijn minst een vaag idee van gegeven?'

'Nee, dat heeft hij niet gedaan.'

'Hoe kan hij dan verdorie verwachten...' Schuster maakte zijn zin niet af.

'Hij kan nietècht hebben verwacht dat hier iets uit zou komen,' zei meneer Broadribb. 'Ik bedoel... hoe kan ze nu aan de slag gaan?'

'Volgens mij is het allemaal een grap.'

'Twintigduizend pond is veel geld.'

'Ja, maar als hij van tevoren wist dat het haar toch niet zou lukken?'

'Nee,' zei meneer Broadribb. 'Zo onsportief kan hij niet zijn geweest. Hij moet hebben gedacht dat ze een kans had om resultaten te boeken.'

'En wat gaan wij nu verder doen?'

'Wachten. Afwachten wat er nu gaat gebeuren. Er moeten nadere ontwikkelingen volgen.'

'Heb je ergens een verzegelde envelop met nadere instructies?'

'Mijn beste Schuster,' zei meneer Broadribb, 'de heer Rafiel had een absoluut vertrouwen in mijn discretie en mijn ethisch gedrag als jurist. Die verzegelde envelop mag alleen onder bepaalde omstandigheden worden geopend, en geen van die omstandigheden heeft zich tot nu toe voorgedaan.'

'En zullen zich ook nooit voordoen,' zei meneer Schuster.

Daarmee was de discussie gesloten.

4

De heren Broadribb en Schuster boften dat ze een drukke praktijk hadden. Miss Marple had wat dat betreft minder geluk. Ze breide en dacht na en ging ook wandelen, waar Cherry af en toe protest tegen aantekende.

'U weet wat de dokter heeft gezegd. U mag zich niet te veel inspannen.'

'Ik loop heel langzaam,' zei Miss Marple, 'en ik doe niets. Spitten, bedoel ik dan, of schoffelen. Ik loop alleen maar een beetje en denk na.'

'Waarover?' vroeg Cherry belangstellend.

'Ik wou dat ik dat zelf wist,' zei Miss Marple en vroeg Cherry een extra sjaal voor haar te pakken, omdat er een kille wind stond.

'Ik zou wel eens willen weten wat haar dwars zit,' zei Cherry tegen haar echtgenoot terwijl ze hem een Chinees gerecht voorzette van rijst en niertjes. 'Chinees eten,' zei ze.

Haar echtgenoot knikte. 'Je gaat met de dag beter koken.'

'Ik maak me zorgen over haar,' zei Cherry. 'Ik maak me zorgen omdat zij zich een beetje zorgen maakt. Ze heeft een brief ontvangen en daardoor is ze helemaal geagiteerd geraakt.'

'Zij zou rustig moeten blijven zitten, het kalm aan moeten doen, nieuwe boeken uit de bibliotheek halen en af en toe eens een vriendin op bezoek krijgen.'

'Ze is iets aan het uitdenken,' zei Cherry. 'Een soort plan. Ze is aan het nadenken over hoe ze iets moet aanpakken. Dat idee heb ik.'

Op dat moment brak ze het gesprek af, pakte het dienblad met de koffie en bracht dat naar Miss Marple.

'Ken jij een vrouw die hier ergens in een van die nieuwe huizen woont en mevrouw Hastings heet?' vroeg Miss Marple. 'En iemand die juffrouw Bartlett heet, die bij haar woont?'

'Wat? Bedoelt u het huis aan het eind van het dorp, dat helemaal is opgeknapt en geschilderd? Die mensen wonen daar nog niet zo lang en ik weet niet hoe ze heten. Waarom wilt u dat weten? Ze zijn niet erg interessant. In ieder geval denk ik niet dat ze dat zijn.'

'Zijn ze familie van elkaar?'

'Nee. Gewoon vriendinnen, geloof ik.'

'Ik vraag me af waarom...' zei Miss Marple en maakte de zin niet af.

'Wat vroeg u zich af?'

'Niets,' zei Miss Marple. 'Wil je mijn bureautje even opruimen en me een pen en papier geven? Ik ga een brief schrijven.'

'Naar wie?' vroeg Cherry, met de aangeboren nieuwsgierigheid van haar soort mensen.

'Aan de zuster van een geestelijke,' zei Miss Marple. 'Hij heet kanunnik Prescott.'

'Dat is de man die u in West-Indië hebt leren kennen, nietwaar? U heeft me in uw album een foto van hem laten zien.'

'Dat klopt.'

'U voelt zich toch niet ziek? Ik bedoel... naar een geestelijke gaan schrijven en zo.'

'Ik voel me uitzonderlijk goed,' zei Miss Marple, 'en ik wil dolgraag iets gaan doen. Het is mogelijk dat juffrouw Prescott me daarbij behulpzaam kan zijn.'

'Beste juffrouw Prescott,' schreef Miss Marple, 'ik hoop dat u me nog niet bent vergeten. Ik heb u en uw broer in West-Indië leren kennen, op St. Honoré, zoals u zich wellicht nog herinnert. Ik hoop dat het de kanunnik goed gaat en dat hij door het koude weer van de afgelopen winter niet te veel last heeft gehad van zijn astma.

Ik schrijf u om te vragen of u me mogelijkerwijs het adres zou kunnen geven van mevrouw Walters - Esther Walters - die u zich misschien ook nog wel uit die tijd kunt herinneren. Zij was de secretaresse van meneer Rafiel. Ze heeft me destijds haar adres gegeven, maar helaas ben ik dat kwijtgeraakt. Ik wil haar graag een brief schrijven, omdat ik nu enige informatie over tuinieren kan verstrekken waarnaar ze me destijds heeft gevraagd en waar ik haar toen niet mee van dienst kon zijn. Ik heb laatst via omwegen gehoord dat ze is hertrouwd, maar ik geloof niet dat mijn informante erg zeker van haar zaak was. Misschien weet u meer over haar dan ik.

Ik hoop dat ik u hiermee niet te veel last bezorg. Vriendelijke groeten voor uw broer en de beste wensen voor uzelf,

Hoogachtend,

Jane Marple.'

Miss Marple voelde zich beter toen ze dit schrijven op de bus had gedaan.

'In ieder geval ben ik iets gaan dóen,' zei ze. 'Niet dat ik hoop hier veel wijzer van te worden, maar toch zou ik er wel iets aan kunnen hebben.'

Juffrouw Prescott beantwoordde de brief vrijwel per kerende post. Ze was een heel efficiënte vrouw, schreef een prettige brief en gaf het adres door.

'Ik heb niet rechtstreeks iets over Esther Walters gehoord,' schreef ze, 'maar net als u heb ik ook van een vriendin gehoord dat zij een aankondiging van haar tweede huwelijk had gezien. Ik geloof dat ze nu mevrouw Alderson of Anderson heet. Ze woont in Winslow Lodge, bij Alton, Hants. Mijn broer laat u het beste wensen. Het is jammer dat we zo ver van elkaar vandaan wonen. Wij in het noorden van Engeland en u ten zuiden van Londen. Ik hoop dat we elkaar in de toekomst nog eens een keer zullen ontmoeten.

Hoogachtend,
Joan Prescott.

'Winslow Lodge, Alton,' zei Miss Marple, die het adres opschreef. 'Niet zover hiervandaan, eigenlijk. Nee. Niet zover hiervandaan. Ik zou... Ik weet niet wat de beste methode is. Misschien een van de taxi's van Inch. Ietwat extravagant, maar als het me wat oplevert, zou ik het bedrag terecht als gemaakte onkosten kunnen declareren. Zal ik haar eerst een brief schrijven, of alles aan het lot overlaten? Ik denk echt dat het beter zou zijn het maar aan het lot over te laten. Die arme Esther. Ze zal waarschijnlijk niet al te vriendelijk of met affectie aan mij terugdenken.'

Miss Marple raakte in gedachten verzonken. Het was heel wel mogelijk dat haar actie in het Caraïbisch gebied had voorkomen dat Esther Walters in de nabije toekomst zou worden vermoord. In ieder geval was Miss Marple die mening toegedaan, maar waarschijnlijk had Esther Walters daar zelf heel anders over gedacht. 'Een aardige vrouw,' zei Miss Marple zachtjes, en hardop, 'een heel aardige vrouw. Van het slag dat zo makkelijk met een slechte man trouwt. In feite het type vrouw dat met een moordenaar zou trouwen als ze daar ook maar even de kans voor kreeg. Ik denk nog altijd,' ging Miss Marple nog zachter verder, 'dat ik waarschijnlijk haar leven heb gered. In feite ben ik daar vrijwel zeker van, maar ik denk niet dat zij het met dat standpunt eens zou zijn. Ze heeft naar alle waarschijnlijkheid een grote hekel aan mij. Toch moet ik het maar proberen. Dat is beter dan hier blijven zitten wachten en wachten en wachten.'

Had meneer Rafiel misschien de spot met haar gedreven

door het schrijven van die brief? Hij was niet altijd een bijzonder vriendelijke man geweest en kon heel nonchalant omspringen met de gevoelens van andere mensen.

Miss Marple keek op de klok en besloot die avond vroeg naar bed te gaan. 'Als je aan dingen denkt net voordat je gaat slapen, krijg je heel vaak opeens ideeën. Misschien is dat nu ook wel zo.'

'Heeft u goed geslapen?' vroeg Cherry terwijl ze op het tafeltje naast het bed van Miss Marple het dienblad met het ontbijt neerzette.

'Ik heb een eigenaardige droom gehad,' zei Miss Marple.

'Een nachtmerrie?'

'Nee, nee, helemaal niet. Ik praatte met iemand. Niet iemand die ik goed kende. Ik was gewoon aan het praten. Toen ik eens goed keek, zag ik dat ik helemaal niet met die persoon aan het praten was, maar met iemand anders. Heel eigenaardig.'

'Een beetje verward,' zei Cherry behulpzaam.

'Het deed me wel ergens aan denken,' zei Miss Marple. 'Of beter gezegd aan iemand die ik ooit heb gekend. Bel Inch voor me, wil je? Rond half twaalf moeten ze voor de deur staan.'

Inch was een onderdeel van het verleden van Miss Marple. Meneer Inch, de eigenaar van een taxi, was overleden en opgevolgd door zijn zoon, de jonge Inch, die toen vierenveertig was en het familiebedrijf tot een garage had uitgebouwd en twee oude auto's erbij had gekocht. Na zijn overlijden was de garage in andere handen overgegaan. Sinds die tijd had je Pips Taxibedrijf gehad, en James' Taxibedrijf, en Arthurs Autoverhuurbedrijf. Maar de oude dorpsbewoners spraken nog altijd over Inch.

'U gaat toch zeker niet naar Londen?'

'Nee, ik ga niet naar Londen. Misschien ga ik lunchen in Haslemere.'

'Wat bent u nu weer van plan?' vroeg Cherry en keek haar achterdochtig aan.

'Proberen iemand zogenaamd puur toevallig tegen het lijf te lopen,' zei Miss Marple. 'Erg gemakkelijk zal dat niet zijn, maar ik hoop dat het me lukt.'

Om half twaalf stond de taxi te wachten. Miss Marple gaf Cherry instructies.

'Bel dit nummer, wil je, Cherry? Vraag of mevrouw Anderson thuis is. Als mevrouw Anderson opneemt, of als je merkt dat ze naar de telefoon komt, moet je zeggen dat een zekere meneer Broadribb haar wil spreken. Jij bent de secretaresse van die meneer Broadribb. Als ze niet thuis is, vraag dan hoe laat ze weer thuis zal komen.'

'En als ze thuis is en ik haar aan de telefoon krijg?'

'Dan vraag je wanneer ze volgende week naar het kantoor van meneer Broadribb in Londen zou kunnen komen. Als ze je dat heeft gezegd, maak je daar een aantekening van en legt de hoorn weer op de haak.'

'Wat u toch allemaal niet kunt verzinnen! Waarom is dit alles nodig? Waarom moet ík dat doen?'

'Het geheugen van de mens is een merkwaardig ding,' zei Miss Marple. 'Soms herinner je je een stem, ook als je die al meer dan een jaar lang niet hebt gehoord.'

'Maar die mevrouw-hoe-heet-ze-ook-al-weer heeft mijn stem nog nooit gehoord.'

'Dat klopt, en daarom moet jíj opbellen.'

Cherry voldeed vrolijk aan de gegeven opdracht. Mevrouw Anderson was boodschappen aan het doen, kreeg ze te horen, maar tegen de lunch zou ze weer thuis zijn, en verder de hele middag.

'Dat maakt het makkelijker,' zei Miss Marple. 'Is Inch er al? O ja. Een goede morgen, Edward,' zei ze tegen de chauffeur van Arthurs Taxibedrijf, die in werkelijkheid George heette. 'Ik wil dat je me hierheen brengt. Ik denk dat we er niet veel langer over hoeven te doen dan anderhalf uur.'

Toen ging de expeditie van start.

Esther Walters

Esther Anderson liep de supermarkt uit, naar de plaats waar ze haar auto had geparkeerd. Het werd tegenwoordig met de dag moeilijker je auto te parkeren, dacht ze. Ze botste tegen iemand op, een oudere dame die een beetje hinkte. Ze bood haar excuses aan en de andere vrouw slaakte een kreet.

'Hemeltje... ja... U bent mevrouw Walters, nietwaar? Esther Walters? Ik neem aan dat u zich mij niet meer herinnert. Jane Marple. We hebben elkaar ontmoet in het hotel op St. Honoré. O, al lang geleden. Anderhalf jaar.'

'Miss Marple? Ja, natuurlijk bent u het! Dat ik u hier zomaar opeens weer tegenkom!'

'Wat leuk u weer te zien. Ik ga lunchen bij vrienden hier in de buurt, maar op de terugweg kom ik weer door Alton. Bent u vanmiddag thuis? Ik zou het zo leuk vinden eens even gezellig met u te babbelen. Het is altijd zo prettig een oude bekende weer te ontmoeten.'

'Ja, natuurlijk. Na drie uur schikt het.'

De afspraak was een feit.

'De oude Jane Marple,' zei Esther Anderson glimlachend tegen zichzelf. 'Dat ik haar nu opeens weer tegen het lijf ben gelopen! Ik dacht dat ze al lang geleden was overleden.'

Miss Marple belde om precies half vier bij Winslow Lodge aan. Esther deed open en nam haar mee naar binnen.

Miss Marple nam plaats in de haar aangewezen stoel en gedroeg zich ietwat geagiteerd en onrustig, zoals ze dat deed wanneer ze zenuwachtig was, of in ieder geval voorwendde zenuwachtig te zijn. In dit geval was dat misleidend, omdat alles precies was gegaan zoals ze had gehoopt dat het zou gaan.

'Het is zo leuk u weer te zien,' zei ze tegen Esther. 'Zo erg leuk u weer te zien. Weet u, ik vind alles zo merkwaardig op deze wereld. Je hoopt mensen nog eens te zien en bent er zeker van dat het zal gebeuren. Daarna verstrijkt er enige tijd en wanneer het dan gebeurt, is het opeens een grote verrassing.'

'Maar ja, de wereld is klein, zegt men vaak, nietwaar?' zei Esther.

'Ja, inderdaad, en ik denk dat daar wel iets in zit. Ik bedoel... het lijkt een heel grote wereld en West-Indië ligt zo ver van Engeland vandaan. Nu ja, ik bedoel... ik had u natuurlijk overal kunnen ontmoeten. In Londen, of in Harrods. Of in een station van de spoorwegen, of in een bus. Er zijn zoveel mogelijkheden.'

'Ja, er zijn veel mogelijkheden,' zei Esther. 'Maar ik had beslist niet verwacht u hier te ontmoeten, omdat ik niet aanneem dat u hier vaak komt.'

'Dat klopt. Niet dat St. Mary Mead, waar ik woon, hier zo ver vandaan ligt. Ik geloof dat de afstand slechts een kleine veertig kilometer bedraagt. Maar veertig kilometer kan veel zijn op het platteland, zeker als je geen auto hebt. Natuurlijk kan ik me geen auto veroorloven, en ik kan trouwens niet eens chaufferen. Dus zie je je buren die niet in je directe omgeving wonen alleen als je een eindje met de bus gaat, of een taxi neemt.'

'U ziet er geweldig goed uit,' zei Esther.

'Ik wilde net zeggen dat *u* er geweldig goed uitziet. Ik had er geen idee van dat u hier woonde.'

'Ik woon hier ook pas sinds kort. Sinds mijn huwelijk, om precies te zijn.'

'O, dat wist ik niet. Wat interessant. Ik neem aan dat de aankondiging mij is ontgaan. Ik kijk de huwelijksaankondigingen altijd door.'

'Ik ben vier of vijf maanden getrouwd en ik heet nu Anderson.'

'Mevrouw Anderson,' zei Miss Marple. 'Hmmm. Ik moet proberen dat te onthouden. En uw echtgenoot?'

Het zou onnatuurlijk zijn, dacht ze, wanneer ze niet naar de wederhelft informeerde. Oude vrijsters waren berucht om hun nieuwsgierigheid.

'Die is ingenieur. Hij,' ze aarzelde, 'hij is wat jonger dan ik.'

'Veel beter,' zei Miss Marple meteen. 'O, werkelijk veel beter. Tegenwoordig worden mannen zoveel sneller oud dan vrouwen. Ik weet dat daar vroeger nooit over werd gesproken, maar het is wel waar. Ik bedoel dat zij aan meer kwalen kunnen gaan lijden. Dat komt misschien omdat ze zich te veel zorgen maken en te hard werken. Dan krijgen ze last van hoge bloeddruk of van lage bloeddruk en soms wat probleempjes met hun hart. Ze hebben ook aanleg voor maagzweren. Ik geloof dat *wij* ons niet zoveel zorgen maken, weet u. Ik denk dat wij het sterkere geslacht zijn.'

'Misschien zijn we dat wel,' zei Esther.

Ze glimlachte Miss Marple nu toe en daardoor voelde die zich gerustgesteld. De laatste keer dat ze Esther had gezien, had die haar aangekeken alsof ze haar haatte en waarschijnlijk was dat op dat moment ook zo geweest. Maar nu... nu voelde ze zich wellicht een beetje dankbaar gestemd. Het was mogelijk dat ze tot het besef was gekomen dat zij onder een stenen grafsteen op een respectabel kerkhof had kunnen liggen, in plaats van een waarschijnlijk gelukkig leven met die meneer Anderson te leiden.

'U ziet er heel goed en heel opgewekt uit,' zei ze.

'U ook, Miss Marple.'

'Natuurlijk ben ik nu behoorlijk wat ouder geworden en heb ik last gekregen van zoveel kwaaltjes. Geen ernstige kwalen, hoor, dat bedoel ik niet. Maar je hebt altijd wel last van een vorm van reumatiek of een pijntje ergens. Je voeten zijn ook niet meer wat je zou willen dat ze zijn. Gewoonlijk heb je wel last van je rug of je schouder, of van pijnlijke handen. O, hemeltje, over dergelijke dingen moet ik niet praten. Wat heeft u een aardig huis.'

'Ja. We wonen hier nog niet lang, een maand of vier.'

Miss Marple keek om zich heen. Dat had ze wel gedacht. De inrichting was overigens fraai. Dure en comfortabele meubels. Goede gordijnen, fraaie overtrekken. Geen duidelijk aanwezige artistieke smaak, maar dat had ze ook niet verwacht. Ze meende de reden voor deze welvaart wel te kennen. Ze meende dat dit alles was aangeschaft met het aantrekkelijk hoge geldbedrag dat meneer Rafiel haar had nagelaten. Ze was blij dat hij wat dat betreft niet van gedachten was veranderd.

'Ik neem aan dat u het overlijdensbericht van meneer Rafiel wel hebt gezien,' zei Esther, bijna alsof ze wist waaraan Miss Marple zat te denken.

'Ja, dat heb ik inderdaad gezien. Een maand geleden zo ongeveer, geloof ik? Het speet me heel erg, hoewel... Tsja, ik neem aan dat het niet onverwacht is gekomen. Hij heeft dat zelf bijna gezegd, nietwaar? Hij heeft er verscheidene keren op gezinspeeld dat hij het niet lang meer zou maken. Ik vind dat hij in dat opzicht heel dapper is geweest. Vindt u ook niet?'

'Ja, hij was een heel dappere man, en in feite ook een heel vriendelijke man,' zei Esther. 'Toen ik voor hem ging werken, weet u, heeft hij tegen me gezegd dat hij me een heel goed salaris zou uitbetalen, maar dat ik wel moest sparen, omdat ik er niet op hoefde te rekenen nog iets meer van hem te krijgen. Nu, dat verwachtte ik ook absoluut niet, want hij was een man van zijn woord, nietwaar? Kennelijk is hij echter toch van gedachten veranderd.'

'Ja,' zei Miss Marple. 'Ja, daar ben ik heel erg blij om. Ik dacht dat hij wellicht... niet dat hij iets in die richting heeft gezegd, natuurlijk, maar ik heb het me wel afgevraagd.'

'Hij heeft me erg veel geld nagelaten,' zei Esther. 'Een verbazingwekkend hoog bedrag. Het kwam als een heel grote verrassing en in eerste instantie kon ik het nauwelijks geloven.'

'Ik denk dat hij wilde dat het een verrassing voor u zou zijn. Ik denk dat hij wellicht zo'n type man was,' zei Miss Marple. 'Heeft hij ook iets nagelaten aan die... Hoe heette hij ook al weer? Die bediende van hem. Die bediende-annex-verpleger.'

'O, u bedoelt Jackson? Nee, hij heeft Jackson niets nagelaten, maar ik geloof dat hij hem tijdens zijn laatste levensjaar wel een aantal mooie geschenken heeft gegeven.'

'Heeft u Jackson nog wel eens gezien?'

'Nee. Nee, ik geloof niet dat ik hem na die vakantie op het eiland nog heb gezien. Hij is niet bij meneer Rafiel gebleven toen ze eenmaal naar Engeland waren teruggekeerd. Ik geloof dat hij is gaan werken voor de een of andere Lord, die op Jersey of Guernsey woont.'

'Ik zou meneer Rafiel graag nog eens hebben gezien,' zei Miss Marple. 'Het is eigenaardig dat dat niet is gebeurd, nadat we samen zoveel hadden meegemaakt. Hij en u en ik en nog een paar anderen. Toen ik weer thuis was en er zo'n zes maanden waren verstreken, bedacht ik me op een dag dat ik in feite maar heel weinig over meneer Rafiel wist, hoe nauw we in die spannende tijd ook met elkaar verbonden waren geweest. Kort geleden moest ik daar nog weer eens aan denken, nadat ik zijn overlijdensbericht had gezien. Ik wou dat ik iets meer over hem wist. Waar hij is geboren, weet u, en wie zijn ouders waren. Wat dat voor mensen waren. Of hij kinderen had, of neven en nichten, of andere familieleden. Ik zou dat zo graag willen weten.'

Esther Anderson glimlachte even. Ze keek Miss Marple aan en haar gezichtsuitdrukking leek te zeggen: 'Ja, ik ben er zeker van dat u dat alles altijd wilt weten over alle mensen die u ontmoet.' Ze zei echter alleen maar: 'Er was in feite maar *een* ding dat iedereen van hem wist.'

'Dat hij heel rijk was,' vulde Miss Marple direct aan. 'Dat bedoelt u, nietwaar? Als je weet dat iemand heel erg rijk is, stel je om de een of andere reden geen verdere vragen meer. Dan wil je niets meer weten, bedoel ik. Je zegt: "Hij is heel erg rijk." Of je zegt: "Hij is ontzettend rijk!" En dan klinkt je stem vanzelf iets lager, omdat het zo indrukwekkend is, nietwaar, iemand te ontmoeten die heel erg rijk ís.'

Esther lachte even.

'Hij was niet getrouwd, hè?' vroeg Miss Marple. 'In ieder geval heeft hij tegenover mij nooit over een echtgenote gesproken.'

'Hij heeft zijn vrouw vele jaren geleden verloren. Al vrij spoedig nadat ze waren getrouwd, geloof ik. Ik meen dat zij veel jonger was dan hij en als ik het goed heb, is ze aan kanker overleden. Heel triest.'

'Had hij kinderen?'

'O ja, twee dochters en een zoon. De ene dochter is getrouwd en woont in Amerika. De andere dochter is al op jonge leeftijd overleden, meen ik. Ik heb die Amerikaanse dochter een keer ontmoet. Ze was heel anders dan haar vader. Een nogal rustige, depressief ogende jonge vrouw. Meneer Rafiel heeft nooit over de zoon gepraat. Ik denk dat die wat problemen heeft veroorzaakt. Een schandaal, of zoiets dergelijks. Ik meen dat hij een aantal jaren geleden is gestorven. In ieder geval heeft meneer Rafiel nooit over hem gesproken.'

'Hemeltje, wat triest!'

'Ik denk dat het al heel lang geleden moet zijn gebeurd. Dat hij naar het buitenland is vertrokken en nooit is teruggekeerd. Dat hij daar is overleden, al weet ik dus niet waar.'

'Was meneer Rafiel daardoor erg van streek?'

'Bij hem wist je dat nooit. Hij was het type dat zich altijd uit een onvoordelige zaak terugtrok om de verliezen beperkt te houden. Als zijn zoon een last in plaats van een zegen bleek te zijn, zal hij hem mijns inziens volledig hebben laten vallen. Hij zou zijn blijven doen wat nodig was, wellicht in de vorm van het geven van een toelage, maar ik twijfel er niet aan dat hij hem in dat geval nooit meer zou hebben willen zien.'

'Hmmm,' reageerde Miss Marple. 'En hij heeft nooit iets over hem gezegd?'

'Zoals u zich wellicht nog wel kunt herinneren, was hij een man die nooit veel zei over zijn persoonlijke gevoelens of zijn eigen leven.'

'Inderdaad, ja. Maar ik dacht dat u, omdat u zoveel jaar zijn secretaresse bent geweest, wellicht door hem wel in vertrouwen was genomen ten aanzien van zijn zorgen.'

'Hij was niet iemand die zijn zorgen met een ander wenste te delen. Zo hij zorgen hád, wat ik ernstig betwijfel. Hij was met zijn zaak getrouwd, zou je kunnen zeggen. Hij was de vader van zijn bedrijf en zijn bedrijf was de enige zoon of dochter die er voor hem iets toe deed, denk ik. Hij genoot ervan te investeren, geld te verdienen, een zakelijke coup te realiseren...'

'Noem niemand gelukkig tot hij dood is,' mompelde Miss Marple en herhaalde die woorden, alsof het een soort slogan was. Dat leek het tegenwoordig ook te zijn, of in ieder geval was zij die mening toegedaan. 'Dus heeft hij zich voor zijn dood nergens speciaal zorgen over gemaakt?'

'Nee. Waarom denkt u dat?' Esther klonk verbaasd.

'Ik denk dat niet direct, maar ik vroeg het me toch wel af, omdat mensen zich meer zorgen gaan maken wanneer ze... ik zal niet zeggen oud worden, omdat hij in feite niet oud was, maar ik bedoel dat je je meer zorgen gaat maken als je niet meer zoveel kunt doen als je gewend was en jezelf in acht moet nemen. Dan komen de zorgen in je gedachten boven en laten zich voelen.'

'Ja, ik weet wat u bedoelt, maar ik geloof niet dat meneer Rafiel zo was. Verder is het zo dat ik al enige tijd geleden mijn ontslag heb genomen als zijn secretaresse. Twee of drie maanden nadat ik Edmund had leren kennen.'

'O ja, uw echtgenoot. Meneer Rafiel moet het heel vervelend hebben gevonden u kwijt te raken.'

'Dat geloof ik niet,' zei Esther luchtig. 'Hij was niet iemand die zich door zoiets van streek liet maken. Hij heeft vast meteen een andere secretaresse genomen. En als die hem niet beviel, heeft hij haar ongetwijfeld met een gouden handdruk weggestuurd en weer iemand anders in de arm genomen, tot hij de secretaresse had gevonden die hem beviel. Hij was altijd en in alle opzichten iemand die zijn gezonde verstand gebruikte.'

'Ja, dat kan ik me indenken. Toch kon hij ook heel makkelijk kwaad worden.'

'Daar genoot hij van,' zei Esther. 'Ik denk dat hij het beschouwde als een soort toneelspel.'

'Toneelspel,' zei Miss Marple nadenkend. 'Drama. Ik heb me al vaak afgevraagd... Denkt u dat meneer Rafiel een specifieke belangstelling had voor criminologie, een bestudering ervan, bedoel ik dan. Hij... tsja, ik weet niet...'

'Bedoelt u vanwege wat er in het Caraïbisch gebied is gebeurd?' vroeg Esther en haar stem klonk opeens hard.

Miss Marple twijfelde er aan of ze door moest gaan, maar toch moest ze op de een of andere manier wat informatie zien te verkrijgen waar ze iets mee kon doen. 'Nee, niet daarom. Ik vroeg me alleen af of hij zich later soms is gaan interesseren voor de psychische motieven die aan dergelijke daden ten grondslag liggen. Of belangstelling had gekregen voor zaken die niet op een juiste manier waren afgehandeld of... tsja...'

Ze begon met de minuut verwarder te praten.

'Waarom zou hij in vredesnaam voor iets dergelijks ook maar enige belangstelling gehad moeten hebben? En laten we het dan alstublieft niet hebben over die afschuwelijke affaire op St. Honoré.'

'Nee, natuurlijk niet. Ik denk dat u volkomen gelijk heeft en het spijt me heel erg dat ik erover ben begonnen. Ik dacht alleen aan de dingen die meneer Rafiel soms zei. Eigenaardige zinswendingen, soms. Ik vroeg me alleen af of hij soms bepaalde theorieën had opgebouwd over de oorzaken van een misdaad.'

'Hij had altijd alleen belangstelling voor financiële aangelegenheden,' zei Esther kortaf. 'Misschien zou een heel slim opgezette zwendelzaak zijn belangstelling hebben gewekt, maar verder heeft hij zich voor dergelijke dingen beslist niet geïnteresseerd.'

Ze keek Miss Marple nog steeds met koude ogen aan.

'Het spijt me,' zei Miss Marple verontschuldigend. 'Ik... ik had niet mogen praten over ongelukkige aangelegenheden die nu godzijdank tot het verleden behoren. Nu moet ik weer eens opstappen. Ik moet mijn trein halen en dat zal krap worden. O hemeltje, waar heb ik mijn tas nu gelaten? O ja, daar staat hij.'

Ze pakte haar tas, paraplu en een paar andere dingen en was daar druk mee doende tot de spanning iets was afgenomen. Toen ze buiten stond, draaide ze zich nog eenmaal om naar Esther, die er op aandrong dat ze een kopje thee bleef drinken.

'Nee, dank u. Ik heb nog maar weinig tijd. Ik ben heel blij u weer eens te hebben ontmoet en ik wil u nog feliciteren met uw huwelijk en de hoop uitspreken dat u een gelukkig leven wacht. Ik neem aan dat u niet meer van plan bent nog als secretaresse te gaan werken?'

'Sommige mensen doen dat wel. Ze vinden het interessant, zeggen ze. Ze vervelen zich wanneer ze niets te doen hebben. Maar ik denk dat ik van zo'n leventje juist wel zal genieten. En ik zal ook genieten van het geld dat meneer Rafiel me heeft nagelaten. Het was heel aardig van hem en ik denk dat hij zou hebben gewild dat ik ervan genoot, ook al zou ik het op een in zijn ogen nogal dwaze, vrouwelijke manier uitgeven. Dure kleren en een nieuw kapsel en zo. Hij zou dat alles heel dwaas hebben gevonden. Ik was op hem gesteld, weet u,' voegde ze daar toen onverwacht aan toe. 'Ja, ik was beslist erg op hem gesteld. Ik denk dat dat kwam omdat hij voor mij een soort uitdaging vormde. Hij was moeilijk in de omgang en daarom genoot ik ervan me staande te houden.'

'En hem in de hand te houden?'

'Nee, dat niet direct, maar misschien had ik toch wel wat meer invloed op hem dan hij dacht.'

Miss Marple liep de weg af. Ze keek nog een keer om en zwaaide. Esther Anderson stond nog in de deuropening en zwaaide vrolijk terug.

'Ik dacht dat dit iets te maken had met haar of iets waarvan zij op de hoogte was,' zei Miss Marple tegen zichzelf, 'maar ik geloof dat ik het mis had. Nee, ik geloof niet dat zij bij deze kwestie is betrokken, in welk opzicht dan ook. Mijn hemel, ik heb het gevoel dat meneer Rafiel van me verwachtte dat ik veel slimmer was dan ik blijk te zijn. Ik denk dat hij van me verwachtte dat ik verbanden zou ontdekken – maar waartussen? Ik vraag me af wat ik nu moet doen.' Ze schudde haar hoofd.

Ze moest over dit alles eens heel zorgvuldig nadenken. Deze kwestie was haar, als het ware, nagelaten. Ze had kunnen weigeren, maar ze had de opdracht aangenomen en moest nu zien te begrijpen waar het allemaal om ging. Of moest ze op dit moment nog niet proberen iets te begrijpen en gewoon doorgaan, in de hoop dat haar enige aanwijzingen zouden worden gegeven? Af en toe deed ze haar ogen dicht en trachtte zich het gezicht van meneer Rafiel voor de geest te halen. Zittend in de tuin van het hotel in West-Indië, in zijn tropenpak: zijn boos ogende, doorgroefde gezicht, de onverwachte humoristische opmerkingen. Wat ze in feite wilde weten, was waaraan hij had gedacht toen hij dit plan bedacht, toen hij aanstalten maakte het vaste vorm te geven. Haar ertoe te verlokken zijn voorstel aan te nemen, haar ertoe over te halen het aan te nemen, haar er wellicht als een bullebak toe te dwingen het aan te nemen. Dat laatste zou, meneer Rafiel kennende, wel het juiste zijn. Hij wilde kennelijk iets gedaan hebben en had haar daarvoor uitgekozen. Waarom? Omdat ze hem opeens in gedachten was gekomen? Maar waarom zou ze hem opeens in gedachten zijn gekomen?

Ze dacht terug aan meneer Rafiel en alles wat er op St. Honoré was gebeurd. Kon het zijn dat het probleem dat hem rond de tijd van zijn dood had beziggehouden, hem had doen denken aan dat bezoek aan West-Indië? Was er op de een of andere manier sprake van een verband met iemand die daar was geweest, die actief bij de gebeurtenissen betrokken was geweest, of alleen als toeschouwer had gefungeerd? Had hij daarom aan Miss Marple gedacht? Was er sprake van een schakel of een ander verband? Zo niet, waarom had hij dan opeens aan haar gedacht? Wat hád ze waardoor hij meende dat hij haar kon gebruiken, in welk opzicht dan ook? Ze was een oudere, nogal warhoofdige, beslist heel gewone vrouw, die in lichamelijk opzicht niet erg sterk was en geestelijk lang niet meer zo alert als ze ooit was geweest. Wat waren haar speciale kwalificaties in zijn ogen geweest, zo ze die al had? Ze kon er geen bedenken. Zou meneer Rafiel mogelijkerwijs een grapje met haar hebben willen uithalen? Zelfs wanneer meneer Rafiel zijn stervensuur zag naderen, was het mogelijk dat hij nog een grap had willen uithalen die overeenstemde met zijn eigenaardige gevoel voor humor.

Ze kon niet ontkennen dat de mogelijkheid dat meneer Rafiel zelfs op zijn doodsbed een grap had willen uithalen, bestond. Het kon zijn dat er een ironisch gevoel voor humor door was bevredigd.

'Ik moet, ik móet ergens een bepaalde kwalificatie voor hebben,' zei Miss Marple tegen zichzelf. Meneer Rafiel was niet langer op deze aarde, dus kon hij niet meer uit de eerste hand van zijn grap genieten. Welke kwalificaties hád ze? 'Welke kwalificatie heb ik waar iemand iets aan zou hebben, voor wat dan ook?' zei Miss Marple.

Ze maakte met passende bescheidenheid de balans van zichzelf op. Ze was nieuwsgierig, ze stelde vragen, ze was het type waarvan men verwachtte dat er vragen werden gesteld, en had daar ook de juiste leeftijd voor. Dat was een punt in haar voordeel, een punt dat meneer Rafiel mogelijk in overweging had genomen. Je kon een privé-detective er op uitsturen om vragen te stellen, maar het stond vast dat je veel makkelijker gebruik kon maken van de diensten van een oudere dame die de gewoonte had rond te neuzen en nieuwsgierig te zijn, te veel te praten, dingen aan de weet te willen komen. Iedereen zou zo'n gedrag als volkomen normaal accepteren.

'Een nieuwsgierig oud Aagje,' zei Miss Marple tegen zichzelf. 'Ja, ik zie duidelijk in dat men mij zal beschouwen als een nieuwsgierige oude vrijster. Er zijn er zoveel van en ze lijken allemaal op elkaar. En natuurlijk ben ik een heel gewone vrouw. Een zeer gewone, nogal warhoofdige oude vrouw. En dat is natuurlijk een heel goede camouflage. Hemeltje, ik vraag me af of ik langs de juiste lijnen aan het denken ben. Soms weet ik wel hoe mensen zíjn. Ik bedoel... ik weet hoe mensen zijn omdat ze me doen denken aan bepaalde andere mensen die ik heb gekend. Dus ken ik een aantal van hun zwakke en hun sterke punten. Ik weet wat voor mensen *zij* zijn. Dat staat vast.'

Ze dacht weer aan St. Honoré en het Hotel De Gouden Palm. Ze had een poging ondernomen om de mogelijkheden van een verband te onderzoeken door haar bezoek aan Esther Walters. Dat had beslist niets opgeleverd, concludeerde Miss Marple. Van daaruit leek ze niet verder te kunnen komen. Niets wees op een verband met het verzoek dat haar nu was gedaan. Wat dat in feite behelsde, wist ze nog altijd helemaal niet.

'Hemeltje,' zei Miss Marple. 'Meneer Rafiel, u bent een hoogst vermoeiende man!' Ze zei het hardop en er klonk beslist een verwijt in haar stem door.

Maar toen ze later haar bed inklom en haar kruik tegen de meest pijnlijke plek van haar reumatische rug legde, zei ze: 'Ik heb gedaan wat ik kon.' Die opmerking zou als een halve verontschuldiging kunnen worden beschouwd.

Ze zei het hardop, alsof ze sprak tegen iemand die zonder meer in de kamer zou kunnen zijn. Natuurlijk kon hij overal zijn, maar er zou ook sprake kunnen zijn van de een of andere telepathische of telefonische communicatie en als dat zo was, zou ze er geen doekjes om winden.

'Ik heb gedaan wat ik kon. Alles wat gezien de mij opgelegde beperkingen mogelijk was. Nu moet ik het verder aan ú overlaten.'

Toen ging ze wat makkelijker liggen, stak een hand uit om de elektrische lamp uit te doen en ging slapen.

Instructies uit het hiernamaals

Drie of vier dagen later kwam er met de tweede post een brief. Miss Marple pakte hem op en deed ermee wat ze gewoonlijk met brieven deed. Ze draaide hem om, keek naar de postzegel, keek naar het handschrift, kwam tot de conclusie dat het geen rekening kon zijn en maakte hem open. Hij was getypt.

'Beste Miss Marple,

Tegen de tijd dat u deze brief leest, zal ik dood en begraven zijn. *Niet* gecremeerd, tot mijn vreugde. Ik heb het altijd onwaarschijnlijk gevonden dat het je zou lukken om uit een mooie bronzen urn uit je as op te staan om iemand te achtervolgen wanneer je daar zin in had! Terwijl het idee op te staan uit je graf en iemand te achtervolgen, beslist wel tot de mogelijkheden behoort. Zal ik dat willen doen? Wie zal het zeggen. Misschien wil ik wel met ú communiceren.

Op dit moment zullen mijn advocaten contact met u hebben gezocht en u een bepaald voorstel hebben gedaan. Ik hoop dat u dat heeft aangenomen. Als u dat niet heeft gedaan, spijt me dat totaal niet. Het is uw keuze.

Deze brief moet u bereiken op de elfde van de maand, als mijn advocaten hebben gedaan wat hun was opgedragen en de posterijen de taak hebben vervuld die ze worden geacht te vervullen. Over twee dagen zult u een schrijven ontvangen van een reisbureau in Londen. Ik hoop dat hetgeen daarin staat u niet zal tegenstaan. Meer hoef ik daar niet over te zeggen. Ik wil dat u uw gedachten de vrije loop kunt laten. Pas goed op uzelf. Ik denk dat dat u wel zal lukken, want u bent een heel slimme vrouw. Veel succes en moge uw beschermengel naast u staan en goed over u waken. U zou zo'n figuur nog wel eens nodig kunnen hebben.

Uw trouwe vriend,
J.B. Rafiel.'

'Twee dagen!' zei Miss Marple.

Ze vond het moeilijk die tijd door te komen. De posterijen volbrachten hun taak, evenals de Beroemde Huizen en Tuinen van Groot-Brittannië.

'Geachte Miss Marple,

Gehoorzamend aan de instructies die ons zijn gegeven door wijlen de heer Rafiel, sturen we u de bijzonderheden van onze reis nummer 37, langs de Beroemde Huizen en Tuinen van Groot-Brittannië, die op aanstaande donderdag, de zeventiende, vanuit Londen van start zal gaan.

Indien het u mogelijk is naar ons kantoor in Londen te komen, zal onze mevrouw Sandbourne, die als reisleidster zal optreden, u gaarne alle details verstrekken en op al uw vragen antwoord geven.

Onze reis duurt twee tot drie weken. Meneer Rafiel was van mening dat deze reis u bijzonder zou aanspreken, omdat we delen van Engeland bezoeken waar u, voor zover hem bekend is, nog nooit bent geweest, en omdat het landschap er zeer aantrekkelijk is en sommige tuinen bijzonder fraai zijn. Hij heeft het zo voor u geregeld dat u de beste accommodatie zult krijgen, evenals alle beschikbare luxe die wij u kunnen bieden.

Misschien wilt u zo vriendelijk zijn ons te laten weten op welke datum u een bezoekje zou kunnen brengen aan ons kantoor in Berkeley Street?'

Miss Marple vouwde de brief op, stopte hem in haar handtasje, schreef het telefoonnummer op, dacht aan een paar vriendinnen en belde twee van hen op. Een had al meerdere malen een rondreis langs de Beroemde Huizen en Tuinen gemaakt en gaf daar hoog over op. De andere was zelf nooit met zo'n reis mee geweest, maar had wel vriendinnen die met dat reisbureau in zee waren gegaan en die zeiden dat alles prima geregeld was, hoewel het wel ietwat aan de dure kant was, maar beslist niet te inspannend voor mensen op leeftijd. Toen draaide ze het nummer van Berkeley Street en zei dat ze de volgende dinsdag langs zou komen.

De dag daarna sprak ze er met Cherry over.

'Cherry, het kan zijn dat ik wegga, voor een rondreis.'

'Een rondreis? Een van die geheel verzorgde reizen naar het buitenland?'

'Nee, niet naar het buitenland. Hier, in Engeland. Vooral om historisch belangrijke gebouwen en tuinen te bezichtigen.'

'Denkt u dat het verstandig is dat op uw leeftijd nog te doen? Zo'n reis kan heel vermoeiend zijn, weet u. Soms moet je wel kilometers lopen.'

'Mijn gezondheid is echt heel goed,' zei Miss Marple, 'en ik heb altijd gehoord dat die reizen zodanig worden geregeld dat mensen die niet bijzonder sterk zijn, regelmatig op verhaal kunnen komen.'

'Nu, in ieder geval moet u goed op uzelf passen,' zei Cherry. 'We willen niet dat u een hartaanval krijgt, ook al bent u op dat moment een bijzonder fraaie fontein aan het bekijken of zo. U bent een beetje aan de oude kant, weet u, om iets dergelijks te ondernemen. Neemt u het me niet kwalijk dat ik het zeg, want het klinkt een beetje onbeleefd, maar ik zou het niet prettig vinden als u doodging omdat u te veel heeft gedaan.'

'Ik kan best op mezelf passen,' zei Miss Marple waardig.

'Best, maar u moet voorzichtig zijn!'

Miss Marple pakte een geschikte reistas in, ging naar Londen en boekte een kamer in een bescheiden hotel. Ah, Hotel Bertram, dacht ze. Wat was dát een prachtig hotel. Hemeltje, aan dergelijke dingen moet ik niet denken. Het St. George is ook best aangenaam. Op het afgesproken tijdstip was ze in Berkeley Street en werd meegenomen naar een kantoortje waarin een plezierig ogende vrouw van een jaar of vijfendertig opstond om haar te begroeten, zei dat ze mevrouw Sandbourne heette en de leiding over deze rondreis zou hebben.

'Heb ik het juist begrepen dat deze reis in mijn gevoel...' begon Miss Marple en aarzelde toen.

Mevrouw Sandbourne voelde de lichte verlegenheid aan en zei: 'O ja. Misschien had ik duidelijker moeten zijn in de brief die wij u hebben gestuurd. Meneer Rafiel heeft alles al betaald.'

'U weet toch zeker wel dat hij dood is?' vroeg Miss Marple.

'Ja, maar dit alles was al geregeld voor zijn dood. Hij zei dat zijn gezondheid slecht was, maar dat hij een heel oude vriendin van hem wilde trakteren, die niet de gelegenheid had gehad om zo vaak op reis te gaan als ze wellicht graag zou hebben gewild.'

2

Twee dagen later was Miss Marple, nadat ze haar nieuwe, fraaie koffer aan de chauffeur had overgedragen, met haar kleine reistas aan boord gestapt van een zeer comfortabele en luxueuze bus, die in noordwestelijke richting Londen uit reed. Ze bestudeerde de passagierslijst die was vastgehecht aan de binnenkant van een fraaie brochure waarin details werden gegeven van iedere dag van de reis, en waarin nadere informatie werd verstrekt over hotels en maaltijden, bezienswaardigheden en alternatieven voor sommige dagen. Zonder er de nadruk op te leggen werd gesuggereerd dat de ene mmogelijkheid meer geschikt was voor jonge en actieve mensen, en de andere vooral voor de wat oudere mensen, wier voeten zeer deden, die last hadden van reumatiek en er de voorkeur aan zouden geven geen lange afstanden over een glooiend terrein te lopen. Het was allemaal heel tactisch en keurig geregeld.

Miss Marple las de passagierslijst door en bekeek haar medereizigers. Dat was niet moeilijk, omdat die hetzelfde aan het doen waren. Ze namen haar op, maar voor zover Miss Marple kon nagaan, legde niemand speciale belangstelling voor haar aan de dag.

Mevrouw Riseley-Porter
Juffrouw Joanna Crawford
Kolonel en mevrouw Walker
Meneer en mevrouw H.T. Butler
Juffrouw Elizabeth Temple
Professor Wanstead
Meneer Richard Jameson
Juffrouw Lumley

Juffrouw Bentham
Meneer Caspar
Juffrouw Cooke
Juffrouw Barrow
Meneer Emlyn Price
Miss Jane Marple

Er waren vier oudere dames bij. Miss Marple bekeek hen het eerst om hen, als het ware, terzijde te kunnen schuiven. Twee van hen reisden samen en Miss Marple schatte dat ze een jaar of zeventig waren. Ruwweg gesproken konden ze worden beschouwd als leeftijdgenoten van haar. Een van hen was heel beslist van het klagende type, iemand die voor in de bus wilde zitten, of het alleen kon verdragen aan de schaduwzijde plaats te nemen. Die meer frisse lucht wilde hebben, of juist minder. Ze hadden plaids bij zich, en gebreide sjaals en een heel assortiment reisgidsen. Ze waren ietwat invalide en hadden vaak last van voeten of rug of knieën, maar behoorden desalniettemin tot diegenen wier leeftijd en kwaaltjes het hun niet beletten om van het leven te genieten zolang ze nog leefden. Oude vrijsters, maar beslist geen types die er de voorkeur aan geven thuis te blijven zitten. Miss Marple maakte een aantekening in het kleine notitieboekje dat ze bij zich had.

Vijftien passagiers, haarzelf en mevrouw Sandbourne niet meegerekend. Omdat ze met deze reis was meegestuurd, moest minstens één van die vijftien passagiers op de een of andere manier belangrijk zijn. Ofwel als informatiebron, ofwel als iemand die iets te maken had met de justitie of een rechtszaak, of wellicht iemand die een moord had gepleegd of van plan was die te plegen. Alles was mogelijk, dacht Miss Marple, met meneer Rafiel. In ieder geval moest ze aantekeningen maken over deze mensen.

Op de rechterbladzijde van haar aantekenboekje zou ze opschrijven wie vanuit het standpunt van meneer Rafiel bezien enige aandacht vereiste, en op de linkerbladzijde zou ze de namen van die mensen opschrijven, of doorstrepen, die alleen belangstelling behoefden wanneer ze haar enige bruikbare informatie zouden kunnen verschaffen.

Dat zou informatie kunnen zijn waarvan ze niet eens wisten dat ze die hadden. Of wel wisten dat ze die hadden, maar er geen idee van konden hebben dat zij of meneer Rafiel of de justitie of de Gerechtigheid met een hoofdletter, er iets aan zouden kunnen hebben. Achter in het kleine boekje zou ze vanavond wellicht een paar aantekeningen maken wanneer iemand haar had doen denken aan figuren die ze in het verleden in St. Mary Mead en elders had gekend. Iedere overeenkomst zou een bruikbare aanwijzing kunnen zijn. Dat was bij eerdere gelegenheden al vaak gebleken.

De twee andere oudere dames leken afzonderlijk te reizen en waren alle twee een jaar of zestig. De ene was een goed geconserveerde, goed geklede vrouw die zichzelf in sociaal opzicht kennelijk belangrijk vond, en dat waarschijnlijk voor andere mensen ook wel zou zijn. Haar stem was luid en dictatoriaal. Ze bleek een nichtje op sleeptouw te hebben, een meisje van een jaar of achttien, negentien, die haar aansprak als tante Geraldine. Het nichtje, zag Miss Marple, was er kennelijk aan gewend om te gaan met de bazigheid van tante Geraldine. Ze was een competent en ook aantrekkelijk meisje.

Aan de andere kant van het gangpad zat naast Miss Marple een grote man met vierkante schouders en een onhandig ogend lichaam, alsof hij slordig in elkaar was gezet door een ambitieus kind dat met oneffen bouwstenen aan de slag was gegaan. Zijn gezicht zag eruit alsof het de bedoeling van moeder Natuur was geweest het rond te maken, maar dat gezicht daartegen in verzet was gekomen en had besloten een vierkant effect te verkrijgen door het ontwikkelen van een krachtige kaak. Hij had een dikke bos grijzend haar en ontzettend grote borstelige wenkbrauwen, die zich op en neer bewogen om hetgeen hij zei, te benadrukken. Hij leek vrijwel uitsluitend op een blaffende toon te kunnen spreken, alsof hij een schaapshond was die had leren praten. Naast hem zat een lange, donkere buitenlander, die onrustig op zijn stoel heen en weer schoof en veel handgebaren maakte. Hij sprak een heel eigenaardig Engels en maakte af en toe opmerkingen in het Frans en het Duits. De gezette man leek daar geen problemen mee te hebben en schakelde eveneens vaak welwillend over op het

Frans of het Duits. Miss Marple nam hen nog even op en kwam tot de conclusie dat de man met de borstelige wenkbrauwen professor Wanstead moest zijn, en de zo snel opgewonden buitenlander meneer Caspar.

Ze vroeg zich af waarover ze zo geanimeerd aan het praten waren, maar kon de snelle, harde woordenstroom van meneer Caspar niet volgen.

De bank voor hen werd in beslag genomen door de andere vrouw van een jaar of zestig, een lange vrouw, wellicht wat ouder dan zestig, maar iemand die wel altijd en overal in een mensenmenigte zou opvallen. Ze was nog altijd een heel knappe vrouw met donkergrijs haar dat in een knot hoog op haar hoofd was opgestoken, strak weggekamd van een fraai voorhoofd. Ze had een lage, heldere, scherpzinnige stem. Een persoonlijkheid, dacht Miss Marple. Iemand die iets te betekenen had! Ja, dat was ze beslist. Doet me denken aan Dame Emily Waldron, dacht ze. Dame Emily Waldron was een beroemde geleerde geweest, die in Oxford had gedoceerd. Miss Marple had haar eenmaal ontmoet, in het gezelschap van haar neef, en had haar daarna nooit helemaal kunnen vergeten.

Miss Marple ging verder met het bekijken van de passagiers. Er waren twee echtparen. Het ene was Amerikaans, van middelbare leeftijd en vriendelijk: een spraakzame echtgenote en een echtgenoot die rustig was en het altijd met haar eens leek te zijn. Het was duidelijk dat zij graag en veel reisden. Het andere was een Engels echtpaar, eveneens van middelbare leeftijd. Zonder te aarzelen schreef Miss Marple op dat het een gepensioneerde legerofficier met zijn echtgenote moest zijn. Kolonel en mevrouw Walker.

Achter haar zat een lange, magere man van een jaar of dertig, met een zeer technisch vocabulaire, duidelijk een architect. Er waren ook twee dames van middelbare leeftijd die iets verderop in de bus naast elkaar zaten. Ze bespraken de brochure, om te weten welke attracties deze reis te bieden had. De ene vrouw was donker en mager, de andere blond en nogal stevig gebouwd, en het gezicht van die laatste leek Miss Marple vaag bekend voor te komen. Ze vroeg zich af waar ze haar al eens had ontmoet of gezien. Ze kon zich dat echter niet meer voor de geest halen. Mogelijk iemand die ze tijdens een cocktailparty had ontmoet, of tegenover wie ze in een trein had gezeten. Ze had niets speciaals dat je je meteen zou kunnen herinneren.

Ze moest nu nog een passagier nader in ogenschouw nemen, en dat was een jongeman van wellicht een jaar of negentien, twintig. Hij droeg de bij zijn leeftijd en sekse passende kleding: een strakke, zwarte spijkerbroek, een purperen polotrui. Op zijn hoofd prijkte een dikke, onverzorgde zwarte haardos. Hij keek met een zekere belangstelling naar het nichtje van de bazige dame en het nichtje van de bazige dame keek ook met een zekere belangstelling naar hem, meende Miss Marple. Ondanks het feit dat de passagiers voor het merendeel oudere vrouwen waren, waren er in ieder geval ook twee *jonge* mensen bij.

Ze stopten voor een lunch in een aangenaam hotel langs de rivier en die middag werd Blenheim bekeken. Miss Marple had Blenheim al tweemaal eerder bezocht, dus spaarde ze haar voeten door in het kasteel niet al te lang rond te kijken en al snel te gaan genieten van de tuinen en het schitterende uitzicht.

Toen ze in het hotel arriveerden waar ze de nacht zouden doorbrengen, begonnen de passagiers elkaar al een beetje te kennen. De efficiënte mevrouw Sandbourne, die niet vermoeid geworden leek te zijn door het bezoek aan Blenheim, verrichtte de haar opgedragen taak heel goed. Ze vormde kleine groepjes en voegde daar mensen die alleen leken te staan aan toe met zacht geuite opmerkingen als: 'U móet kolonel Walker zijn tuin eens voor u laten beschrijven. Hij heeft zo'n schitterende collectie fuchsia's!' Met dergelijke kleine zinnetjes bracht ze de mensen bij elkaar.

Miss Marple kende nu alle passagiers bij naam. De man met de borstelige wenkbrauwen bleek inderdaad professor Wanstead te zijn, zoals ze al had gedacht, en de buitenlander was meneer Caspar. De bazige dame was mevrouw Riseley-Porter en haar nichtje heette Joanna Crawford. De jongeman met die grote bos haar was Emlyn Price en hij en Joanna

Crawford leken druk bezig te zijn uit te vinden dat ze bepaalde dingen gemeen hadden, zoals uitgesproken meningen over economie en kunst, politiek en dergelijke onderwerpen meer.

De twee oudste oude vrijsters leken als vanzelf naar Miss Marple toe te worden getrokken, omdat zij een verwante ziel was. Ze spraken over reumatiek, jicht, diëten, nieuwe artsen, geneesmiddelen en huismiddeltjes die hadden gebaat wanneer al het overige had gefaald. Ze spraken over de vele reizen die ze naar onbekende plaatsen in Europa hadden gemaakt. Over hotels, reisbureaus en uiteindelijk ook het graafschap Somerset, waar juffrouw Lumley en juffrouw Bentham woonden en waar de problemen om een fatsoenlijke tuinman te krijgen, zich eenvoudigweg niet lieten beschrijven.

De twee dames van middelbare leeftijd die samen op reis waren, bleken juffrouw Cooke en juffrouw Barrow te zijn. Miss Marple had nog steeds het gevoel dat de blonde van dat stel, juffrouw Cooke, haar vaag bekend voorkwam, maar ze kon zich nog altijd niet herinneren waar ze haar al eens eerder had gezien. Waarschijnlijk verbeeldde ze zich dat alleen maar. En hoewel ze zich dat misschien óók alleen maar verbeeldde, kon ze zich niet aan de indruk onttrekken dat juffrouw Barrow en juffrouw Cooke haar meden. Ze leken meteen een andere kant op te willen gaan zodra zij bij hen in de buurt kwam. Maar dat zóu natuurlijk louter verbeelding kunnen zijn.

Vijftien mensen, van wie er op zijn minst een op de een of andere manier van belang moest zijn. Die avond liet ze tijdens een gezellig gesprekje zo tussen neus en lippen door de naam van meneer Rafiel vallen, om te zien of iemand daar op de een of andere manier op zou reageren. Dat was niet het geval.

De knappe vrouw bleek juffrouw Elizabeth Temple te zijn, het gepensioneerde hoofd van een beroemde meisjeskostschool. Niemand kwam Miss Marple als een mogelijke moordenaar voor, met uitzondering wellicht van meneer Caspar, en dat idee berustte waarschijnlijk op een vooroordeel jegens buitenlanders. De magere jongeman was Richard Jameson, een architect.

'Misschien zal ik morgen meer succes hebben,' zei Miss Marple tegen zichzelf.

3

Toen Miss Marple naar bed ging, was ze beslist bekaf. Het bekijken van bezienswaardigheden was aangenaam maar uitputtend, en het pogen vijftien of zestien mensen tegelijkertijd te bestuderen terwijl je je ook nog eens moest afvragen of zij mogelijkerwijze in verband konden staan met een moord, was nóg uitputtender. Het had iets zo onwerkelijks dat Miss Marple het gevoel had dat je het niet serieus kon nemen. Het leken allemaal heel aardige mensen te zijn, het soort mensen met wie je aan een cruise of een reis begon, met alles wat daarbij hoorde. Toch keek ze de passagierslijst nog even snel door en maakte een paar korte aantekeningen.

Mevrouw Riseley-Porter? Níet in verband te brengen met een misdaad. Te egoïstisch, en een te groot klassebewustzijn.

Nichtje Joanna Crawford? Idem? Maar wel heel efficiënt.

Mevrouw Riseley-Porter zou echter wel over informatie kunnen beschikken waaraan Miss Marple iets kon hebben. Ze moest met haar op vriendschappelijke voet blijven verkeren.

Juffrouw Elizabeth Temple? Een persoonlijkheid. Interessant. Ze deed Miss Marple niet denken aan een moordenares die ze ooit had gekend. 'In feite,' zei Miss Marple tegen zichzelf, 'straalt ze integriteit uit. *Als* ze een moord had begaan, zou het een heel populaire moord moeten zijn geweest. Misschien om een nobele reden, of een reden die zij nobel achtte?' Maar dat idee vond ze toch niet bevredigend. Juffrouw Temple, meende ze, zou altijd weten wat ze deed en waarom ze iets deed, en geen dwaze ideeën gaan koesteren over nobel gedrag wanneer er slechts sprake was van boosaardigheid. 'Toch,' ging Miss Marple tegen zichzelf verder, 'is zij iemand van betekenis en ze zou – ja, ze zóu – iemand kunnen zijn met wie meneer Rafiel me om de een of andere reden kennis heeft willen laten maken.' Ze schreef die gedachten neer op de rechterbladzijde van haar aantekenboekje.

Toen wijzigde ze haar gezichtspunt. Ze had nagedacht over een mogelijke moordenaar, maar hoe zat het met een mogelijk slachtoffer? Wie zou een mogelijk slachtoffer kunnen zijn? Niemand leek daar in het bijzonder voor in aanmerking te komen. Misschien mevrouw Riseley-Porter. Rijk, nogal onaangenaam. Het efficiënte nichtje zou haar erfgename kunnen zijn. Zij en de anarchistische Emlyn Price zouden de handen ineen hebben kunnen slaan voor de zaak van het antikapitalisme. Geen erg geloofwaardig idee, maar een andere verklaring was ook niet te vinden.

Professor Wanstead? Een interessante man, daar was ze zeker van. Vriendelijk ook. Was hij een geleerde of een arts? Miss Marple was daar nog niet zeker van, maar ze plaatste hem aan de kant van de geleerden. Ze wist zelf niets af van wetenschappelijk onderzoek, doch het leek haar totaal niet onwaarschijnlijk dat de man zich daarmee bezighield.

Meneer en mevrouw Butler? Die namen streepte ze door. Aardige Amerikanen. Geen connecties met een persoon in West-Indië of iemand die zij had gekend. Nee, ze meende niet dat de Butlers van belang waren.

Richard Jameson? Dat was de magere architect. Miss Marple kon zich niet indenken hoe architectuur er iets mee te maken kon hebben, maar zeker kon je er natuurlijk nooit van zijn. Misschien was ergens in een huis een geheime schuilplaats aangebracht? In een van de huizen die ze bezochten, zou zo'n schuilplaats kunnen zijn, met een skelet erin. Omdat meneer Jameson architect was, zou hij precies weten waar je naar zo'n plaats moest zoeken. Hij zou haar wellicht kunnen helpen die te ontdekken, of zij zou hem kunnen helpen die te ontdekken, en dan zouden ze een lijk vinden. 'Wat een onzin ben ik aan het denken en uitkramen,' zei Miss Marple.

Juffrouw Cooke en juffrouw Barrow? Een doodgewoon stel, maar toch was ze er zeker van dat ze een van hen al eens eerder had gezien. In ieder geval had ze juffrouw Cooke al eens gezien. Nu ja, ze zou het zich op een gegeven moment wel herinneren, veronderstelde ze.

Kolonel en mevrouw Walker? Aardige mensen. Gepensioneerde legerofficier. Had voornamelijk in het buitenland gediend. Aardige mensen om mee te praten, maar ze dacht niet dat ze van hen iets wijzer zou kunnen worden.

Juffrouw Bentham en juffrouw Lumley? De oude vrijsters. Onwaarschijnlijk dat zij misdadigsters waren, maar omdát ze bejaarde oude vrijsters waren, kenden ze wellicht vele roddels, of beschikten ze over informatie, of zouden ze een verhelderende opmerking kunnen maken, zelfs als die werd geplaatst in verband met reumatiek of gepatenteerde geneesmiddelen.

Meneer Caspar? Mogelijkerwijs een gevaarlijke figuur. Heel snel opgewonden. Die zou ze voorlopig op haar lijstje laten staan.

Emlyn Price? Waarschijnlijk een student. Studenten konden heel gewelddadig zijn. Zou meneer Rafiel haar op het spoor van een student hebben gezet? Dat zou wellicht afhankelijk zijn wat die student had gedaan of wilde doen of ging doen. Wellicht was hij een toegewijde anarchist.

'Hemeltje,' zei Miss Marple, die zich opeens uitgeput voelde, 'ik moet nu echt naar bed.'

Haar voeten deden zeer, net als haar rug, en geestelijk was ze haars inziens niet op haar best. Ze sliep meteen en ze had verscheidene dromen.

In een daarvan vielen de borstelige wenkbrauwen van professor Wanstead van zijn hoofd af omdat het valse wenkbrauwen waren. Toen ze wakker werd, had ze in eerste instantie – zoals zo vaak na een droom – de indruk dat de droom in kwestie alles had opgelost. Natuurlijk, dacht ze. Natúúrlijk! Zijn wenkbrauwen waren vals, en dat loste alles op. Híj was de boef.

Triest moest ze even later tot de conclusie komen dat er niets was opgelost. Het feit dat de wenkbrauwen van professor Wanstead van zijn hoofd waren gevallen, hielp haar totaal niet.

Helaas had ze nu geen slaap meer. Ze ging met een zekere vastberadenheid rechtop in bed zitten.

Ze zuchtte en trok haar kamerjas aan, liep van het bed naar een rechte stoel, pakte een iets groter aantekenboekje uit haar koffer en ging aan de slag.

'Het project dat ik op me heb genomen,' schreef ze, 'heeft te maken met de een of andere misdaad. Meneer Rafiel heeft dat in zijn brief duidelijk gesteld. Hij zei dat ik *flair* voor rechtvaardigheid had en dat dat vanzelf een flair voor misdaden met zich meebracht. Dus gaat het om een misdaad en waarschijnlijk niet om spionage, fraude of roof, omdat ik met iets dergelijks nog nooit ben geconfronteerd en ik met dergelijke dingen ook nooit iets te maken heb gehad. Ik weet er niets van af en in die richting heb ik geen speciale talenten. Wat meneer Rafiel van me wist, is hij alleen te weten kunnen komen gedurende de tijd die we beiden op St. Honoré hebben doorgebracht. We hadden te maken met een moord. Ik heb me nooit geïnteresseerd voor moorden zoals die in de pers worden beschreven. Ik heb nooit boeken over criminologie gelezen of daar werkelijke belangstelling voor aan de dag gelegd. Nee, het is alleen toevallig zo dat ik vaker in de buurt van een plaats waar een moord werd gepleegd ben geweest dan normaal zou lijken. Ik heb mijn aandacht gericht op moorden waarbij vrienden of kennissen betrokken waren. Mensen worden in hun leven wel eens meer toevallig ergens bij betrokken, hoe merkwaardig dat op zich ook kan zijn. Ik kan me herinneren dat een van mijn tantes in haar leven vijf keer schipbreuk heeft geleden en een vriendin van me leek altijd ongelukjes te moeten krijgen. Ik weet dat sommige vrienden van haar weigerden samen met haar in een taxi te stappen. Dergelijke dingen lijken bepaalde mensen om onduidelijke redenen te overkomen. Ik vind het niet prettig het op te schrijven, maar het schijnt dat moorden in mijn nabijheid worden gepleegd, al is het dan godzijdank niet op mijzelf.'

Miss Marple hield op met schrijven, ging iets verzitten, zette een kussen in haar rug en ging verder.

'Ik moet trachten een zo logisch mogelijk overzicht te maken van dit project dat ik op me heb genomen. Mijn instructies zijn tot dusverre beslist ontoereikend. Ze ontbreken vrijwel. Dus moet ik mezelf een duidelijke vraag stellen: waar gaat dit alles over? Antwoord: *Dat weet ik niet*. Merkwaardig en interessant. Een eigenaardige manier voor een man als meneer Rafiel om iets aan te pakken, vooral gezien het feit dat hij in zakelijk en financieel opzicht zo goed was. Hij wil dat ik gis, mijn instincten gebruik, observeer en gehoor geef aan aanwijzingen die me al dan niet duidelijk worden verstrekt.

Dus: punt 1. Ik zal aanwijzingen krijgen, van een overleden

man. Punt 2. *Gerechtigheid* heeft te maken met mijn probleem. Het is ofwel de bedoeling dat ik een onrecht moet herstellen, of de justitie in kennis moet stellen van een ongestrafte misdaad. Dat klopt met het codewoord *wraakgodin* dat meneer Rafiel me heeft meegegeven.

Nadat het principe me was verklaard, heb ik de eerste feitelijke instructie ontvangen. Meneer Rafiel had het voor zijn dood zo geregeld dat ik zou meegaan met reis nummer 37 langs Beroemde Huizen en Tuinen. Waarom? Die vraag moet ik mezelf stellen. Ligt er een geografische of territoriale reden aan ten grondslag? Is er sprake van een verband of een aanwijzing? Een bijzonder beroemd huis? Of iets dat te maken heeft met een speciale tuin of een bijzonder landschap? Dit lijkt me onwaarschijnlijk. Het zal eerder iets te maken hebben met *mensen* of een van de mensen die meedoen aan deze reis. Ik ken geen van hen persoonlijk, maar minstens één van hen moet in verband staan met het raadsel dat ik moet oplossen. Iemand binnen onze groep heeft te maken met een moord. Iemand heeft informatie over, of een speciale band met het slachtoffer van een misdaad, of iemand is zelf een moordenaar of een moordenares. Een moordenaar die op dit moment nog geen verdachte is.'

Miss Marple hield opeens op met schrijven. Ze knikte. Ze was tevreden met de analyse zoals die tot dusverre onder woorden was gebracht.

Dus kon ze weer naar bed gaan.

Miss Marple schreef nog in haar aantekenboekje: 'Dit is het einde van de eerste dag.'

Liefde

De volgende morgen brachten ze een bezoek aan een klein landgoed dat uit de regeringsperiode van Queen Anne dateerde. De rit erheen was niet erg lang of vermoeiend geweest. Het was een heel charmant huis, dat een interessante geschiedenis had en een heel fraaie en ongewoon aangelegde tuin.

Richard Jameson, de architect, had grote bewondering

voor de structurele schoonheid van het huis en omdat hij het soort jongeman was dat zijn eigen stem graag hoorde, bleef hij in vrijwel alle kamers wel even staan om op bijzonder metselwerk of een haard te wijzen, historische gegevens te verstrekken en aan andere bouwwerken uit die periode te refereren. Sommige leden van de groep, die dat eerst wel hadden kunnen waarderen, werden ietwat rusteloos naarmate de monotone lezing langer duurde. Sommigen van hen gingen langzamer lopen, om het gezelschap ongemerkt te kunnen verlaten. De conciërge van het huis begon het ook steeds minder prettig te vinden dat zijn tijd op die manier in beslag werd genomen. Hij ondernam enige pogingen om de zaak zelf weer in de hand te krijgen, maar meneer Jameson weigerde dat toe te laten. De conciërge ondernam een laatste poging.

'In deze kamer, dames en heren, die de Witte Salon wordt genoemd, hebben ze een lijk gevonden. Het was van een jongeman, die met een dolk was doodgestoken en op het haardkleed lag. Dat is ergens in zeventienhonderd-en-zoveel gebeurd. Men zei dat de toenmalige Lady Moffatt een minnaar had. Hij kwam naar binnen via een kleine zijdeur en ging dan een steile trap op, waarna hij deze kamer kon betreden door een los paneel links van de haard. Sir Richard Moffatt, haar echtgenoot, scheen op reis geweest te zijn, over zee, naar de Lage Landen. Maar hij kwam thuis en heeft hen toen betrapt.'

Hij zweeg trots, blij met de reacties van zijn publiek, dat het prettig vond even niet op architectonische details te worden vergast.

'Mijn hemel, Henry, wat romantisch!' zei mevrouw Butler met haar resonerende Amerikaanse stem. 'Er hangt in deze kamer inderdaad een speciale *sfeer*. Ik voelde dat al aan en nu kan ik het helemaal voelen.'

'Mamie is heel gevoelig voor sfeer,' zei haar echtgenoot ernstig tegen diegenen die bij hem in de buurt stonden. 'Toen we een keer in een oud huis in Louisiana waren...'

Het verhaal over de speciale gevoeligheid van Mamie kwam goed op gang en Miss Marple en een paar anderen maakten van die gelegenheid gebruik om de kamer te verlaten en via de schitterende trap naar de begane grond te gaan.

'Een vriendin van me,' zei Miss Marple tegen juffrouw Cooke en juffrouw Barrow, 'heeft een paar jaar geleden iets zenuwslopends meegemaakt. Op een ochtend lag er een lijk op de vloer van haar bibliotheek.'

'Iemand van de familie? Een aanval van epilepsie?'

'O nee, het was moord. Een onbekende jonge vrouw in een avondjurk. Een blondine. Maar haar haren waren geverfd. Ze was in werkelijkheid een brunette; en... o...' Miss Marple maakte haar zin niet af en keek naar het gele haar van juffrouw Cooke dat vanonder haar sjaal te voorschijn kwam.

Opeens wist ze waarom het gezicht van juffrouw Cooke haar zo bekend voorkwam en wist ze waar ze haar al eens eerder had gezien. Maar toen was het haar van juffrouw Cooke donker geweest, bijna zwart. Nu was het echter felgeel.

Mevrouw Riseley-Porter, die de trap afkwam, liep langs hen heen en draaide de gang op.

'Ik kan echt die trappen niet meer op- en aflopen,' zei ze vastberaden, 'en het rondhangen in die kamers is heel vermoeiend. Ik meen dat de tuin hier niet groot is, maar wel heel bekend in botanische kringen. Ik stel voor daar onverwijld naartoe te gaan. Het ziet er naar uit dat de lucht binnenkort dicht zal trekken. Voor het einde van de morgen gaat het volgens mij regenen.'

De autoriteit waarmee mevrouw Riseley-Porter kon spreken, wierp ook nu haar vruchten af. Al diegenen die dicht bij haar in de buurt stonden, of zich binnen gehoorsafstand bevonden, liepen gehoorzaam achter haar aan, via de openslaande deuren van de eetkamer de tuin in. Die was inderdaad mooi. Mevrouw Riseley-Porter legde meteen vastberaden beslag op kolonel Walker en liep weg. Sommigen gingen achter hen aan, anderen kozen een ander pad.

Miss Marple liep naar een bankje dat er comfortabel en ook fraai uitzag. Opgelucht ging ze zitten en loosde een zucht. Juffrouw Elizabeth Temple, die achter haar aan was gekomen, loosde eenzelfde zucht en ging naast haar zitten.

'Huizen bezichtigen is altijd vermoeiend,' zei juffrouw Temple. 'Het meest vermoeiende ter wereld. Vooral als je in iedere kamer naar een lang verhaal moet luisteren.'

'Natuurlijk was alles wat we te horen kregen, wel heel interessant,' zei Miss Marple weifelend.

'O, vond u dat?' zei juffrouw Temple. Ze draaide haar hoofd iets en keek Miss Marple aan. Er was sprake van een soort *rapport* tussen de beide dames, vermengd met iets als pret.

'U niet?' vroeg Miss Marple.

'Nee,' zei juffrouw Temple.

Nu was er beslist sprake van een wederzijdse verstandhouding. Ze zaten gezellig naast elkaar, zonder iets te zeggen. Toen begon Elizabeth Temple over tuinen te praten, en over deze tuin in het bijzonder. 'Hij is ontworpen door Holman,' zei ze, 'ergens in 1800 of 1798. Hij is jong gestorven en dat is jammer, want hij was geniaal.'

'Het is zo triest wanneer iemand jong sterft,' zei Miss Marple.

'Dat vraag ik me af,' zei Elizabeth Temple op een merkwaardige, nadenkende manier.

'Ze missen zoveel,' zei Miss Marple.

'Of ontsnappen aan zoveel,' zei juffrouw Temple.

'Nu ik zo oud ben als ik ben, denk ik dat ik er niets aan kan doen dat ik het idee heb dat je door een vroege dood dingen mist,' zei Miss Marple.

'En ik,' zei Elizabeth Temple, 'heb vrijwel mijn hele leven doorgebracht te midden van jonge mensen en zie het leven van de mensen als een tijdfase die op zich volledig is. Wat heeft T.S. Eliot ook al weer gezegd? *Het moment van de gele roos en het moment van de taxusboom duren even lang.*'

'Ik begrijp wat u bedoelt,' zei Miss Marple. 'Een leven, hoe lang of kort van duur ook, is op zichzelf een volledige ervaring. Maar...' ze aarzelde even, 'heeft u niet het gevoel dat een leven onaf kan zijn omdat het te snel wordt beëindigd?'

'Ja, dat is wel waar.'

'Wat een schitterende pioenrozen,' zei Miss Marple, die naar de bloemen vlak bij haar keek. 'Zo trots en tegelijkertijd zo schitterend fragiel.'

Elizabeth Temple keek haar weer aan. 'Bent u meegegaan om de huizen of de tuinen te bekijken?'

'Vanwege de huizen, veronderstel ik,' antwoordde Miss Marple. 'Ik denk echter wel dat ik het meeste van de tuinen zal genieten, al zijn de huizen op zich een nieuwe ervaring voor me. Hun variëteit en hun geschiedenis, het schitterende oude meubilair en de schilderijen. Een lieve vriend heeft me deze reis aangeboden,' ging ze verder, 'en ik ben hem daar heel dankbaar voor. Ik heb in mijn leven niet veel grote en beroemde huizen gezien.'

'Wat een aardig idee,' zei juffrouw Temple.

'Gaat u vaak met dergelijke reizen mee?' vroeg Miss Marple.

'Nee, en dit is voor mij niet precies zomaar een rondreisje.'

Miss Marple keek haar geïnteresseerd aan. Ze deed haar mond al half open om iets te zeggen, maar hield de vraag nog net binnen. Juffrouw Temple glimlachte haar toe.

'U vraagt zich af waarom ik dan hier ben en wat mijn reden of motief daarvoor is. Zou u daar niet eens naar willen raden?'

'O nee,' zei Miss Marple.

'O ja, dat wilt u wel.' De stem van Elizabeth Temple klonk indringend. 'Het zou me interesseren, ja, echt interesseren. Raadt u eens.'

Miss Marple zweeg enige seconden lang. Ze keek Elizabeth Temple strak en onderzoekend aan. Toen zei ze: 'Het komt niet door wat ik van u weet of door wat mij over u is verteld. Ik weet dat u een behoorlijk bekend figuur bent en dat uw school heel beroemd is. Nee, ik kan alleen een gokje wagen aan de hand van uw uiterlijk. Ik zou... ik zou zeggen dat u bezig bent met een pelgrimstocht. U ziet eruit als iemand die daarmee bezig is.'

Er volgde een stilte en toen zei Elizabeth: 'Dat is een heel goede beschrijving. Ja, ik ben bezig met een pelgrimstocht.'

Miss Marple zei even later: 'Die vriend, die me deze reis heeft laten meemaken en alle onkosten heeft betaald, is nu dood. Het was een zekere meneer Rafiel, een heel rijk man. Heeft u hem toevallig gekend?'

'Jason Rafiel? Ik ken hem natuurlijk van naam, maar ik heb hem nooit persoonlijk gekend of ook maar ontmoet. Hij heeft eens veel geld geschonken voor een educatief project waarin ik was geïnteresseerd. Ik was hem daar heel dankbaar voor. Zoals u al zei, was hij heel rijk. Ik heb een paar weken geleden in de krant een overlijdensbericht van hem gezien. Dus hij was een oude vriend van u?'

'Nee,' zei Miss Marple. 'Ik heb hem iets meer dan een jaar geleden in West-Indië leren kennen, maar ik heb nooit veel over hem geweten. Niet over zijn leven of zijn familie of persoonlijke vrienden. Hij was een groot financier, maar verder vertelde hij nooit veel over zichzelf, zo heb ik gehoord. Heeft u zijn familie gekend, of iemand...' Miss Marple aarzelde. 'Ik heb me vaak het een en ander over hem afgevraagd, maar je stelt niet graag vragen en wekt ongaarne de indruk nieuwsgierig te zijn.'

Elizabeth zweeg een minuut lang en zei toen: 'Ik heb eens een meisje gekend... Een meisje dat een leerlinge van me was op Fallowfield, mijn school. Ze was geen directe familie van meneer Rafiel, maar ze is ooit wel verloofd geweest met zijn zoon.'

'Is ze niet met hem getrouwd?'

'Nee.'

'Waarom niet?' vroeg Miss Marple verder.

'Je zou graag willen zeggen,' zei juffrouw Temple, 'dat ze dat niet heeft gedaan omdat ze er te verstandig voor was. Hij was geen jongeman met wie je een meisje op wie je was gesteld, graag zou zien trouwen. Ze was een mooi en heel lief meisje. Ik weet niet waarom ze niet met hem is getrouwd. Niemand heeft me dat ooit verteld.' Ze zuchtte en zei toen: 'In ieder geval is ze gestorven...'

'Waaraan?'

Elizabeth Temple staarde enige minuten lang naar de pioenrozen. Toen ze weer het woord nam, uitte ze één woord. Dat weerklonk als het gelui van een zware klok – zo hard dat je ervan schrok. 'Liefde!'

'Liefde?' herhaalde Miss Marple scherp.

'Een van de meest angstaanjagende woorden die er op deze wereld bestaan,' zei Elizabeth Temple en weer klonk haar stem bitter en tragisch.

'Liefde...'

Een uitnodiging

Miss Marple besloot die middag niet mee te gaan om bezienswaardigheden te bekijken. Ze gaf toe dat ze een beetje moe was en zei dat ze de oude kerk met veertiende-eeuwse ramen maar aan haar voorbij zou laten gaan. Ze zou een tijdje rusten en zich dan in een tea-room, die haar in de hoofdstraat was aangewezen, weer bij het gezelschap aansluiten. Mevrouw Sandbourne vond dat een heel verstandige beslissing, zei ze.

Miss Marple, die op een comfortabele bank voor de tearoom zat, dacht na over wat ze van plan was nu te doen, en vroeg zich af of dat verstandig was.

Toen de anderen rond theetijd terugkwamen, kon ze zich ongemerkt aansluiten bij juffrouw Cooke en juffrouw Barrow, die aan een tafeltje voor vier personen hadden plaatsgenomen. De vierde stoel werd bezet door meneer Caspar, die naar de indruk van Miss Marple het Engels te weinig beheerste om van belang te kunnen zijn.

Miss Marple knabbelde aan een gebakje, boog zich over de tafel heen en zei tegen juffrouw Cooke: 'Weet u, ik ben er *volkomen* zeker van dat wij elkaar al eens eerder hebben ontmoet. Ik ben tegenwoordig niet meer zo goed in het onthouden van gezichten en ik heb me telkens en telkens weer zitten afvragen waar, maar toch ben ik er zeker van dat ik u al eens een keer heb ontmoet.'

Juffrouw Cooke keek vriendelijk, maar weifelend. Toen keek ze even naar juffrouw Barrow. Miss Marple deed hetzelfde. Juffrouw Barrow leek niet van plan te zijn te helpen dit mysterie te doorgronden.

'Ik weet niet of u ooit wel eens bij mij thuis in de buurt bent geweest,' ging Miss Marple verder. 'Ik woon in St. Mary Mead. Een heel klein dorpje, weet u. Nu ja, tegenwoordig niet meer zo klein, omdat er zoveel wordt bijgebouwd. Niet ver van Much Benham vandaan, en slechts een kleine twintig kilometer van de kust bij Loomouth.'

'O,' zei juffrouw Cooke. 'Laat me eens nadenken. Ik ken Loomouth vrij goed en wellicht...'

Opeens slaakte Miss Marple een kreetje van genoegen. 'Natúúrlijk! Op een dag stond ik in mijn tuin in St. Mary Mead en toen liep u langs en sprak me aan. U zei dat u daar verbleef, bij een vriendin...'

'Natuurlijk!' zei juffrouw Cooke. 'Wat dom van mij. Nu herinner ik me u. We hebben het erover gehad hoe moeilijk het tegenwoordig was een tuinman te vinden aan wie je ècht wat had.'

'Ja. U woonde daar niet, als ik het me goed herinner? U logeerde bij iemand?'

'Ja, ik logeerde bij... bij...' juffrouw Cooke aarzelde even, als iemand die een naam nauwelijks kent en zich die al zeker niet kan herinneren.

'Mevrouw Sutherland?' zei Miss Marple.

'Nee, het was mevrouw... eh...'

'Hastings,' zei juffrouw Barrow snel en nam een plakje chocoladecake.

'O ja, in een van die nieuwe huizen,' zei Miss Marple.

'Hastings,' zei meneer Caspar onverwacht en straalde. 'Ik ben in Hastings geweest, en ook in Eastbourne.' Hij straalde nogmaals. 'Heel leuk, bij de zee.'

'Wat een toeval iemand zo snel weer te ontmoeten. Wat is de wereld toch klein!' merkte Miss Marple op.

'Tsja, we zijn allemaal dol op tuinen,' reageerde juffrouw Cooke vaag.

'Bloemen zijn heel mooi. Ik houd er erg van,' zei meneer Caspar en straalde weer.

'Zoveel zeldzame en prachtige struiken,' zei juffrouw Cooke.

Miss Marple stortte zich vol overgave en snel in een enigermate technische verhandeling over tuinen. Juffrouw Cooke reageerde, juffrouw Barrow plaatste af en toe een opmerking.

Meneer Caspar deed er glimlachend het zwijgen toe.

Toen Miss Marple enige tijd later voor het diner even ging rusten, dacht ze na over wat ze te horen had gekregen. Juffrouw Cooke hád toegegeven dat ze in St. Mary Mead was geweest. Ze hád toegegeven dat ze langs haar huis was gelopen. Ze was het ermee eens geweest dat dat heel toevallig was. Toeval? vroeg Miss Marple zich af en liet het woord al proevend over haar tong rollen. Was het toeval geweest? Of had ze een reden gehad om naar St. Mary Mead te gaan? Was ze erheen gestuurd? Zo ja, waarom? Was het een belachelijke gedachte?

'Ieder toeval is altijd de moeite van het opmerken waard,' zei Miss Marple. 'Later kun je het altijd nog van je afzetten als het echt toeval blijkt te zijn geweest.'

Juffrouw Cooke en juffrouw Barrow leken een doodnormaal stel vriendinnen te zijn en volgens hun zeggen maakten ze ieder jaar zo'n soort reis. Vorig jaar waren ze naar Griekenland geweest en het jaar daarvoor hadden ze in Holland de bollenvelden bekeken, en het jaar daarvoor Noord-Ierland. Ze leken heel aardige en doodgewone mensen. Maar juffrouw Cooke had volgens haar even de indruk gewekt dat ze wilde ontkennen ooit in St. Mary Mead te zijn geweest. Ze had naar haar vriendin, juffrouw Barrow, gekeken alsof ze van haar verwachtte te horen wat ze moest zeggen. Juffrouw Barrow leek dus de oudste partner te zijn...

'Natuurlijk kan ik me dat alles alleen maar hebben verbeeld,' zei Miss Marple. 'Het kan zijn dat ze helemaal niets te betekenen hebben.'

Opeens moest ze denken aan het woord gevaar. Dat had meneer Rafiel in zijn eerste brief gebezigd en in zijn tweede brief had hij geschreven dat ze nog wel eens een beschermengel nodig zou kunnen hebben. Zou deze zaak gevaar met zich meebrengen? Waarom dan? En vanuit welke hoek?

Zeker niet van de kant van juffrouw Barrow of juffrouw Cooke. Zo doodgewoon ogende vrouwen.

Toch hád juffrouw Cooke haar haren geverfd en haar kapsel veranderd. In feite had ze haar uiterlijk zo goed ze dat kon vermomd, wat op zijn minst heel eigenaardig was. Ze liet haar medereizigers nog eens de revue passeren.

Het zou veel makkelijker zijn geweest je in te denken dat meneer Caspar gevaar zou kunnen opleveren. Begreep hij meer Engels dan hij voorwendde? Ze begon zich het een en ander af te vragen over meneer Caspar.

Miss Marple was er nooit helemaal in geslaagd haar Victoriaanse standpunt ten aanzien van buitenlanders af te zweren. Met buitenlanders wist je het maar nooit. Absurd, natuurlijk, om dat te denken, want ze had veel buitenlandse vrienden. Maar toch...? Juffrouw Cooke, juffrouw Barrow, meneer Caspar, die jongeman met de wilde haardos, Emlyn en nog wat, een revolutionair? Een actieve anarchist? Meneer en mevrouw Butler? Zulke aardige Amerikanen, maar misschien te mooi om waar te zijn?

'Ik móet mezelf een beetje in de hand houden,' zei Miss Marple.

Ze besteedde aandacht aan de route van de busreis. Morgen zou een nogal inspannende dag worden, meende ze. Ze zouden vrij vroeg vertrekken, om langs allerlei bezienswaardigheden te rijden. Die middag een lange wandeling over een pad langs de kust. Bepaalde interessante planten. Het zou vermoeiend zijn, dus was er een tactische suggestie aan toegevoegd. Iedereen die graag even wilde uitrusten, zou dat kunnen doen in het hotel De Gouden Beer, dat een heel aangename tuin had. Men kon ook kiezen voor een kleine wandeling van een uurtje, naar een mooi plekje in de buurt. Ze dacht dat ze dat laatste misschien wel zou gaan doen.

Maar hoewel ze dat toen nog niet wist, zouden haar plannen plotseling worden gewijzigd.

Toen Miss Marple de volgende dag vanuit haar kamer in De Gouden Beer naar beneden liep, nadat ze zich voor de lunch had opgefrist, kwam een vrouw in een tweedjas en -rok nogal zenuwachtig op haar af en sprak haar aan.

'Bent u Miss Marple? Miss Jane Marple?'

'Ja, zo heet ik,' reageerde Miss Marple lichtelijk verbaasd.

'Ik ben mevrouw Glynne. Lavinia Glynne. Ik woon met mijn twee zusters hier in de buurt en... tsja... We hadden gehoord dat u zou komen, weet u...'

'Had u gehoord dat ik hierheen zou komen?' zei Miss Marple, nog steeds lichtelijk verbaasd.

'Ja. Een heel oude vriend van ons heeft ons enige tijd – o, het moet al een week of drie geleden zijn geweest – geschreven en ons toen verzocht deze dag te noteren. De dag dat de

Rondreis langs Beroemde Huizen en Tuinen hier zou zijn. Hij zei dat een heel goede vriendin van hem - of een familielid, dat weet ik niet meer - met die reis meeging.'

Miss Marple bleef verbaasd kijken.

'Ik heb het over een zekere meneer Rafiel,' zei mevrouw Glynne.

'O! Meneer Rafiel!' herhaalde Miss Marple. 'U weet... u weet dat...'

'Hij is overleden? Ja, heel triest. Vlak nadat we zijn brief hadden ontvangen. Maar toch voelden we ons om de een of andere reden echt geroepen aan zijn verzoek te voldoen. Hij schreef namelijk dat u er misschien wel iets voor zou voelen een paar dagen bij ons te komen logeren. Dit deel van de reis is nogal vermoeiend. Ik bedoel... voor jonge mensen kan het geen kwaad, maar voor ouderen is het erg inspannend. Er moeten kilometers te voet worden afgelegd, en men moet over steile paden klauteren. Mijn zusters en ik zouden het heel prettig vinden als u bij ons kwam logeren. Ons huis is maar tien minuten lopen van het hotel vandaan en ik ben er zeker van dat we u hier in de buurt veel mooie plekjes kunnen laten zien.'

Miss Marple aarzelde even. Het uiterlijk van mevrouw Glynne stond haar aan: vriendelijk, hoewel een beetje verlegen, een vrij gezet figuur. Bovendien moest dit wel haast zeker een volgende instructie van meneer Rafiel zijn. Ja, dat kon niet anders.

Ze vroeg zich af waarom ze zenuwachtig werd. Misschien omdat ze zich nu thuis voelde binnen het reisgezelschap, het idee had echt deel van die groep uit te maken, hoewel ze die mensen toch pas drie dagen kende.

Ze draaide zich weer om naar de plaats waar mevrouw Glynne stond en keek haar ietwat verontrust aan.

'Dank u. Dat is heel aardig van u. Ik zal heel graag bij u komen logeren.'

De Drie Zusters

Miss Marple stond voor een raam naar buiten te kijken. Achter haar, op het bed, lag haar koffer. Met nietsziende ogen staarde ze naar de tuin. Het gebeurde niet vaak dat ze een tuin waarnaar ze keek niet echt zag, met bewondering of afkeuring. In dit geval zou ze het geheel waarschijnlijk hebben afgekeurd. Het was een verwaarloosde tuin, een tuin waaraan waarschijnlijk al enige jaren lang weinig geld was uitgegeven en waarin zeer weinig werk was verzet. Ook het huis was verwaarloosd. Het had flinke afmetingen en de meubels die erin stonden waren eens goede meubels geweest, maar waren de laatste jaren duidelijk nauwelijks in de was gezet of anderszins onderhouden. Het was geen huis waarvan, in ieder geval de laatste jaren, was gehouden, dacht ze. Het paste bij zijn naam: Old Manor House. Een huis dat met gratie en een zekere schoonheid was gebouwd en dat eens was gekoesterd door de mensen die er woonden. De dochters en zonen waren getrouwd en nu werd het bewoond door mevrouw Glynne die zich, toen ze Miss Marple naar de haar toegewezen slaapkamer bracht, had laten ontvallen dat zij en haar zusters het hadden geërfd van een oom en dat zij hier bij haar zusters was komen wonen na het overlijden van haar echtgenoot. Ze waren allemaal ouder geworden, hun inkomen was gedaald en het was steeds lastiger geworden personeel te vinden.

De andere zusters waren waarschijnlijk ongetrouwd gebleven. De ene juffrouw Bradbury-Scott was ouder en de andere was jonger dan mevrouw Glynne.

In het huis was niets te vinden dat op de aanwezigheid van een kind kon duiden. Geen oude bal, geen oud wandelwagentje, geen klein stoeltje, geen tafeltje. Dit was een huis waarin drie zusters woonden, en verder niemand.

'Klinkt heel Russisch,' mompelde Miss Marple in zichzelf. De Drie Zusters. Tsjechov, nietwaar? Of Dostojevski? Ze kon het zich echt niet meer herinneren. Drie zusters. Maar dit waren beslist geen drie zusters die er intens naar verlangden naar Moskou te gaan. Deze drie zusters waren waarschijnlijk blij dat ze konden blijven waar ze waren, daar was ze bijna zeker van. Ze was aan die andere twee voorgesteld. De ene was uit de keuken gekomen en de andere was een trap afgelopen om haar te verwelkomen. Hun manieren waren bevallig en getuigden van een goede opvoeding. Ze waren wat Miss Marple in haar jeugd 'dames' zou hebben genoemd - een nu heel ouderwetse term - en wat ze, zo herinnerde ze zich, eens 'dames in verval' had genoemd. Haar vader had toen tegen haar gezegd:

'Nee, lieve Jane, geen dames in verval. Dames die onder behoeftige omstandigheden moeten leven.'

Tegenwoordig kwam het niet meer zo vaak voor dat dames echt onder behoeftige omstandigheden moesten leven. Ze werden geholpen door de regering, of liefdadigheidsinstellingen, of door een rijk familielid. Of, misschien, door iemand als meneer Rafiel. Want dat was uiteindelijk de reden waarom ze hier was, nietwaar? Meneer Rafiel had dit alles geregeld. Hij had er heel wat moeite voor gedaan, constateerde Miss Marple. Vier of vijf weken voor zijn dood had hij waarschijnlijk geweten wanneer hij zo ongeveer zou overlijden - een paar dagen eerder of later, omdat artsen gewoonlijk redelijk optimistisch waren en uit ervaring wisten dat patiënten die binnen een bepaalde periode zouden behoren te overlijden, vaak onverwacht nog wat langer in leven bleven, ten dode gedoemd, maar koppig weigerend die laatste stap te zetten. Maar Miss Marple wist ook, uit eigen ervaring, dat verpleegsters in ziekenhuizen altijd verwachtten dat een patiënt de volgende dag overleden zou zijn en dan heel verbaasd reageerden wanneer dat niet het geval bleek te zijn. Maar wanneer ze hun sombere voorspellingen meedeelden aan de arts die zijn ronde deed, kregen ze vaak bij de deur van zo'n man fluisterend te horen: 'Zou me niets verbazen als-ie het nog een paar weken volhoudt.' Heel aardig van die arts om zo optimistisch te zijn, dacht zo'n verpleegster dan, maar hij heeft het beslist mis. De arts had het heel vaak niet mis. Hij wist dat mensen die pijn hadden, hulpeloos en hulpbehoevend waren of zelfs ongelukkig, toch nog van het leven hielden en er zich aan vastklampten. Ze zouden een door de arts voorgeschreven pil slikken om de nacht door te kunnen komen, maar ze waren niet van plan meer dan de noodzakelijke hoeveelheid pillen tot zich te nemen om de drempel over te gaan naar een wereld waarvan ze op dat moment nog niets afwisten!

Meneer Rafiel. Aan hem dacht Miss Marple toen ze met nietsziende ogen naar de tuin staarde. Meneer Rafiel? Ze had nu het gevoel dat ze de taak die haar op de schouders was gelegd, het project dat haar was voorgesteld, iets beter kon begrijpen. Meneer Rafiel was een man geweest die plannen maakte, op dezelfde manier als hij financiële transacties en zakelijke overnames had geregeld. Om haar dienstmeisje Cherry maar eens te citeren: hij had een probleem gehad. Als Cherry een probleem had, kwam ze vaak naar Miss Marple toe om haar erover te raadplegen.

Dit was een probleem dat meneer Rafiel zelf niet meer had kunnen afhandelen en dat moest hem erg hebben geërgerd, omdat hij gewoonlijk ieder probleem zelf aankon en er ook op had gestaan zoiets zelf af te handelen. Hij had zijn financiële zaken kunnen regelen, overleg kunnen plegen met zijn advocaten, met zijn werknemers en de vrienden en relaties die hij had, maar er was iets of iemand waarmee hij niet in het reine was gekomen. Er was een probleem dat hij niet had opgelost, een probleem dat hij nog altijd opgelost wilde zien, een project dat hij nog steeds gerealiseerd wilde zien. Kennelijk was het geen probleem dat kon worden geregeld door financiële hulp, zakelijke overeenkomsten of de diensten van een jurist.

'Dus dacht hij aan mij,' zei Miss Marple.

Dat verbaasde haar nog altijd heel erg. Ja, heel erg. Maar zijn brief was, zoals ze hem nu bekeek, wel behoorlijk expliciet geweest. Hij was van mening geweest dat zij bepaalde kwalificaties had om iets te doen. Dat moest wat te maken hebben, dacht ze opnieuw, met iets als een misdaad of iets dat rechtstreeks verband hield met een misdaad. Het enige andere dat hij over Miss Marple had geweten, was dat ze dol was op tuinen. Het was echter heel onwaarschijnlijk dat het probleem dat hij opgelost wilde zien, iets met tuinieren te maken had. Hij had wel aan haar kunnen denken in verband met een misdaad. Een misdaad in West-Indië en misdaden in de buurt van haar eigen huis.

Een misdaad - maar waar?

Meneer Rafiel had allerlei regelingen getroffen. In de eerste plaats met zijn advocaten. Zij hadden hun opdracht vervuld. Na verloop van een van tevoren afgesproken periode hadden ze haar zijn brief gegeven. Het was een goed doordachte brief geweest, meende ze. Natuurlijk was het eenvoudiger geweest wanneer hij haar precies had verteld wat hij wilde dat ze zou doen en waarom. In zekere zin verbaasde het haar dat hij haar voor zijn dood niet had ontboden om haar - op zijn doodsbed, zoals hij haar ongetwijfeld zou hebben verzekerd - net zo lang te koeioneren tot ze zijn opdracht had aangenomen. Maar nee, zo ging meneer Rafiel eigenlijk niet te werk, dacht ze. Hij kon mensen beter dan wie ook koeioneren, maar dit was geen zaak waaraan koeioneren te pas mocht komen. Ze was er eveneens zeker van dat hij haar niet had willen smeken hem een dienst te bewijzen, er bij haar op had willen aandringen een onrecht recht te zetten. Nee. Ook dat was niets voor meneer Rafiel geweest. Hij had willen betalen voor door hem gevraagde diensten, zoals hij dat zijn hele leven had gedaan. Hij had haar ervoor willen betalen en daarom had hij haar interesse zodanig willen wekken dat ze van het uitvoeren van een bepaalde opdracht zou genieten. Het honorarium was aangeboden om haar te intrigeren, niet om haar echt in de verleiding te brengen. Ze dacht niet dat hij tegen zichzelf zou hebben gezegd: 'Bied haar maar genoeg geld aan en dan zal ze dit met beide handen aangrijpen', omdat geld, zoals ze zelf heel goed wist, een aangename klank had, maar ze er niet direct om zat te springen. Ze had haar lieve en liefhebbende neef Raymond die, als ze een keer krap bij kas was, als er iets aan haar huis moest worden gerepareerd, als ze een specialist moest bezoeken of wel eens een extraatje wilde hebben, haar altijd te hulp schoot. Nee. Het bedrag dat hij haar had aangeboden, had het doel gehad haar opgewonden te maken. Net zo opgewonden als wanneer je een lot had gekocht in de Ierse Sweepstake. Het was een aardig, hoog bedrag dat je alleen door geluk in handen kon krijgen.

Maar toch zou ze, bedacht Miss Marple zich, ook geluk nodig hebben, want alleen hard werken was niet voldoende. Ze zou veel moeten nadenken en hetgeen ze deed, kon mogelijkerwijs enig gevaar opleveren. Maar ze moest zelf achterhalen waar het allemaal om ging, want dat had hij haar niet willen vertellen. Wellicht omdat hij haar niet had willen beïnvloeden? Het is moeilijk iemand iets te vertellen zonder er vrijwel ongemerkt toch je eigen mening over ten beste te geven. Het was mogelijk dat meneer Rafiel had gedacht dat zijn eigen mening een verkeerde was. Het was niet erg waarschijnlijk dat hij zoiets had gedacht, maar mogelijk was het wel. Het kon zijn dat hij het vermoeden had gehad dat zijn beoordelingsvermogen door zijn ziekte niet meer zo goed was als het eens was geweest. Dus moest zij, Miss Marple, zijn agente, zijn werkneemster, zelf aan het gissen gaan, zelf haar conclusies trekken. Nu, het werd tijd dat ze eens een paar conclusies trok. Met andere woorden: terug naar de oude vraag *waar het in dit verband allemaal om ging*.

Ze was een bepaalde richting opgestuurd. Daar moest ze maar eens mee beginnen. Ze was een bepaalde richting opgestuurd door een man die nu dood was. Ze had St. Mary Mead moeten verlaten. Dat betekende dat ze de opdracht, wat die dan ook inhield, niet vandaar kon uitvoeren. Het was geen probleem dat bij haar in de buurt speelde, het was geen probleem dat je kon oplossen door kranteknipsels na te kijken of vragen te stellen. In ieder geval niet totdat je wist waarover je vragen moest stellen. Ze was eerst naar dat advocatenkantoor gestuurd, daarna had ze thuis twee brieven moeten lezen, en vervolgens was ze meegestuurd op een aangename en goed georganiseerde reis langs de Beroemde Huizen en Tuinen van Groot-Brittannië. Nu was ze bij de volgende halte beland. Het huis waarin ze zich thans bevond. The Old Manor House in Jocelyn St. Mary, waarin juffrouw Clotilde Bradbury-Scott, mevrouw Glynne en juffrouw Anthea Bradbury-Scott woonden. Meneer Rafiel had dat geregeld, het van tevoren zo geregeld. Een paar weken voor zijn dood. Waarschijnlijk had hij dit meteen geregeld nadat hij zijn advocaten bepaalde opdrachten had gegeven en deze reis voor haar had geboekt. Dus had haar verblijf in dit huis een doel. Misschien zou ze er maar twee nachten blijven, wellicht langer. Het kon zijn dat er bepaalde regelingen waren getroffen waardoor ze langer zou blijven, of zou worden gevraagd langer te blijven. Dat bracht haar terug naar het heden.

Mevrouw Glynne en haar twee zusters. Zij moesten er iets mee te maken hebben, wat het dan ook was. Ze zou moeten achterhalen wat het was. Ze had maar weinig tijd. Dat was het enige probleem. Miss Marple twijfelde er geen seconde aan dat ze in staat was dingen te achterhalen. Ze was een van die oudere, zenuwachtige dametjes van wie mensen verwachtten dat ze veel praatten en dat ze vragen stelden - vragen die zo op het eerste gezicht alleen op roddel betrekking leken te hebben. Ze zou over haar jeugd praten, en dat zou tot gevolg hebben dat een van de zusters over hun jeugd ging praten. Ze zou praten over gerechten die ze tot zich had genomen, over dienstmeisjes die ze had gehad, over dochters en neven en nichten en andere familieleden, over reizen, huwelijken, geboorten en - ja - sterfgevallen. Als ze over de dood sprak, mocht er in haar ogen geen bijzonder geïnteresseerde blik liggen. Beslist niet. Bijna automatisch was ze er zeker van dat ze wel een juiste reactie zou kunnen verzinnen, zoals: 'O, hemeltje, wat ontzettend triest!' Ze zou meer te weten moeten komen over relaties, incidenten, levensverhalen, om te zien of er enige suggestieve incidenten als het ware boven zouden komen drijven. Het zouden incidenten kunnen zijn die zich hier in de buurt hadden voorgedaan en die niet noodzakelijk rechtstreeks verband hoefden te houden met de drie mensen in dit huis. Iets dat ze konden weten, waarover ze konden praten, of waar ze vrijwel zeker over zouden praten. In ieder geval moest er hier *iets* te vinden zijn, de een of andere aanwijzing. Over twee dagen zou ze zich weer bij het reisgezelschap aansluiten, tenzij ze tegen die tijd een aanwijzing had die het haar duidelijk maakte dat ze zich er *niet* bij moest aansluiten. Haar gedachten gingen van het huis naar de touringcar en de mensen die daarin hadden gezeten. Het kon zijn dat hetgeen ze zocht in de bus te vinden was en daar nog te vinden zou zijn als ze er weer instapte. Een persoon, verscheidene personen, sommigen onschuldig (sommigen niet zo onschuldig), een verhaal uit een ver verleden. Ze fronste licht haar wenkbrauwen en trachtte zich iets te herinneren. Een gedachte die even door haar hoofd was geflitst: dat ze ergens echt zeker van was... Maar waar was ze echt zeker van geweest?

Ze dacht weer aan de drie zusters. Ze moest hier niet te lang blijven staan. Ze moest de paar bescheiden spulletjes uitpakken die ze voor twee nachten nodig zou hebben, iets dat ze vanavond kon aantrekken, nachtkleding, toilettas, en dan naar beneden gaan om een aangenaam gesprekje te voeren met haar gastvrouw. Er moest een beslissing worden genomen ten aanzien van een belangrijk punt. Zouden de drie zusters haar bondgenoten worden, of waren de drie zusters vijanden? Ze konden binnen elk van de twee categorieën thuishoren. Daar moest ze heel zorgvuldig over nadenken.

Er werd op de deur geklopt en mevrouw Glynne kwam binnen.

'Ik hoop dat u het hier comfortabel hebt. Kan ik u helpen uitpakken? We hebben een heel aardige vrouw die ons komt helpen, maar die is er alleen 's morgens. Als ze er is, kan ze u echter wel met alles helpen.'

'O nee, dank u!' zei Miss Marple. 'Ik heb alleen een paar echt noodzakelijke spulletjes uitgepakt.'

'Het leek me verstandig u te wijzen hoe u weer naar beneden moet komen. Het huis heeft wel iets van een doolhof, weet u. Er zijn twee trappen en dat maakt het een beetje moeilijk. Soms raken mensen hier wel eens de weg kwijt.'

'Echt heel aardig van u,' zei Miss Marple.

'Ik hoop dat u naar beneden wilt komen, zodat we voor de lunch een glaasje sherry kunnen drinken?'

Miss Marple aanvaardde die uitnodiging dankbaar en liep achter haar gids aan de trap af. Mevrouw Glynne, meende ze, was behoorlijk wat jaartjes jonger dan zijzelf. Vijftig, misschien. Niet veel ouder. Miss Marple liep voorzichtig de trap af, omdat haar linkerknie altijd wat onbetrouwbaar was. Maar aan een kant van de trap was gelukkig een leuning aangebracht. Het was een heel mooie trap en ze maakte er een opmerking over.

'Dit is werkelijk een heel mooi huis,' zei ze. 'Ik neem aan dat het in de achttiende eeuw is gebouwd? Klopt dat?'

'1780,' zei mevrouw Glynne.

Ze leek de waarderende woorden van Miss Marple prettig te vinden en nam haar mee de salon in. Een grote, fraaie kamer, waarin een paar tamelijk mooie meubelstukken stonden. Een Queen Anne-bureautje en een groter bureau uit de tijd van Willem en Mary. Er stonden ook enige Victoriaanse bankjes en kasten in. De gordijnen waren van sits, verkleurd en ietwat versleten, het tapijt was, meende Miss Marple, Iers. Wellicht een Limerick-Aubusson. De grote bank was imposant en bekleed met tamelijk versleten fluweel. De twee andere zusters zaten daar al. Ze stonden op toen Miss Marple binnenkwam en liepen op haar af. De een met een glas sherry in haar hand, de ander om Miss Marple naar een stoel te begeleiden.

'Ik weet niet of u het prettig vindt vrij hoog te zitten? Zoveel mensen geven daar de voorkeur aan.'

'Ik ook,' zei Miss Marple. 'Het is veel gemakkelijker. Komt door je rug, begrijpt u wel.'

De zusters leken op de hoogte te zijn van problemen met je rug. De oudste zuster was een lange, knappe vrouw, wier donkere haren in een wrong waren opgestoken. De andere zuster zou nog wel eens heel wat jonger kunnen zijn. Ze was mager en had grijs haar, dat eens blond was geweest en nu slordig tot op haar schouders hing en wel iets weg had van een grafkrans. Zij zou met succes de rol van een rijpe Ophelia kunnen spelen, dacht Miss Marple.

Clotilde, dacht Miss Marple verder, was zeker geen Ophelia, maar ze zou het schitterend hebben gedaan als Clytemnestra - zij zou een echtgenoot vol extase in een bad hebben kunnen doodsteken. Maar omdat ze nooit een echtgenoot had gehad, was dat de oplossing niet. Miss Marple kon zich niet voorstellen dat ze iemand anders zou kunnen vermoorden dan een echtgenoot, en in dit huis was geen Agamemnon te vinden.

Clotilde Bradbury-Scott, Anthea Bradbury-Scott, Lavinia Glynne. Clotilde was knap. Lavinia zag er doodgewoon maar wel aardig uit, Anthea had een ooglid dat af en toe trilde. Haar ogen waren groot en grijs en ze had de eigenaardige gewoonte eerst naar rechts en dan naar links te kijken en vervolgens, op een nogal vreemde manier, over haar schouder. Het was alsof ze het gevoel had dat iemand haar voortdurend in de gaten hield. Eigenaardig, dacht Miss Marple en bleef zich enige vragen stellen over Anthea.

Ze gingen zitten en er volgde een gesprekje. Mevrouw Glynne liep de kamer uit, kennelijk op weg naar de keuken. Zij leek in het huishouden de actiefste van het drietal te zijn. Het gesprek verliep volgens het gebruikelijke patroon. Clotilde Bradbury-Scott vertelde dat het huis tot het familiebezit behoorde. Het was het eigendom geweest van haar oudoom en toen van haar oom en nadat die overleden was, was het nagelaten aan haar en haar twee zusters, die hier bij haar waren komen wonen.

'Hij had maar één zoon,' vertelde juffrouw Bradbury-Scott, 'en die is in de oorlog gesneuveld. Wij zijn de laatste in leven zijnde leden van de familie, afgezien van een paar heel verre neven en nichten.'

'Een prachtig geproportioneerd huis,' zei Miss Marple. 'Uw zuster heeft me verteld dat het rond 1780 is gebouwd.'

'Ja, dat geloof ik wel. Maar je zou af en toe wensen dat het niet zo groot en ingewikkeld van structuur was, weet u.'

'De reparatiekosten zijn tegenwoordig ook niet voor de poes,' zei Miss Marple.

'Inderdaad!' reageerde Clotilde met een zucht. 'En in veel opzichten hebben we grote delen ervan domweg moeten verwaarlozen. Triest, maar het is niet anders. Een groot deel van de schuren, bijvoorbeeld, en een kas. We hebben eens een heel mooie, grote kas gehad.'

'Met prachtige muskaatdruiven,' vulde Anthea aan. 'En langs alle wanden groeiden aan de binnenkant heliotropen. Ja, dat vind ik echt heel jammer. Natuurlijk kon je in de oorlog geen tuinman krijgen. We hadden een heel jonge tuinman, maar die werd op een gegeven moment in actieve dienst opgeroepen. Natuurlijk mag je dat niet erg vinden, maar toch was het toen onmogelijk alles te repareren en daardoor is de kas ingestort.'

'Net als de kleine plantenkas dicht bij het huis.'

Beide zusters zuchtten, als mensen die de tijd voorbij hebben zien gaan en zien veranderen - maar niet ten goede.

Er hing een melancholieke sfeer in dit huis, dacht Miss Marple. Op de een of andere manier leek het doortrokken van verdriet - een verdriet dat niet kon worden verdreven of weggenomen omdat het te diep in alles was doorgedrongen. Erin was verzonken... Opeens rilde ze.

Polygonum Baldschuanicum

De maaltijd was conventioneel. Een stukje lamsvlees, gebakken aardappeltjes, gevolgd door een pruimentaart met een klein potje slagroom erbij en gebak waar niet veel smaak aan zat. Aan de muren van de eetkamer hingen enige schilderijen: familieportretten, nam Miss Marple aan, Victoriaanse portretten die niet bijzonder verdienstelijk waren. De buffetkast was groot en zwaar uitgevoerd in pruimkleurig mahoniehout. De gordijnen waren van donkerrode damast en aan de grote mahoniehouten tafel konden met gemak tien mensen plaatsnemen.

Miss Marple vertelde over voorvallen tijdens de reis, voor zover ze die had meegemaakt. Omdat ze pas drie dagen onderweg waren, viel er niet zoveel te vertellen.

'Ik neem aan dat meneer Rafiel een oude vriend van u was?' vroeg de oudste juffrouw Bradbury-Scott.

'Niet echt. Ik heb hem leren kennen tijdens een cruise naar West-Indië. Hij was daar vanwege zijn gezondheid, neem ik aan.'

'Ja, hij was al enige tijd ernstig invalide,' zei Anthea.

'Heel triest,' zei Miss Marple. 'Werkelijk heel triest. Ik had echt bewondering voor zijn geestkracht. Hij leek zoveel werk te kunnen verzetten. Iedere dag dicteerde hij zijn secretaresse allerlei brieven, weet u, en hij was voortdurend telegrammen aan het verzenden. Hij leek zich absoluut niet te willen neerleggen bij het feit dat hij invalide was.'

'Dat klopt,' zei Anthea.

'We hebben hem de laatste jaren niet zo vaak gezien,' zei

mevrouw Glynne. 'Hij had het natuurlijk druk, maar met Kerstmis was hij altijd zo aardig aan ons te denken.'

'Woont u in Londen, Miss Marple?' vroeg Anthea.

'O nee,' zei Miss Marple. 'Ik woon op het platteland. In een klein plaatsje halverwege tussen Loomouth en Market Basing. Zo'n kilometer of achtendertig van Londen vandaan. Het was een heel aantrekkelijk, ouderwets dorpje, maar natuurlijk zijn ze het aan het ontwikkelen, zoals dat tegenwoordig heet. Ik neem aan dat meneer Rafiel in Londen woonde,' ging ze verder. 'Het is me in ieder geval opgevallen dat hij in het hotel op St. Honoré als adres een plaats in de buurt van Eaton Square had opgegeven, meen ik, of was het Belgrave Square?'

'Hij had een landhuis in Kent,' zei Clotilde. 'Ik geloof dat hij daar soms wel eens gasten ontving. Zakenvrienden meestal, weet u, of mensen uit het buitenland. Ik geloof niet dat een van ons hem daar wel eens heeft opgezocht. Hij ontving ons bijna altijd in Londen, als we elkaar dan eindelijk eens een keertje zagen.'

'Het was heel aardig van hem u voor te stellen mij hier tijdens deze reis uit te nodigen,' zei Miss Marple. 'Heel attent. Je zou niet echt hebben verwacht dat een drukbezet man zoals hij geweest moet zijn, zulke vriendelijke gedachten kon hebben.'

'We hebben wel eens eerder vrienden van hem ontvangen die aan zo'n reis deelnamen. Ze regelen dergelijke dingen heel soepel en begrijpend. Het is natuurlijk onmogelijk om aan ieders smaak tegemoet te komen. De jongeren willen uit de aard der zaak wandelen en lange excursies maken, heuvels beklimmen vanwege het uitzicht en dergelijke dingen meer. En de ouderen die daar niet tegen opgewassen zijn, blijven in een hotel, maar de hotels hier in de omgeving zijn niet werkelijk luxueus. Ik ben er zeker van dat u het uitstapje van vandaag en de voor morgen geplande excursie naar St. Bonaventure heel vermoeiend zou vinden. Ik geloof dat er voor morgen ook een boottochtje naar een eiland op het programma staat en soms kan het water heel woest zijn.'

'Zelfs het bezichtigen van huizen kan al vermoeiend zijn,' zei mevrouw Glynne.

'O, dat weet ik,' reageerde Miss Marple. 'Al dat lopen en stilstaan. Je voeten worden er heel erg moe van. Ik denk echt dat ik er verstandiger aan zou doen niet aan al die uitstapjes deel te nemen, maar het is zo verleidelijk om mooie gebouwen en fraaie kamers en meubels te bezichtigen.'

'En de tuinen,' zei Anthea. 'Houdt u van tuinen?'

'O ja, met name de tuinen,' zei Miss Marple. 'Door de beschrijving in de prospectus verheug ik me er heel erg op om een aantal fraai onderhouden tuinen te bekijken van historische huizen die we nog moeten bezoeken.' Ze keek stralend de tafel rond.

Het was allemaal heel aangenaam en heel natuurlijk, maar toch vroeg ze zich af waarom ze om de een of andere reden spanningen voelde. Het gevoel had dat er hier iets onnatuurlijks was. Maar wat bedoelde ze met 'onnatuurlijk'? De conversatie was doodnormaal en bestond voornamelijk uit algemeenheden. Zij maakte zelf conventionele opmerkingen en dat deden de drie zusters ook.

De Drie Zusters, dacht Miss Marple nogmaals. Waarom leek alles waarover in de vorm van een drietal werd gedacht, een sinistere sfeer te suggereren? De Drie Zusters. De drie heksen uit Macbeth. Nu, je kon deze drie zusters nauwelijks met de drie heksen vergelijken. Hoewel Miss Marple diep in haar hart altijd de mening toegedaan was geweest dat toneelproducenten een fout maakten door de drie heksen op die manier gestalte te geven. Eén voorstelling die ze had gezien, was wel bijzonder absurd geweest. De heksen hadden er met hun klapperende vleugels en belachelijk spectaculaire punthoeden uitgezien als wezens uit een pantomime. Ze hadden gedanst en zich sluipend over het toneel voortbewogen. Miss Marple herinnerde zich dat ze tegen haar neef, die haar op dit uitje Shakespeare had getrakteerd, had gezegd: 'Weet je, beste Raymond, als ík dit schitterende stuk zou moeten regisseren, zou ik de drie heksen heel anders laten optreden. Ik zou er drie doodnormale oude vrouwen van maken. Oude Schotse vrouwen. Ze zouden niet dansen en rondspringen. Ze zouden elkaar alleen maar sluw aankijken en onder hun gewone uiterlijk zou je een bepaalde dreiging vermoeden.'

Miss Marple nam het laatste hapje van de pruimentaart en keek over de tafel naar Anthea. Onopvallend, onverzorgd, een beetje kattig. Waarom had ze het gevoel dat Anthea sinister was?

'Ik verbeeld me van alles,' zei Miss Marple tegen zichzelf. 'Dat moet ik niet doen.'

Na de lunch kreeg ze een rondleiding door de tuin. Anthea viel de eer te beurt haar te begeleiden. Het was, meende Miss Marple, een nogal trieste aangelegenheid. Dit moest eens een goed verzorgde, hoewel beslist in geen enkel opzicht opvallende of opmerkelijke tuin zijn geweest. Hij had de elementen van iedere doodgewone Victoriaanse tuin. Struiken, gespikkelde laurier. Ongetwijfeld waren de paden en het gazon vroeger goed onderhouden geweest en de groentetuin moest eens ruim een hectare groot geweest zijn, duidelijk veel te bewerkelijk voor de drie zusters die hier nu woonden. Een deel was onbeplant en nu vrijwel geheel door onkruid overwoekerd. Zevenblad had het merendeel van de bloemperken in bezit genomen en Miss Marples handen jeukten om het eruit te trekken.

Het lange haar van juffrouw Anthea wapperde in de wind en af en toe viel er een haarspeld op het pad of het gras. Ze sprak nogal afgebeten.

'*U* heeft een heel mooie tuin, denk ik zo.'

'O, hij is maar heel klein,' antwoordde Miss Marple.

Ze waren over een met gras bedekt pad gelopen en stonden nu stil bij een soort heuveltje tegen de muur aan het einde ervan.

'Onze kas,' zei juffrouw Anthea met een trieste stem.

'O ja, waar die heerlijke druiven in groeiden.'

'Drie soorten,' zei Anthea. 'Een Zwarte Hamburger, en een met van die kleine witte druifjes, heel zoet, weet u. En een derde met prachtige muskaatdruiven.'

'En heliotropen, zei u.'

'Ja.'

'Die ruiken zo heerlijk. Is er hier in de buurt wel eens een bom gevallen? Is de kas daardoor... eh... ingestort?'

'O nee, van iets dergelijks hebben we nooit last gehad. In

deze omgeving zijn geen bommen gevallen. Nee, ik ben bang dat hij gewoon van ellende in elkaar is gestort. We woonden hier nog niet zo lang en we hadden geen geld om de kas te laten repareren, of weer op te bouwen. Het zou in feite ook niet eens de moeite waard zijn geweest, omdat we hem toch niet hadden kunnen bijhouden. We konden niets doen en nu is hij helemaal overwoekerd, zoals u ziet.'

'Ja, inderdaad. Wat is dat voor een bloeiende kruipende plant?'

'Een heel gewone. De naam begint met een P. Hoe heet hij nu ook weer?' zei Anthea aarzelend. 'Poly en nog wat. Zoiets dergelijks.'

'O ja, ik geloof dat ik de naam wel weet. Polygonum Baldschuanicum. Groeit heel snel, meen ik? Heel handig als je een vervallen gebouwtje aan het oog wilt onttrekken, of iets anders dat lelijk is.'

Het heuveltje voor haar was inderdaad erg dicht bedekt met de groene plant met witte bloempjes. Miss Marple wist dat die plant een bedreiging vormde voor al het overige dat wilde groeien. Polygonum bedekte alles, en deed dat in een opmerkelijk korte tijd.

'De kas moet behoorlijk groot zijn geweest,' zei ze.

'O ja. We kweekten er ook perziken in, en nectarines.' Anthea zag er verdrietig uit.

'Maar nu ziet het er ook best leuk uit,' zei Miss Marple troostend. 'Heel leuke witte bloempjes, nietwaar?'

'We hebben een zeer fraaie magnoliaboom iets verderop aan dit pad, links,' zei Anthea. 'Ik meen me te herinneren dat hier eens een fraaie rand van overblijvende planten is geweest, maar ook zoiets kun je niet bijhouden. Het is te moeilijk. Alles is te moeilijk. Niets is zoals het eens was. Alles is bedorven, overal.'

Ze sloeg een pad in langs een zijmuur en liep nu sneller. Miss Marple kon haar maar net aan bijhouden. Het was, meende Miss Marple, alsof ze door haar gastvrouw met opzet werd meegenomen, weg van de heuvel met Polygonum. Werd meegenomen, alsof dat een lelijk of onaangenaam plekje was. Schaamde ze zich er misschien voor dat de glorie uit het verleden was vergaan? De Polygonum kon beslist volkomen onbelemmerd groeien. Hij werd niet eens bijgesnoeid om hem binnen redelijke proporties te houden. Dat deel van de tuin was er een soort bloemrijk oerwoud door geworden.

Het leek bijna wel alsof ze er vandaan rende, dacht Miss Marple, terwijl ze achter haar gastvrouw aan liep. Toen werd haar aandacht getrokken door een ingestorte varkensstal waarop een aantal rozetwijgjes te zien waren.

'Mijn oudoom hield een paar varkens,' legde Anthea uit, 'maar natuurlijk is zoiets tegenwoordig volstrekt onmogelijk, nietwaar? Te lawaaiig, ben ik bang. In de buurt van het huis hebben we een aantal trosrozen. Ik vind dat trosrozen een geweldig antwoord op problemen zijn.'

'O, dat weet ik,' zei Miss Marple.

Ze noemde een paar recent ontwikkelde varianten op bestaande rozen. Alle namen, meende ze, waren juffrouw Anthea totaal onbekend.

'Gaat u vaak mee met zo'n reis?'

De vraag kwam totaal onverwacht.

'U bedoelt een rondreis langs huizen en tuinen?'

'Ja. Sommige mensen doen dat ieder jaar.'

'O, ik zou er niet op kunnen hopen zoiets dergelijks te doen. Ze zijn nogal duur, weet u. Ecn vriend is zo aardig geweest me deze reis ten geschenke te geven om mijn volgende verjaardag te vieren. Zo aardig.'

'O. Ik had me al afgevraagd wáárom u hierheen was gekomen. Ik bedoel... het moet nogal vermoeiend zijn, nietwaar? Maar als u meestal naar West-Indië en dergelijke oorden gaat...'

'Die reis naar West-Indië had ik ook te danken aan de vriendelijkheid van iemand anders. Mijn neef, in dat geval. Een lieve jongen. Zo attent voor zijn oude tante.'

'O. Ja. Ik begrijp het.'

'Ik weet niet wat we zouden moeten doen zonder de jongere generatie,' zei Miss Marple. 'Ze zijn zo vriendelijk, nietwaar?'

'Ik... ja, dat veronderstel ik wel. Ik weet het eigenlijk niet. Ik... wij hebben geen jonge familieleden.'

‘Heeft uw zuster, mevrouw Glynne, geen kinderen? Ze heeft er met mij in ieder geval niet over gesproken en het is nooit prettig naar zoiets te vragen.’

‘Nee. Zij en haar man hebben nooit kinderen gehad. Misschien is dat maar goed ook.’

Wat bedoelde ze met die opmerking? vroeg Miss Marple zich af, terwijl ze terugliepen naar het huis.

Het zoete verleden

Om half negen de volgende morgen werd er op de deur geklopt. Toen Miss Marple ‘binnen’ had geroepen, ging de deur open en kwam er een al wat oudere dame binnen, met een dienblad met een theepot, een kopje, een melkkannetje en een bordje met brood en boter.

‘Uw thee, mevrouw,’ zei ze vrolijk. ‘Het is vandaag een mooie dag. Ik zie dat u de gordijnen al heeft opengetrokken. Betekent dat dat u goed heeft geslapen?’

‘Heel erg goed,’ zei Miss Marple, die een klein gebedenboekje weglegde waarin ze had zitten lezen.

‘Nu, het is een mooie dag vandaag. Daar kunnen diegenen die naar de Bonaventure Rocks gaan, van genieten. Het is echter maar goed dat u niet meegaat. Het is een marteling voor je benen, dat kan ik u wel vertellen.’

‘Ik vind het heerlijk om hier te blijven,’ zei Miss Marple. ‘Zo aardig van juffrouw Bradbury-Scott en mevrouw Glynne om me uit te nodigen.’

‘Ja, maar het is voor hen ook leuk. Ze worden een beetje opgevrolijkt als er hier mensen komen. Dit huis is tegenwoordig maar triest.’

Ze trok de gordijnen nog wat verder open, duwde een stoel naar achteren en zette in de porseleinen bak een kan heet water neer.

‘Op de volgende verdieping is een badkamer,’ zei ze, ‘maar we vinden het altijd beter oudere mensen hier warm water te geven, zodat ze de trap niet op hoeven te klimmen.’

‘Heel attent van u. Kent u dit huis goed?’

'Ik ben hier als kind werkmeid geweest. Ze hadden drie bedienden - een kokkin, een werkmeid en een binnenmeisje. Af en toe ook een keukenmeisje. Dat was in de tijd van de oude kolonel. Hij had ook paarden, en een stalknecht. O, dat was nog eens een tijd! Het kan soms triest gaan in een mensenleven. De kolonel heeft zijn vrouw al op jonge leeftijd verloren. Zijn zoon is in de oorlog gesneuveld en zijn enige dochter is aan de andere kant van de wereld gaan wonen. Ze is getrouwd met een Nieuwzeelander, moet u weten. Ze is overleden tijdens een bevalling en toen is de baby ook gestorven. Toen hij hier nog maar alleen woonde, was hij een verdrietig man en hij begon het huis te verwaarlozen. Het werd niet onderhouden zoals het moest. Toen hij overleed, liet hij het huis na aan zijn nichtje juffrouw Clotilde en haar twee zusters. Zij en juffrouw Anthea zijn hier toen komen wonen en toen juffrouw Lavinia later haar man had verloren, is ze ook hierheen gekomen.' Ze zuchtte en schudde haar hoofd. 'Ze hebben nooit veel aan het huis gedaan - konden zich dat niet veroorloven - en de tuin werd door hen ook verwaarloosd...'

'Het lijkt me allemaal heel erg jammer,' zei Miss Marple.

'En ze zijn ook zo aardig. Juffrouw Anthea is een beetje kattig, maar juffrouw Clotilde heeft aan de universiteit gestudeerd en heeft een goed stel hersens - ze kan drie talen spreken - en mevrouw Glynne is echt een heel aardige dame. Ik dacht dat alles hier misschien wel wat beter zou gaan toen zij hier kwam wonen. Maar je weet nooit wat de toekomst zal brengen, nietwaar? Soms heb ik het gevoel dat er een vloek op dit huis rust.'

Miss Marple keek vragend.

'Eerst het een en dan weer wat anders. Dat afschuwelijke vliegtuigongeluk - in Spanje - waarbij iedereen om het leven is gekomen. Enge dingen, vliegtuigen - ik zal nooit in zo'n toestel stappen. De beide vrienden van juffrouw Clotilde waren toen dood - een man en een vrouw, wier dochter gelukkig op kostschool zat en zo aan de dood is ontsnapt, maar toen heeft juffrouw Clotilde haar meegenomen hierheen en alles voor haar gedaan. Ze heeft haar meegenomen op reizen naar het buitenland, naar Italië en Frankrijk, en haar behandeld als een dochter. Ze was zo'n gelukkig meisje, met zo'n lieve natuur. Je had nooit kunnen dromen dat zoiets verschrikkelijks zou gebeuren.'

'Iets verschrikkelijks? Wat was dat dan? Is dat hier gebeurd?'

'Nee, godzijdank niet hier. Hoewel je in zekere zin wel zou kunnen zeggen dat het hier is gebeurd. Ze heeft hem uiteindelijk hier leren kennen. Hij was hier in de buurt, en de dames kenden zijn vader, die een heel rijk man was. Dus kwam hij hier op bezoek en dat was het begin...'

'Werden ze verliefd op elkaar?'

'Ja, zíj werd dat meteen op hem. Hij was een jongeman die er aantrekkelijk uitzag, leuk kon praten en een aardig gesprekje gaande kon houden. Je zou nooit hebben gedacht, je zou werkelijk nooit hebben gedacht...' Ze maakte haar zin niet af.

'Was er sprake van een liefdesrelatie en is er toen iets misgegaan? Heeft het meisje zelfmoord gepleegd?'

'Zelfmoord?' De oude vrouw staarde Miss Marple geschrokken aan.

'Wie heeft u dát in vredesnaam verteld? Het was moord, regelrechte moord. Gewurgd en haar hoofd tot moes geslagen. Juffrouw Clotilde heeft haar moeten identificeren en sinds die tijd is ze nooit meer de oude geweest. Ze hebben haar lichaam een kleine vijftig kilometer hiervandaan gevonden - in een groeve die niet langer in gebruik was. Men was destijds van mening dat het niet de eerste moord was die hij had gepleegd. Er waren andere meisjes geweest. De politie heeft zes maanden lang overal naar haar gezocht. O, hij was door en door verdorven en schijnt vanaf zijn geboorte al zo slecht geweest te zijn. Tegenwoordig zeggen ze dat er mensen zijn die het niet kunnen helpen dat ze bepaalde dingen doen, dat ze niet goed bij hun hoofd zijn en niet verantwoordelijk kunnen worden gesteld. Daar geloof ik helemaal niets van. Moordenaars zijn moordenaars. En die mensen worden tegenwoordig niet eens meer opgehangen. Ik weet dat er in oude families vaak sprake is van krankzinnigheid - zoals bij de Derwents in Brassington, van wie iemand uit elke tweede generatie onveranderlijk overlijdt in een gekkenhuis – en natuurlijk hadden we ook nog die oude mevrouw Paulett, die met een diamanten tiara op door de laantjes wandelde en zei dat ze Marie Antoinette was, tot ze haar opsloten. Maar in feite was er niet echt iets met haar aan de hand – ze was alleen een beetje malende. Maar die jongen... hij was echt een duivel.'

'Wat hebben ze met hem gedaan?'

'Ze hadden de doodstraf toen al afgeschaft en hij was sowieso te jong om te worden opgehangen. Ik kan het me allemaal nu niet meer precies herinneren. Hij is veroordeeld en naar een van die instituten waarvan de naam met een B begint gestuurd, Bostol of Broadsand, geloof ik.'

'Hoe heette die jongen?'

'Michael. Zijn achternaam kan ik me niet meer herinneren. Het is tien jaar geleden gebeurd en een mens vergeet wel eens wat. Het was een soort Italiaanse naam – zoiets als die van een schilderij. Iemand die schilderijen maakt. Raffle, zo heette hij!'

'Michael Rafiel?'

'Dat klopt! Het gerucht ging dat zijn vader zo rijk was dat hij de jongen de gevangenis uit heeft kunnen krijgen. Een ontsnapping zoals die mensen van die beroemde bankroof dat ook hadden georganiseerd. Ik denk echter dat dat alleen maar praatjes waren.'

Dus het was geen zelfmoord geweest, maar moord. 'Liefde!' had Elizabeth Temple genoemd als reden voor de dood van een meisje. In zekere zin had ze gelijk. Een jong meisje was verliefd geworden op een moordenaar en was daardoor niets vermoedend een afschuwelijke dood tegemoet gegaan.

Miss Marple rilde even. Toen ze gisteren door de dorpsstraat liep, was ze langs een kiosk gelopen en had daar zien staan: EPSOM DOWNS-MOORD, LIJK VAN TWEEDE MEISJE ONTDEKT, DE JEUGD IS GEVRAAGD DE POLITIE TE HELPEN.

Dus de geschiedenis herhaalde zich. Een oud patroon – een lelijk patroon. Een paar regels uit een al lang vergeten versje kwamen aarzelend in haar herinnering boven:

Jeugd, wit als een roos, hartstochtelijk, blij,
Een zingend beekje in een stille vallei,
Een sprookjesprins in een prozaïsch verhaalgegeven,
O, niets is zo broos en breekbaar in dit leven,
Als de jeugd, wit als een roos.

Wie kon de jeugd in bescherming nemen tegen pijn, verdriet en de dood? De jeugd kon zichzelf niet beschermen, was daar ook nooit toe in staat geweest. Wisten ze te weinig? Of wisten ze soms te veel en dachten ze daardoor dat ze alles wisten?

2

Miss Marple, die de volgende morgen waarschijnlijk wat eerder dan ze werd verwacht de trap afkwam, kon haar gastvrouw nergens ontdekken. Ze liep door de voordeur naar buiten en maakte een rondje door de tuin. Niet omdat ze van deze tuin genoot. Wel omdat ze het vage gevoel had dat daar iets was dat haar zou moeten opvallen, iets dat haar een idee zou geven, of iets dat haar al een idee hád gegeven, al was ze niet slim genoeg geweest om te beseffen wat dat slimme idee was geweest. Iets waar ze aandacht aan moest besteden, iets dat betekenis had.

Ze had er op dit moment niet direct behoefte aan een van de drie zusters te zien. Ze wilde over een paar dingen nadenken. De nieuwe feiten die haar ter ore waren gekomen door dat praatje op de vroege ochtend met Janet.

Een zijhek was open en ze liep erdoorheen naar de dorpsstraat, langs een rij kleine winkeltjes naar de plaats waar een torenspits de aanwezigheid van een kerk en een kerkhof aankondigde. Ze duwde de overdekte kerkhofingang open en liep rond tussen de graven, waarvan sommige al behoorlijk oud waren. Bij de muur achter in het kerkhof waren wat graven van recentere datum en voorbij die muur een paar kennelijk vrij nieuwe. De oudere graftombes leverden niets interessants op. Bepaalde namen zag je meermalen, zoals dat wel meer gebeurde in een dorp. Hier waren een aantal Princes begraven die in het dorp waren geboren. Jasper Prince, wiens heengaan diep betreurd werd, Margery Prince, Edgar en Walter Prince, Melanie Prince, vier jaar oud. Een familieverhaal. Hiram Broad - Ellen Jane Broad. Eliza Broad, eenennegentig jaar.

Net toen ze zich bij het laatste graf omdraaide, zag ze een oudere man langzaam tussen de graven door lopen om de paden schoon te maken. Hij stak zijn hand op en wenste haar een goede morgen.

'Goede morgen,' zei Miss Marple. 'Wat een heerlijke dag.'

'Straks gaat het regenen,' zei de oude man, alsof hij volkomen zeker van zijn zaak was.

'Er lijken hier heel wat Princes en Broads begraven te zijn,' merkte Miss Marple op.

'O ja, hier hebben altijd Princes gewoond. Vroeger hadden ze behoorlijk veel land in eigendom. En Broads wonen hier ook al heel wat jaren.'

'Ik heb daarnet het graf van een kind gezien. Heel triest, zo'n kindergrafje.'

'Dat moet van de kleine Melanie zijn. Mellie noemden we haar. Ja, dat was een trieste zaak. Ze is overreden. Ze was de straat opgerend, om snoep te kopen in de snoepwinkel. Gebeurt tegenwoordig nogal eens, omdat die auto's zo snel rijden.'

'Het is triest je te bedenken dat er voortdurend zoveel mensen overlijden,' zei Miss Marple. 'En het valt je pas op als je naar de inscripties op de grafstenen op een kerkhof kijkt. Ziekte, ouderdom, kinderen die worden overreden, soms zelfs nog afschuwelijkere redenen. Jonge meisjes die worden gedood. Vermoord, bedoel ik dan.'

'O ja, dat gebeurt de laatste tijd ook heel vaak. Ik vind het merendeel van die meisjes maar dom. En tegenwoordig hebben hun moeders niet de tijd meer om fatsoenlijk op hen te letten, omdat ze zo vaak buitenshuis gaan werken.'

Miss Marple kon met die kritiek eigenlijk wel instemmen, maar was niet van plan tijd te verspillen door het met hem eens te zijn over een recent modeverschijnsel.

'U logeert in The Old Manor House, nietwaar?' vroeg de oude man. 'Ik heb gezien dat u met die touringcar bent meegekomen. Ik neem aan dat het u allemaal een beetje te veel is geworden. Sommige mensen die een dagje ouder worden, kunnen dat alles niet altijd meer aan.'

'Ik vond het inderdaad een beetje uitputtend,' zei Miss Marple, 'en een heel aardige vriend van me, meneer Rafiel, heeft een paar vriendinnen van hem die hier wonen een brief geschreven met het verzoek mij een paar dagen bij hen te laten logeren.'

De naam Rafiel zei de oude tuinman kennelijk niets.

'Mevrouw Glynne en haar twee zusters zijn heel vriendelijk,' ging Miss Marple verder. 'Ik neem aan dat zij hier ook al heel lang wonen?'

'Niet zó lang. Een jaar of twintig misschien. The Old Manor House was van de oude kolonel Bradbury-Scott. Die was tegen de zeventig toen hij stierf.'

'Had hij kinderen?'

'Een zoon, die in de oorlog is gesneuveld. Daarom heeft hij het huis aan zijn nichten nagelaten. Hij kon het aan niemand anders nalaten.'

Hij ging weer aan het werk te midden van de graven.

Miss Marple liep de kerk in. Daar was een Victoriaanse restaurateur mee aan de slag geweest en de ramen waren nu voorzien van felgekleurd Victoriaans glas. Alles wat er van het verleden restte, waren een paar koperen gedenkplaten en een aantal platen aan de muren.

Miss Marple ging op een oncomfortabele kerkbank zitten en dacht na.

Was ze nu op het juiste spoor? Ze kon wel verbanden ontdekken, maar die verbanden waren nog verre van duidelijk.

Een meisje was vermoord – (in feite waren er verscheidene meisjes vermoord) – verdachte jongemannen (of 'jongeren' zoals ze tegenwoordig gewoonlijk werden genoemd) waren door de politie meegenomen 'om bij het onderzoek te helpen'. Een bekend patroon. Maar dit was zo'n jaar of tien, twaalf geleden gebeurd. Daar viel nu niets meer over te achterhalen – er was geen probleem meer dat moest worden opgelost. Een tragedie met het etiketje 'Finis'.

Wat zou zij kunnen doen? Wat kon meneer Rafiel mogelijkerwijs hebben verwacht dat zij zou doen?

Elizabeth Temple... Ze moest Elizabeth Temple zo ver krijgen dat ze haar wat meer vertelde. Elizabeth had gesproken over een meisje dat verloofd was geweest met Michael Rafiel. Maar was dat echt waar? Diegenen die in The Old Manor House woonden, leken van dat feit niet op de hoogte te zijn.

Miss Marple moest aan een bekendere versie van zo'n verhaal denken - het soort verhaal dat in haar dorp vrij vaak de ronde had gedaan. Het begon altijd met 'Jongen leert meisje kennen' en ontwikkelde zich dan via het geijkte patroon...

'En dan komt het meisje tot de ontdekking dat ze zwanger is,' zei Miss Marple tegen zichzelf, 'en zegt tegen de jongen dat ze wil dat hij met haar trouwt. Maar hij wil misschien niet met haar trouwen - hij is nooit van plan geweest met haar te trouwen. Toch kan het hem in dit geval moeilijk worden gemaakt. Zijn vader wil er bijvoorbeeld niets van horen. Haar familieleden zullen er op aandringen dat hij "het enige juiste" doet. Maar nu heeft hij helemaal genoeg van het meisje - heeft wellicht al een ander vriendinnetje. Dus kiest hij voor een brute, snelle oplossing. Hij wurgt haar en slaat haar hoofd tot moes om identificatie vrijwel onmogelijk te maken. Past bij zijn aard - een brute, smerige misdaad - maar vergeten en weggestopt.'

Ze keek om zich heen in de kerk waarin ze zat. Het zag er allemaal zo vredig uit. Je kon moeilijk geloven in de werkelijkheid van het kwaad. Meneer Rafiel had geschreven dat zij *flair* voor misdaden had. Ze stond op, liep de kerk uit en keek op het kerkhof nogmaals om zich heen. Hier, te midden van de grafstenen met hun verweerde inscripties, voelde ze het kwaad niet.

Had ze gisteren in The Old Manor House dat kwaad wel gevoeld? De diepe wanhoop, het duistere, wanhopige verdriet? Anthea Bradbury-Scott, die angstig over een schouder keek, alsof ze bang was voor iemand die achter haar stond, die altijd achter haar stond.

Ze wisten iets, die Drie Zusters, maar wat?

Elizabeth Temple, dacht ze opnieuw. Ze stelde zich Elizabeth Temple voor te midden van de andere buspassagiers, op dit moment stevig wandelend, een steil pad beklimmend om op een hoge rotspunt naar de zee te kunnen kijken.

Morgen, wanneer ze zich weer bij het reisgezelschap had aangesloten, zou ze Elizabeth Temple ertoe verlokken haar eens wat meer te vertellen.

Miss Marple liep terug naar The Old Manor House, nogal langzaam, omdat ze nu moe was. Ze had niet echt het gevoel dat haar ochtend op de een of andere manier produktief was geweest. Tot dusverre had The Old Manor House haar helemaal niet op een idee gebracht. Ze had van Janet alleen een verhaal te horen gekregen over tragedies die zich in het verleden hadden afgespeeld, maar huishoudelijk personeel koesterde altijd tragedies uit het verleden en zij herinnerden zich die even duidelijk als alle gelukkige gebeurtenissen zoals spectaculaire huwelijken, grote feesten en succesvolle operaties of ongelukken waarvan mensen op een wonderbaarlijke manier waren hersteld.

Toen ze in de buurt van het hek kwam, zag ze daar twee vrouwen staan. Een van hen liep op haar af. Het was mevrouw Glynne.

'O, daar bent u dus,' zei ze. 'We vroegen ons al af waar u was, weet u. Ik meende dat u een wandelingetje was gaan maken en hoopte dat u zich niet te erg zou vermoeien. Als ik had geweten dat u naar beneden was gekomen en het huis uit was gegaan, zou ik met u mee zijn gegaan om u alles te laten zien wat hier te zien valt, al is dat dan ook niet veel.'

'O, ik heb alleen een beetje rondgewandeld,' zei Miss Marple. 'Op de begraafplaats, weet u, en in de kerk. Ik heb altijd veel belangstelling voor kerken. Soms kun je er heel merkwaardige grafschriften aantreffen en zo. Ik heb er een hele verzameling van aangelegd. Ik veronderstel dat de kerk hier in de tijd van koningin Victoria is gerestaureerd?'

'Ja. Ze hebben er een paar lelijke kerkbanken in gezet, vind ik. Hout van een goede kwaliteit, natuurlijk, en sterk en zo, maar niet erg artistiek.'

'Ik hoop dat er niet iets echt interessants is verwijderd?'

'Dat geloof ik niet. Het is in feite geen erg oude kerk.'

'Ik heb er inderdaad niet veel gedenkplaten en zo gezien,' zei Miss Marple.

‘Heeft u heus veel belangstelling voor de kerkelijke architectuur?’

‘O, ik heb er nooit een studie van gemaakt of zo, maar natuurlijk is het wel zo dat in mijn dorp St. Mary Mead heel veel rond de kerk draait. Dat is altijd zo geweest, weet u. In mijn jongere jaren was dat zo. Nu is het natuurlijk wel behoorlijk veranderd. Bent u in deze omgeving opgegroeid?’

‘Niet echt. We hebben hier niet zo ver vandaan gewoond, een kilometer of veertig. In Little Herdsley. Mijn vader was een gepensioneerd militair – een majoor bij de artillerie. We zijn hier af en toe wel eens bij mijn oom op bezoek geweest, en voor zijn tijd ook bij mijn oudoom. Zelfs de laatste jaren ben ik hier niet zo vaak geweest. Mijn twee zusters waren hier gaan wonen na de dood van mijn oom, maar toen woonde ik met mijn echtgenoot nog in het buitenland. Hij is pas vier of vijf jaar geleden gestorven.’

‘O.’

‘Ze wilden toen dolgraag dat ik hier bij hen zou komen wonen en dat leek me toen ook echt het beste. Wij hadden enige jaren in India gewoond. Mijn man was daar nog gedetacheerd toen hij kwam te overlijden. Tegenwoordig is het erg moeilijk te bepalen waar je... wortel wilt schieten, om het zo maar eens te zeggen.’

‘Ja, dat begrijp ik volkomen. En u had natuurlijk het gevoel dat uw wortels hier waren, omdat uw familie hier al zo’n lange tijd had gewoond.’

‘Ja. Ja, dat gevoel had ik inderdaad. Ik had altijd contact met mijn zusters gehouden en hen ook opgezocht. Maar het pakt altijd heel anders uit dan je zou denken. Ik heb een klein huisje in de buurt van Londen gekocht, bij Hampton Court, waar ik een groot deel van mijn tijd ben, en af en toe doe ik ook wel eens wat werk voor een paar liefdadigheidsinstellingen in Londen.’

‘Dus is uw tijd volledig bezet. Heel verstandig van u.’

‘De laatste tijd heb ik het gevoel dat ik hier misschien wat vaker zou moeten zijn. Ik maak me een beetje zorgen over mijn zusters.’

‘Hun gezondheid?’ suggereerde Miss Marple. ‘Je bent tegenwoordig inderdáád geneigd je over dergelijke dingen zorgen te maken, vooral omdat je nergens een competent iemand kunt vinden die je in dienst kunt nemen om mensen te verzorgen die wat zwakker worden of aan bepaalde kwaaltjes lijden. Je hoort zo vaak verhalen over reumatiek of jicht. Je bent altijd zo bang dat iemand in het bad zal vallen, of een ongelukje krijgt bij het aflopen van een trap. Iets dergelijks.'

'Clotilde is altijd heel sterk geweest,' zei mevrouw Glynne. 'Gehard zou een juist woord zijn. Maar over Anthea maak ik me soms echt zorgen. Ze is vaag, weet u, heel erg vaag. Soms gaat ze zomaar wandelen en lijkt dan niet te weten waar ze is.'

'Ja, het is triest als mensen zich zorgen maken. Er zijn zoveel dingen waarover je je zorgen kunt maken.'

'Ik geloof niet dat Anthea veel heeft om zich zorgen over te maken.'

'Misschien doet ze dat ten aanzien van de inkomstenbelasting of andere financiële zaken,' zei Miss Marple.

'Nee, dat geloof ik niet zozeer... Maar ze maakt zich wel heel veel zorgen over de tuin. Ze herinnert zich die tuin zoals hij vroeger was en ze zou dolgraag geld willen uitgeven om hem weer in zijn oude staat terug te brengen. Clotilde heeft tegen haar moeten zeggen dat ze zich dat tegenwoordig echt niet meer konden veroorloven. Maar ze blijft praten over de kassen, de perziken die daar vroeger in werden gekweekt. De druiven, en zo.'

'En de heliotropen langs de wanden?' zei Miss Marple, die zich een opmerking herinnerde.

'Gek dat u zich dat herinnert. Ja. Ja, dat is een van de dingen die je je blijft herinneren. Zo'n aangename geur. Ja, dat herinner je je altijd. En dan die wijnranken. De kleine zoete druifjes, die je al zo vroeg kon eten. Nu ja, je moet niet al te veel aan het verleden denken.'

'Ik neem aan dat ze ook met heimwee aan de borders terugdenkt?' zei Miss Marple.

'Ja, o ja. Anthea zou graag weer een grote border hebben, met overblijvende planten. Maar dat kun je tegenwoordig echt wel vergeten. Het kost je al moeite om in de buurt iemand te vinden die eens in de veertien dagen het gras komt maaien. Ieder jaar lijk je een andere firma in de arm te moeten nemen. Anthea zou ook graag weer pampasgras willen planten. En die heel lichtroze, bijna witte rozen, langs de border met die stenen rand. En een vijgeboom, zoals die eens vlak naast de kas heeft gestaan. Ze kan zich dat alles heel goed herinneren en praat erover.'

'Het moet moeilijk voor u zijn.'

'Ja, dat is het ook wel. Ik houd helemaal niet van felle discussies, weet u. Clotilde neemt ten aanzien van dergelijke zaken natuurlijk geen blad voor de mond. Ze weigert domweg aan dergelijke verzoeken gehoor te geven en zegt dat ze er verder geen woord meer over wil horen.'

'Het is moeilijk om te weten hoe je iets moet aanpakken,' zei Miss Marple. 'Om te weten wanneer je voet bij stuk moet houden. Nogal autoritair. Wellicht een beetje... een beetje heel streng, begrijpt u. Of om te weten wanneer je meelevend moet reageren. Wanneer je gewoon moet luisteren en wellicht iemand hoop moet geven terwijl je weet dat die hoop niet gerechtvaardigd is. Ja, dat is moeilijk.'

'Maar voor mij is het makkelijker, weet u, omdat ik weer wegga en hier dan af en toe weer eens een keer kom logeren. Dus kan ik makkelijk net doen alsof alles spoedig wat makkelijker zal worden en dat er iets kan worden gedaan. Maar toen ik kort geleden hier weer kwam en hoorde dat Anthea had geprobeerd een heel duur hoveniersbedrijf in de arm te nemen om de tuin op te knappen en de kassen weer op te bouwen – hetgeen beslist belachelijk is omdat wijnranken pas over twee of drie jaar druiven zouden krijgen – was de maat bij mij wel even vol. Clotilde wist er niets van en ze was heel erg boos toen ze op het bureau van Anthea een offerte van dat bedrijf vond. Toen is ze echt heel onvriendelijk geweest.'

'Zoveel dingen zijn moeilijk,' zei Miss Marple.

Dat was een handig zinnetje, dat ze vaak gebruikte.

'Ik denk dat ik morgenochtend al vrij vroeg moet opstappen,' ging Miss Marple verder. 'Ik heb even geïnformeerd bij De Gouden Beer, waar het gezelschap morgenochtend weer in de bus stapt. Ik heb begrepen dat ze al vroeg willen vertrekken, om negen uur.'

'Mijn hemel, ik hoop dat u dat niet te vermoeiend zult vinden.'

'O, dat denk ik niet. Ik meen te hebben begrepen dat we naar... wacht eens even, hoe heette die plaats ook al weer? Naar Stirling St. Mary gaan. Zoiets dergelijks. Dat schijnt niet zo ver hiervandaan te zijn. Onderweg zullen we een interessante kerk bezoeken, en een kasteel. Voor de middag staat een aardige tuin op het programma, niet al te groot, maar met enige speciale bloemsoorten. Ik ben er zeker van dat alles met mij goed zal gaan na de heerlijke rustperiode die ik hier heb gehad. Ik weet nu dat ik heel erg moe zou zijn geweest wanneer ik twee dagen lang rotsen had moeten beklimmen en dergelijke dingen meer.'

'Nu, u moet vanmiddag maar even gaan rusten, om morgenochtend fris te zijn,' zei mevrouw Glynne terwijl ze naar binnen liepen. 'Miss Marple heeft een bezoekje gebracht aan de kerk,' zei mevrouw Glynne tegen Clotilde.

'Ik ben bang dat daar niet veel te zien is,' zei Clotilde. 'Victoriaans glas van de meest afschuwelijke kwaliteit, vind ik. Geen kosten gespaard. Ik ben bang dat mijn oom daar gedeeltelijk de schuld van is geweest. Hij was heel tevreden met die nogal primitieve rode en blauwe kleuren.'

'Heel primitief en heel vulgair heb ik ze altijd gevonden,' zei Lavinia Glynne.

Miss Marple ging na de lunch een dutje doen en sloot zich pas tegen etenstijd weer bij haar gastvrouwen aan. Na het diner werd er heel wat gepraat, tot het tijd was om naar bed te gaan. Miss Marple nam het voortouw bij het ophalen van herinneringen... Herinneringen aan haar eigen jeugd, de eerste jaren daarna, de plaatsen die ze had bezocht, reizen die ze had gemaakt, mensen die ze ooit had gekend.

Ze ging moe naar bed, met het gevoel te hebben gefaald. Ze was niets wijzer geworden, wellicht omdat ze hier ook niets wijzer kon worden. Een vistochtje met vissen die maar niet wilden bijten – misschien omdat er geen vissen waren. Of was het mogelijk dat ze niet wist welk aas ze moest gebruiken?

Ongeluk

Miss Marple kreeg de volgende morgen om half acht thee op bed, zodat ze ruim de tijd zou hebben om op te staan en haar paar spulletjes in te pakken. Net toen ze haar koffertje dicht wilde doen, werd er nogal gehaast op de deur geklopt en kwam Clotilde binnen, die van streek leek te zijn.

'Miss Marple, er staat een jongeman beneden, die u wil spreken. Emlyn Price. Hij maakt deel uit van dat reisgezelschap van u en ze hebben hem hierheen gestuurd.'

'Natuurlijk, ik kan me hem herinneren. Ja. Nog vrij jong?'

'O ja. Ziet er heel modern uit, met veel haar en zo, maar hij is hierheen gekomen om u nogal slecht nieuws te brengen. Het spijt me dat ik het zeggen moet, maar er is een ongeluk gebeurd.'

'Een ongeluk?' Miss Marple staarde haar aan. 'U bedoelt met de bus? Heeft die een ongeluk op de weg gekregen? Is er iemand gewond geraakt?'

'Nee nee, er is niets met de bus gebeurd. In dat opzicht hebben zich geen problemen voorgedaan. Het is gistermiddag tijdens dat uitstapje gebeurd. Zoals u zich wellicht nog wel zult herinneren, stond er behoorlijk wat wind, hoewel ik niet geloof dat dat er iets mee te maken heeft. Ik geloof dat de mensen een beetje rond hebben gelopen. Er is een regulier pad, maar je kunt ook op eigen houtje naar boven klauteren. In ieder geval kom je hoe dan ook uit bij de Herdenkingstoren boven op Bonaventure, hun plaats van bestemming. Zoals ik al zei, had het gezelschap zich een beetje verspreid en ik veronderstel dat er in feite niemand was die als gids fungeerde of iedereen een beetje in de gaten hield, zoals dat misschien wel het geval had moeten zijn. Mensen kunnen hun evenwicht wel eens verliezen en de rots bij het ravijn is heel steil. Nu schijnen er stenen omlaag te zijn gerold langs de heuvel en daardoor is iemand op het pad eronder geraakt.'

'Hemeltje,' zei Miss Marple. 'Wat naar. Wat ontzettend naar. Wie is er gewond geraakt?'

'Een zekere juffrouw Temple of Tenderdon, heb ik begrepen.'

'Elizabeth Temple,' zei Miss Marple. 'Hemeltje, wat naar. Ik heb veel met haar gepraat. Ik heb in de bus naast haar gezeten. Ik geloof dat ze een gepensioneerde onderwijzeres is, en een heel bekende bovendien.'

'Natuurlijk,' zei Clotilde. 'Ik ken haar zeer goed. Ze was het hoofd van Fallowfield, een heel beroemde school. Ik had er geen idee van dat zij meedeed met deze reis. Ik geloof dat ze haar functie een jaar of twee geleden heeft neergelegd en nu is er een nieuw, vrij jong hoofd met nogal vooruitstrevende, progressieve ideeën. Maar juffrouw Temple is nog niet zo verschrikkelijk oud, een jaar of zestig, denk ik, en heel actief. Dol op klimmen en wandelen en dergelijke dingen meer. Dit lijkt werkelijk héél ongelukkig. Ik hoop dat ze niet ernstig gewond is. Details daarover heb ik nog niet vernomen.'

'Ziezo, dit is klaar,' zei Miss Marple en deed haar koffer dicht. 'Ik ga nu meteen naar beneden om meneer Price te spreken.'

Clotilde pakte de koffer. 'Laat u mij die maar dragen. Het is echt geen moeite. Komt u maar achter mij aan de trap af, en wees voorzichtig.'

Miss Marple liep de trap af. Emlyn Price stond op haar te wachten. Zijn haren zaten nog wilder dan normaal en hij ging schitterend gekleed in opvallende laarzen, een leren jack en een felgroene pantalon.

'Zo'n ongelukkige zaak,' zei hij en pakte de hand van Miss Marple. 'Ik vond het beter zelf hierheen te komen en... en u te vertellen over het ongeluk. Ik neem aan dat juffrouw Bradbury-Scott u er al wel van in kennis zal hebben gesteld. Het gaat om juffrouw Temple. U weet wel, die schooljuffrouw. Ik weet niet precies wat ze aan het doen was of wat er is gebeurd, maar er kwamen enige stenen, grote stenen, omlaag rollen. Het is een nogal steile helling. Ze werd getroffen en raakte bewusteloos en gisteravond hebben ze haar met een hersenschudding naar het ziekenhuis moeten brengen. Ik heb begrepen dat het nogal slecht met haar gaat. In ieder geval blijven we nu vannacht ook nog hier.'

'O hemeltje,' zei Miss Marple, 'wat spijt me dat. Wat spijt me dat verschrikkelijk.'

'Ik geloof dat ze hebben besloten vandaag niet verder te reizen omdat ze het rapport van de artsen moeten afwachten. Dus zullen we nog een nacht in De Gouden Beer blijven logeren en de reis iets reorganiseren. De kans bestaat dat we Grangmering, waar we morgen naartoe zouden gaan, moeten laten vallen, maar ze zeggen dat dat toch niet zo interessant is. Mevrouw Sandbourne is al vroeg naar het ziekenhuis gegaan om te kijken hoe de stand van zaken vanmorgen is. Ze zou om elf uur in De Gouden Beer terug zijn om samen met ons koffie te drinken. Ik dacht dat u daar misschien wel bij zou willen zijn om het laatste nieuws te horen.'

'Ik ga zeker met u mee,' zei Miss Marple. 'Natuurlijk. Nu meteen.'

Ze draaide zich om, om afscheid te nemen van Clotilde en mevrouw Glynne, die zich bij haar had gevoegd.

'Ik moet u heel hartelijk bedanken,' zei ze. 'U bent heel vriendelijk geweest en het was zo heerlijk hier twee nachten door te brengen. Ik voel me zo uitgerust. Hoogst ongelukkig dat dit nu is gebeurd.'

'Als u nog een nachtje wilt blijven logeren,' zei mevrouw Glynne, 'ben ik er zeker van...' Ze keek naar Clotilde.

Miss Marple, die even scherp vanuit haar ooghoeken kon kijken als iemand zich dat maar wensen kon, meende dat er even een ietwat afkeurende blik op het gezicht van Clotilde verscheen. Bijna had ze haar hoofd geschud, hoewel het zo'n geringe beweging was dat het bijna niet opviel. Maar ze voelde, dacht Miss Marple, heel weinig voor het voorstel waarmee mevrouw Glynne zojuist had willen komen.

'...hoewel ik natuurlijk denk dat het prettiger voor u is om bij de anderen te zijn en...'

'O ja, ik denk dat dat beter is,' zei Miss Marple. 'Dan zal ik meteen weten wat de plannen zijn en wat er moet worden gedaan en misschien zou ik op de een of andere manier ook kunnen helpen. Dat weet je maar nooit. Dus nogmaals heel hartelijk dank. Ik neem aan dat het niet moeilijk zal zijn een kamer te krijgen in De Gouden Beer?' Ze keek naar Emlyn, die geruststellend zei:

'Natuurlijk niet. Er zijn vandaag verscheidene kamers vrijgekomen, dus er is plaats genoeg. Ik geloof dat mevrouw Sandbourne voor ons allemaal voor vannacht al een kamer heeft geboekt en morgen... Tsja, morgen zullen we dan wel zien hoe alles verder gaat.'

Er werd nogmaals afscheid genomen en bedankt. Emlyn Price pakte de spulletjes van Miss Marple op en zette er stevig de pas in.

'Het is in feite vlak om de hoek, en dan de eerste straat links,' zei hij.

'Ja, ik geloof dat ik er gisteren langs ben gelopen. Die arme juffrouw Temple. Ik hoop dat ze niet ernstig is gewond.'

'Ik ben bang van wel,' zei Emlyn Price. 'Natuurlijk weet u wel hoe artsen zijn, en ander ziekenhuispersoneel. Ze zeggen altijd: "Zo goed als gegeven de omstandigheden mogelijk is." Er is hier in dit stadje geen ziekenhuis, dus hebben ze haar naar Carristown gebracht, dat zo'n kilometer of dertien hier vandaan ligt. In ieder geval zal mevrouw Sandbourne wel met nadere berichten terug zijn wanneer we u eenmaal in het hotel hebben geïnstalleerd.'

Toen ze in het hotel arriveerden, zat het reisgezelschap in de koffiekamer, waar broodjes werden geserveerd. Meneer en mevrouw Butler waren op dat moment aan het woord.

'O, het is te, te tragisch dat dit is gebeurd,' zei mevrouw Butler. 'Je raakt er zo door van streek, nietwaar? Net nu we allemaal zo gelukkig waren en zo intens van alles genoten. Die arme juffrouw Temple. Ik dacht altijd dat ze heel stevig op haar benen stond. Maar ja, van zoiets kun je nooit zeker zijn, nietwaar, Henry?'

'Nee, inderdaad,' bevestigde Henry. 'Ik vraag me echt af... we hebben maar zo weinig tijd, weet je... of we niet beter... nu ja, of we deze reis niet beter zouden kunnen staken. Niet langer mee moeten reizen. Ik heb de indruk dat we niet probleemloos verder kunnen gaan tot er iets definitiefs bekend is. Als dit... ik bedoel... als dit zo serieus mocht zijn dat het nog wel eens fataal zou kunnen worden, zou er... ik bedoel... dan zou er nog wel eens een gerechtelijk vooronderzoek gehouden kunnen worden of zoiets dergelijks.'

'Henry, zulke afschuwelijke dingen mag je niet zeggen!'

'Ik ben er zeker van,' zei juffrouw Cooke, 'dat u een beetje te pessimistisch bent, meneer Butler. Ik twijfel er niet aan dat het wel goed zal aflopen.'

Met zijn buitenlandse accent zei meneer Caspar: 'Maar ja, het is ernstig. Ik gisteren gehoord. Toen mevrouw Sandbourne over de telefoon met dokter praatte. Het is heel, heel ernstig. Ze zeggen dat ze een hersenschudding heeft, erg, heel erg. Een speciale dokter die komt naar haar kijken om te zien of hij mogelijk kan opereren. Ja – het is allemaal heel ernstig.'

'O hemel,' zei juffrouw Lumley. 'Mildred, misschien zouden we er verstandig aan doen naar huis te gaan. Ik denk dat ik maar eens ga nakijken hoe laat de treinen vertrekken.' Ze wendde zich tot mevrouw Butler. 'U moet weten dat ik voor mijn katten het een en ander met de buren heb geregeld en als ik een paar dagen later thuiskom, zou dat voor iedereen nog wel eens grote problemen kunnen opleveren.'

'Het heeft geen zin om ons allemaal te zeer van streek te maken,' zei mevrouw Riseley-Porter met haar diepe, autoritaire stem. 'Joanna, wil je dit broodje in de prullenmand deponeren? Het is werkelijk niet te eten. Heel onaangename jam. Maar ik wil het ook niet op mijn bord laten liggen, want dat zou het personeel nog wel eens tegen de haren in kunnen strijken.'

Joanna ontdeed zich van het broodje. Ze zei: 'Denkt u dat het in orde zou zijn wanneer Emlyn en ik een eindje gingen wandelen? Gewoon even het stadje gaan bekijken, bedoel ik. Niemand wordt er wijzer van als we hier blijven zitten en sombere opmerkingen maken, nietwaar? We kunnen toch niets *doen*.'

'Ik denk dat het heel verstandig zou zijn als je even een luchtje ging scheppen,' zei juffrouw Cooke.

'Ja, ga maar,' zei juffrouw Barrow, voordat mevrouw Riseley-Porter iets had kunnen zeggen.

Juffrouw Cooke en juffrouw Barrow keken elkaar aan en zuchtten, hoofdschuddend.

'Het gras was heel glad,' zei juffrouw Barrow. 'Op dat kleine stukje ben ik zelf ook een paar maal bijna uitgegleden.'

'En dan die stenen,' zei juffrouw Cooke. 'Er kwamen er nogal wat omlaag, net toen ik op het pad een hoek omging. Ja, eentje heeft mijn schouder behoorlijk hard geraakt.'

Toen de thee, koffie, biscuitjes en caketjes waren verorberd, leek iedereen zich niet al te best op zijn gemak te voelen. Als zich een ramp heeft voorgedaan, is het heel moeilijk te bepalen wat de juiste manier is om daarop te reageren. Iedereen had zijn mening verkondigd, had uitdrukking gegeven aan verbazing en zorg. Nu wachtten ze op nadere berichten en verlangden tegelijkertijd ook naar de een of andere vorm van een uitstapje, iets dat de belangstelling genoeg gaande kon houden om de ochtend door te komen. De lunch zou pas om één uur worden geserveerd en ze hadden allemaal het gevoel dat blijven zitten en dezelfde opmerkingen herhalen, een nogal sombere bezigheid zou zijn.

Juffrouw Cooke en juffrouw Barrow stonden tegelijkertijd op en zeiden dat ze beslist een paar boodschappen moesten doen. Ze hadden een paar dingen nodig en ze wilden ook naar het postkantoor om postzegels te kopen.

'Ik wil een paar ansichtkaarten versturen en vragen hoeveel je op een brief naar China moet plakken,' zei juffrouw Barrow.

'Ik wil wat knotten wol kopen,' zei juffrouw Cooke. 'En verder meen ik me te herinneren dat er aan de andere kant van het marktplein een nogal interessant gebouw staat.'

'Ik denk dat een beetje frisse lucht ons allemaal goed zou doen,' zei juffrouw Barrow.

Kolonel en mevrouw Walker gingen eveneens staan en stelden meneer en mevrouw Butler voor mee te gaan om te bekijken wat er te bekijken viel. Mevrouw Butler sprak de hoop uit een antiekwinkeltje te vinden.

'Ik bedoel alleen niet een echte antiekwinkel. Meer zo'n zaakje waarin ze allerlei tweedehands spulletjes verkopen. Soms kun je daar echt wel iets interessants vinden.'

Ze liepen allemaal achter elkaar aan naar buiten. Emlyn Price was al achter Joanna aan gegaan zonder de moeite te nemen een verklaring voor zijn vertrek te geven. Nadat mevrouw Riseley-Porter te laat een poging had ondernomen haar nichtje terug te roepen, zei ze dat de lounge in ieder geval prettiger zou zijn om in te zitten. Juffrouw Lumley was dat met haar eens en meneer Caspar begeleidde de dames met het air van een adjudant van een buitenlandse vorst.

Professor Wanstead en Miss Marple bleven achter.

'Ik denk,' zei professor Wanstead, terwijl hij het woord tot Miss Marple richtte, 'dat het aangenaam zou zijn buiten, in de buurt van het hotel te gaan zitten. Ik heb een klein terras gezien, dat aan de straat grenst. Zou ik u daartoe kunnen overhalen?'

Miss Marple bedankte hem en ging staan. Ze had tot dusverre nog nauwelijks een woord met professor Wanstead gewisseld. Hij had verscheidene boeken bij zich die er wetenschappelijk uitzagen en in een daarvan probeerde hij zelfs in de bus altijd nog te lezen.

'Maar misschien wilt u ook winkelen,' zei hij. 'Ik geef er echter de voorkeur aan op een vredig plaatsje de terugkeer van mevrouw Sandbourne af te wachten. Ik denk dat het belangrijk is dat we precies weten wat ons te wachten staat.'

'Wat dat betreft ben ik het helemaal met u eens,' zei Miss Marple. 'Gisteren heb ik een aardig eindje door de stad gewandeld en ik vind het niet nodig dat vandaag nog eens te doen. Ik blijf liever hier wachten, voor het geval ik iets kan doen om te helpen. Niet dat ik veronderstel dát dat kan, maar je kunt nooit weten.'

Samen liepen ze door de hoteldeur naar buiten en de hoek om, waar zich een kleine, vierkante tuin bevond met een smal terras langs de muur van het hotel, waarop een paar makkelijke stoelen stonden. Op dat moment was daar niemand en dus gingen ze zitten. Miss Marple nam haar metgezel aandachtig op. Zijn doorgroefde en gerimpelde gezicht, zijn borstelige wenkbrauwen, zijn fraaie, dikke bos grijs haar. Hij liep ietwat gebogen. Hij had een interessant gezicht, concludeerde Miss Marple. Zijn stem klonk droog en zuur; een vakman op zijn gebied, wat dat ook mocht zijn, meende ze.

'U bent toch echt Miss Jane Marple?' vroeg professor Wanstead.

'Ja, ik ben Miss Jane Marple.'

Ze was ietwat verbaasd, hoewel niet om een speciale reden. Ze waren nog niet zo lang gezamenlijk onderweg dat de passagiers elkaar allemaal bij naam kenden, en de laatste twee nachten was ze niet bij het reisgezelschap geweest. Dus was het een heel normale vraag.

'Dat dacht ik al, aan de hand van een beschrijving van u die ik had gekregen.'

'Een beschrijving van mij?' Opnieuw was Miss Marple lichtelijk verbaasd.

'Ja, ik heb een beschrijving van u gekregen...' hij zweeg even, zijn stem klonk niet lager, maar leek wel minder volume te hebben gekregen, hoewel ze hem nog steeds heel makkelijk kon verstaan '...van meneer Rafiel.'

'O,' zei Miss Marple geschrokken. 'Van meneer Rafiel.'

'Bent u verbaasd?'

'Ja, nogal.'

'Ik weet niet wat u zou moeten zijn.'

'Ik had niet verwacht...' begon Miss Marple en hield toen haar mond.

Professor Wanstead zei niets. Hij zat daar gewoon en keek haar aandachtig aan. Over een paar minuutjes, dacht Miss Marple bij zichzelf, zal hij tegen me zeggen: 'Om welke symptomen gaat het precies, mevrouwtje? Problemen met het slikken? Slaapgebrek? Spijsvertering goed in orde?' Ze was er nu bijna zeker van dat hij arts was.

'Wanneer heeft hij u een beschrijving van mij gegeven? Dat moet...'

'Enige tijd geleden zijn, wilde u zeggen. Voor zijn dood. Dat is ook zo. Hij heeft me verteld dat u met deze reis mee zou gaan.'

'En hij wist dat u ook mee zou gaan.'

'Zo zou je het kunnen zeggen,' zei professor Wanstead. 'Hij zei dat u met deze reis mee zou gaan en dat het in feite zo was dat hij dat had geregeld.'

'Het was heel vriendelijk van hem,' zei Miss Marple. 'Echt heel vriendelijk. Ik was heel verbaasd toen ik merkte dat hij voor me had geboekt. Zo'n traktatie! Ik zou me dit zelf nooit hebben kunnen veroorloven.'

'Ja,' zei professor Wanstead, 'dat heeft u heel goed onder woorden gebracht.' Hij knikte, als iemand die een goed antwoord van een leerling toejuicht.

'Het is triest dat de reis op deze manier is onderbroken,' zei Miss Marple. 'Werkelijk heel triest. Vooral omdat ik er zeker van ben dat we er allemaal zo intens van genoten.'

'Ja, heel triest,' bevestigde professor Wanstead. 'En onverwacht, denkt u ook niet? Of was het niet onverwacht?'

'Professor Wanstead, wat bedoelt u daar precies mee?'

Zijn lippen krulden zich tot een vage glimlach terwijl hij haar uitdagende blik beantwoordde.

'Meneer Rafiel,' zei hij, 'heeft nogal uitgebreid met mij over u gesproken, Miss Marple. Hij stelde voor dat ik ook met deze reis mee zou gaan. Dan zou ik na verloop van tijd vrijwel zeker kennis met u maken, omdat mensen die samen zo'n reis maken, elkaar onvermijdelijk leren kennen, hoewel het over het algemeen een paar dagen duurt voordat ze zich – bij wijze van spreken – opsplitsen in groepjes die voor dezelfde dingen belangstelling hebben, of eenzelfde smaak hebben. Verder suggereerde hij dat het goed zou zijn als ik... laten we zeggen als ik een oogje op u hield.'

'Een oogje op mij hield?' zei Miss Marple, die een licht ongenoegen liet blijken. 'Waarom?'

'Om u te beschermen, denk ik. Hij wilde er volkomen zeker van zijn dat er niets met u zou gebeuren.'

'Met mij zou gebeuren? Ik zou graag willen weten wat er met mij zou kunnen gebeuren.'

'Wellicht wat er met juffrouw Elizabeth Temple is gebeurd,' zei professor Wanstead.

Joanna Crawford kwam de hoek bij het hotel om. Ze had een boodschappentas bij zich. Toen ze langsliep, knikte ze even, nam hen enigszins nieuwsgierig op en liep toen verder de straat af. Professor Wanstead begon pas weer te praten toen ze uit het gezichtsveld was verdwenen.

'Een aardig meisje,' zei hij. 'In ieder geval, dat denk ik. Op dit moment is ze er tevreden mee als een soort lastdier voor een autocratische tante te fungeren, maar ik twijfel er niet aan dat ze vrij snel tegen haar in opstand zal gaan komen.'

'Wat bedoelde u met wat u daarnet zei?' vroeg Miss Marple, die even geen belangstelling had voor een mogelijke rebellie van Joanna.

'Dat is een vraag waarover we wellicht zullen moeten discussiëren, gezien de recente gebeurtenis.'

'U doelt op dat ongeluk?'

'Ja. Als het een ongeluk was.'

'Denkt u dat het géén ongeluk was?'

'Tsja, dat acht ik mogelijk. Meer niet.'

'Ik weet er natuurlijk niets van af,' zei Miss Marple aarzelend.

'Dat klopt, want u was er niet bij. U was... zal ik het zo zeggen... u was wellicht elders uw plicht aan het vervullen.'

Miss Marple zweeg even. Ze keek een paar maal naar professor Wanstead en zei toen: 'Ik geloof niet dat ik precies begrijp wat u bedoelt.'

'U bent voorzichtig. Het is heel verstandig van u dat u voorzichtig bent.'

'Ik heb er een gewoonte van gemaakt.'

'Om voorzichtig te zijn?'

'Zo zou ik het nu niet precies willen zeggen, maar ik heb er wel een gewoonte van gemaakt altijd bereid te zijn alles wat me wordt verteld te geloven en niet te geloven.'

'Ook dáár doet u heel verstandig aan. U weet niets van me af. U kent mijn naam door de passagierslijst van een heel aangename rondreis langs kastelen en historische huizen en schitterende tuinen. Wellicht interesseren die tuinen u nog wel het meest.'

'Wellicht.'

'Er zijn hier ook andere mensen die in tuinen zijn geïnteresseerd.'

'Of beweren in tuinen geïnteresseerd te zijn.'

'Aha!' zei professor Wanstead. 'Dat is u dus ook opgevallen. Nu, het was mijn opdracht, in ieder geval in eerste instantie, om u te observeren, te kijken wat u deed, in de buurt te zijn voor het geval er een mogelijkheid was dat er, om het maar eens bot te zeggen, een smerig spelletje zou worden gespeeld. Maar nu is er iets veranderd en moet u voor uzelf bepalen of ik uw vijand of uw bondgenoot ben.'

'Misschien heeft u gelijk,' zei Miss Marple. 'U formuleert het heel helder, maar tot nu toe heeft u me nog geen informatie over uzelf gegeven aan de hand waarvan ik me een oordeel zou kunnen vormen. Ik neem aan dat u een vriend was van wijlen meneer Rafiel?'

'Nee,' zei professor Wanstead. 'Ik was geen vriend van meneer Rafiel. Ik had hem een paar maal ontmoet. Een keer tijdens een vergadering van een ziekenhuiscommissie en een keer bij de een of andere officiële gelegenheid. Ik wist wel het een en ander van hem af en ik neem aan dat hij dat ook van mij wist. Als ik tegen u zeg, Miss Marple, dat ik binnen mijn eigen professie een tamelijk eminente positie inneem, zou u me wellicht een zeer verwaand mens vinden.'

'Dat denk ik niet,' zei Miss Marple. 'Als u dat over uzelf zegt, ben ik geneigd aan te nemen dat u de waarheid spreekt. U bent wellicht arts?'

'Miss Marple, u valt kennelijk veel op. Ja, beslist. Ik heb een medische graad, maar heb me ook gespecialiseerd. Ik ben patholoog en psycholoog. Ik heb niets bij me om dat te bewijzen, dus zult u me tot op zekere hoogte op mijn woord moeten geloven, hoewel ik u wel aan mij geadresseerde brieven kan laten zien en wellicht officiële documenten die u zouden kunnen overtuigen. Ik neem voornamelijk specialistisch werk op me dat te maken heeft met de medische jurisprudentie. Om het eens in doodnormale, dagelijkse woorden te zeggen: ik ben geïnteresseerd in de verschillende typen hersenen van criminelen. Daar heb ik al vele jaren lang een studie van gemaakt. Ik heb boeken over dat onderwerp geschreven, waarvan sommige hevige discussies hebben opgeroepen, en sommige ervoor hebben gezorgd dat mensen mijn ideeën zijn gaan onderschrijven. Tegenwoordig doe ik geen heel inspannend werk meer. Ik schrijf voornamelijk samenvattende artikelen over mijn ideeën, waarbij ik de nadruk leg op bepaalde punten die mij bijzonder hebben aangesproken. Af en toe kom ik iets tegen dat me interesssant lijkt. Dingen die ik nauwkeuriger wil bestuderen. Ik ben bang dat u dit alles nogal saai zult vinden.'

'Helemaal niet,' zei Miss Marple. 'Wellicht ben ik, door

bepaalde dingen die u heeft gezegd, de hoop gaan koesteren dat u in staat zult zijn me bepaalde dingen uit te leggen die meneer Rafiel me kennelijk niet heeft willen uitleggen. Hij heeft me gevraagd aan een bepaald project te beginnen, maar hij heeft me geen bruikbare informatie gegeven waarmee ik van start kon gaan. Hij had het zo geregeld dat ik, als ik zijn opdracht aannam, volledig in het duister zou tasten. Ik heb het uitzonderlijk dom van hem gevonden de zaak op die manier aan te pakken.'

'Maar u hebt de opdracht wel aanvaard?'

'Ja. Ik zal heel eerlijk tegenover u zijn. Hij heeft me er als stimulans geld voor geboden.'

'En heeft dat in zekere zin voor u de doorslag gegeven?'

Miss Marple zweeg even en zei toen langzaam: 'Misschien dat u me niet zult geloven, maar het antwoord op die vraag luidt: niet echt.'

'Dat verbaast me niet. Maar uw belangstelling was wel gewekt. Dat probeert u me duidelijk te maken.'

'Ja, mijn belangstelling was gewekt. Ik heb meneer Rafiel niet echt goed gekend, slechts gedurende een bepaalde tijd – een paar weken om precies te zijn – in West-Indië. Het is me duidelijk dat u daar wel iets van weet.'

'Ik weet dat meneer Rafiel u daar heeft leren kennen en dat hij en u hebben samengewerkt, om het zo maar eens te zeggen.'

Miss Marple keek hem nogal weifelend aan. 'O. Heeft hij dat gezegd?' Ze schudde haar hoofd.

'Ja,' antwoordde professor Wanstead. 'Hij zei dat u een opmerkelijke flair voor criminele zaken had.'

Miss Marple keek hem met opgetrokken wenkbrauwen aan. 'Ik neem aan dat u dat heel onwaarschijnlijk vond. Dat het u verbaasde.'

'Ik sta het mezelf zelden toe verbaasd te zijn over dingen die gebeuren. Meneer Rafiel was een heel slimme en geslepen man en kon mensen goed beoordelen. Hij meende dat u mensen ook goed kon beoordelen.'

'Ik zou niet willen beweren dat ik mensen goed kan beoordelen,' zei Miss Marple. 'Ik zou alleen kunnen zeggen dat bepaalde mensen me doen denken aan bepaalde andere mensen die ik heb gekend, en dat ik er daardoor van uit kan gaan dat er zekere overeenkomsten zullen zijn in de manier waarop ze handelen. Als u denkt dat ik precies weet wat ik hier word geacht te doen, heeft u het mis.'

'Het is eerder aan het toeval dan aan opzet te danken dat we hier op een bijzonder plekje bepaalde zaken met elkaar aan het bespreken zijn,' zei professor Wanstead. 'Ik heb niet de indruk dat iemand ons gadeslaat, of dat iemand makkelijk kan horen wat we zeggen, we bevinden ons niet in de buurt van een raam of een deur en boven ons hoofd is geen balkon of raam te zien. Dus kunnen we praten.'

'Dat besef ik,' zei Miss Marple. 'Ik wil er nogmaals de nadruk op leggen dat ik absoluut niet weet wat ik doe of wat ik geacht word te doen. Ik weet niet waarom meneer Rafiel het op deze manier heeft willen regelen.'

'Ik denk dat ik daar wel naar kan raden. Hij wilde dat u een aantal feiten, gebeurtenissen, zou kunnen benaderen zonder bevooroordeeld te zijn door iets wat iemand u al had verteld.'

'Dus u bent ook niet van plan me iets wijzer te maken?' Miss Marple klonk geïrriteerd. 'Werkelijk! Er zijn grenzen!'

'Ja,' zei professor Wanstead en glimlachte opeens. 'Dat ben ik met u eens. We moeten een paar van die grenzen maar eens weghalen. Ik zal u in kennis stellen van bepaalde feiten die bepaalde dingen behoorlijk duidelijk voor u zullen maken. En u kunt mij op uw beurt wellicht ook van bepaalde feiten op de hoogte stellen.'

'Dat betwijfel ik,' zei Miss Marple. 'Misschien een paar eigenaardige aanwijzingen, maar aanwijzingen zijn nog geen feiten.'

'Daarom...' zei professor Wanstead en deed er weer het zwijgen toe.

'Vertelt u me in 's hemelsnaam eens wat!' zei Miss Marple.

Een consultatie

'Ik zal er geen lang verhaal van maken, maar in eenvoudige bewoordingen uitleggen hoe ik hierbij betrokken ben geraakt. Ik treed van tijd tot tijd op als vertrouwensman en adviseur voor het ministerie van Binnenlandse Zaken. Ik houd ook contact met bepaalde instituten die, wanneer er een misdaad is gepleegd, kost en inwoning geven aan bepaalde typen criminelen die bepaalde misdaden hebben gepleegd. Ze verblijven er na een TBR-verklaring, soms voor een van tevoren vastgestelde tijd, die rechtstreeks verband houdt met hun leeftijd. Wanneer ze een bepaalde leeftijd nog niet hebben bereikt, moeten ze in een andere, speciale instelling worden opgenomen. Dat is u ongetwijfeld wel bekend.'

'Ja, ik begrijp heel goed wat u bedoelt.'

'Gewoonlijk word ik vrij snel nadat zo'n misdaad is begaan, geraadpleegd ten aanzien van zaken als behandeling, een gunstige of een ongunstige prognose, enzovoorts. Die woorden zeggen niet veel en ik zal er dan ook niet verder op ingaan. Maar af en toe word ik door een directeur van zo'n instelling ook wel eens om een speciale reden geraadpleegd. In dit geval ontving ik een brief via het ministerie van Binnenlandse Zaken en ik ben de man gaan opzoeken. Hij was, tussen twee haakjes, een vriend van me. Een vriend die ik al lange tijd kende, maar met wie ik niet op zeer intieme voet stond. Ik ben naar de instelling in kwestie toegegaan en toen heeft de directeur me zijn probleem voorgelegd. Dat had betrekking op een gedetineerde ten aanzien van wie hij zo zijn twijfels had. Het ging om een jongeman, of in ieder geval iemand die eens een jongeman - een jochie nog bijna- was geweest toen hij werd opgenomen. Dat is nu al weer enige jaren geleden gebeurd. Toen de huidige directeur was aangesteld (hij was daar nog niet werkzaam toen de gevangene werd opgenomen), begon hij zich zorgen te maken. Niet omdat hij zelf arts was, maar omdat hij ervaring had met criminele patiënten en gevangenen. Om het heel simpel te zeggen: dit was een jongeman die zich vanaf zijn vroegste jeugd al onaangepast had gedragen. Een jonge delinquent, een boef, een verdorven nietsnut, een persoon met een gering verantwoordelijkheidsgevoel, welke term je er dan ook voor wilt kiezen. Er zijn er vele. Sommige passen, andere passen niet, weer andere zijn slechts verbazingwekkend. Hij was een crimineel type. Dat stond vast. Hij had zich bij bendes aangesloten, had mensen in elkaar geslagen, hij was een dief, had gestolen en verduisterd, had deelgenomen aan zwendelpraktijken en fraude. In feite was hij een zoon die iedere vader tot wanhoop zou brengen.'

'Ik begrijp het,' zei Miss Marple.

'Wat begrijpt u dan wel, Miss Marple?'

'Ik meen dat u het over de zoon van meneer Rafiel heeft.'

'Dat klopt inderdaad. Ik heb het over de zoon van meneer Rafiel. Wat weet u van hem af?'

'Niets,' zei Miss Marple. 'Ik heb alleen gehoord - en dat was gisteren - dat meneer Rafiel een delinquente, of om het milder te zeggen, een weinig tot tevredenheid stemmende zoon had. Een zoon met een strafblad. Verder weet ik heel weinig over hem. Was hij de enige zoon van meneer Rafiel?'

'Ja, inderdaad. Maar meneer Rafiel had ook twee dochters. Een van hen is overleden toen ze veertien was, de oudere dochter is gelukkig getrouwd, maar heeft geen kinderen.'

'Wat triest.'

'Misschien,' reageerde professor Wanstead. 'Dat weet je nooit. Zijn vrouw is al op jonge leeftijd overleden en ik denk dat het mogelijk is dat hij van háár dood erg veel verdriet heeft gehad, hoewel hij nooit bereid was daar iets van te laten merken. Ik weet niet hoeveel hij om zijn zoon en dochters gaf. Hij zorgde ervoor dat ze in financieel opzicht niets te kort kwamen. Hij heeft zijn best voor hen gedaan. Hij heeft voor zijn zoon zijn best gedaan maar niemand weet wat zijn gevoelens voor hem waren. In dat opzicht was hij niet iemand die je makkelijk kon doorgronden. Ik denk dat hij het verdienen van geld het allerbelangrijkste in zijn leven vond. Dat was het enige waar hij belangstelling voor had. Het geld op zich interesseerde hem niet. Dat werd er als een soort goede bediende opuit gestuurd, zou je kunnen zeggen, om nog méér geld te verdienen op interessantere en meer onverwachte manieren. Hij genoot van de wereld der financiën. Hij hield ervan. Hij dacht aan weinig anders.

Ik denk dat hij voor zijn zoon al het mogelijke heeft gedaan. Als de jongen op school in de problemen was gekomen, haalde hij hem er weer uit. Hij nam goede juristen in de arm om zo mogelijk processen te voorkomen, maar op een gegeven moment was de definitieve klap, die wellicht al onvermijdelijk was geworden door eerdere gebeurtenissen, een feit. De jongen moest voor de rechtbank verschijnen in verband met een aanklacht wegens mishandeling. Mishandeling en aanranding, zei men, en hij werd ervoor tot een gevangenisstraf veroordeeld, waarbij men wel bereid was rekening te houden met zijn jeugdige leeftijd. Maar later werd er een tweede en werkelijk ernstige aanklacht tegen hem ingediend.'

'Hij had een meisje vermoord, nietwaar?' zei Miss Marple. 'Dat heb ik in ieder geval gehoord.'

'Hij had een meisje uit haar ouderlijk huis weggelokt. Het duurde enige tijd voordat haar lichaam werd gevonden. Ze was gewurgd. Daarna waren haar gezicht en achterhoofd met grote stenen verminkt, waarschijnlijk om identificatie onmogelijk te maken.'

'Niet zo'n aardige geschiedenis,' zei Miss Marple op haar meest oude-damesachtige toon.

Professor Wanstead keek haar even aan. 'Zou u dat zó willen omschrijven?'

'Dergelijke dingen staan me niet aan,' antwoordde Miss Marple. 'Ze hebben me ook nooit aangestaan. Als u van me verwacht dat ik sympathie of medelijden voel, dat ik een ongelukkige jeugd of ongunstige omstandigheden zal aanvoeren ter verontschuldiging, als u verwacht dat ik met die jonge moordenaar van u begaan zal zijn, dan moet ik u teleurstellen. Ik heb daar geen enkele behoefte aan. Ik houd niet van slechte mensen die slechte dingen doen.'

'Het doet me veel genoegen dat te horen,' zei professor Wanstead. 'U zou me nauwelijks geloven als ik u vertelde wat ik in mijn beroep heb moeten doorstaan met mensen die huilend en knarsetandend verklaarden dat het allemaal de schuld was van een gebeurtenis in het verleden. Als men wist hoeveel mensen hebben geleden onder een slecht milieu, onder onvriendelijkheid en moeilijkheden die het hoofd moesten worden geboden, en daar desondanks heelhuids doorheen zijn gekomen, zou men denk ik niet zo vaak de tegenovergestelde mening toegedaan zijn. Je kunt medelijden hebben met mensen die zich maatschappelijk onaangepast gedragen, ja, je kunt medelijden met hen hebben - als ik dat zo mag stellen - vanwege de genen waarmee ze zijn geboren en waarover ze zelf geen controle kunnen uitoefenen. Op dezelfde manier heb ik medelijden met mensen die aan epilepsie lijden. Als je weet wat genen zijn...'

'Dat weet ik, min of meer,' zei Miss Marple. 'Dat is tegenwoordig algemeen bekend, al ben ik dan niet direct een deskundige op chemisch of technisch gebied.'

'De directeur, een ervaren man, vertelde me precies waarom hij zo graag mijn mening wilde horen. Hij begon door het contact met deze gedetineerde steeds sterker de indruk te krijgen dat de jongen *geen* moordenaar was. Hij meende dat hij geen moordenaarstype was. Hij had nog nooit zo'n moordenaar onder ogen gehad. Hij was de mening toegedaan dat de jongen tot het type criminelen behoorde dat nooit het rechte pad zou gaan bewandelen, op welke manier hij ook werd behandeld, kortom: dat hij zijn leven nooit zou beteren. Hij meende ook dat er voor de jongen in een betekenis van dat woord niets kon worden gedaan, maar tegelijkertijd was hij er steeds meer van overtuigd geraakt dat het vonnis dat in deze zaak was uitgesproken, niet juist was geweest. Hij geloofde niet dat de jongen een meisje had vermoord door haar eerst te wurgen en daarna, na haar in een greppel te hebben gerold, te verminken. Hij kon zichzelf er domweg niet toe brengen dat te geloven. Hij had de feiten nog eens nauwkeurig onder de loep genomen en alle bewijzen leken waterdicht te zijn. Deze jongen had het meisje gekend. Voor de misdaad was hij meerdere keren samen met haar gesignaleerd. Men nam aan dat ze met elkaar naar bed waren geweest en er waren nog andere punten. Zijn auto was in de buurt gezien, hij was herkend, en ga zo maar door. Een zaak waar geen speld tussen te krijgen was. Maar mijn vriend voelde zich er niet gelukkig bij, zei hij. Hij was een man met een sterk rechtvaardigheidsgevoel. Hij wilde de mening van een ander eens horen. Niet de versie van de politie, die hem bekend was, maar de mening van een arts. Dat was mijn terrein, zei hij. Geheel en al mijn vakgebied. Hij wilde dat ik met die jongeman sprak, hem bezocht, zijn persoonlijkheid evalueerde en hem dan van mijn bevindingen op de hoogte stelde.'

'Heel interessant,' zei Miss Marple. 'Ja, dat zou ik beslist heel interessant willen noemen. Uw vriend - die directeur - was uiteindelijk een man met ervaring, die gerechtigheid wilde laten geschieden. Hij was iemand naar wie je bereid zou zijn te luisteren. Ik neem dus aan dat u naar hem hebt geluisterd.'

'Ja,' zei professor Wanstead. 'Het geval interesseerde me bijzonder. Ik heb die jongeman op diverse manieren benaderd. Ik heb met hem gesproken over verschillende wetswijzigingen die naar alle waarschijnlijkheid binnen korte tijd zouden worden doorgevoerd. Ik heb hem gezegd dat het mogelijk zou zijn een pro-deoadvocaat naar hem toe te sturen om te bekijken welke punten in zijn voordeel zouden kunnen pleiten en zo. Ik heb hem als een vriend bejegend, maar ook als een vijand, zodat ik kon waarnemen hoe hij op die verschillende benaderingswijzen reageerde, en ik heb hem ook een flink aantal lichamelijke testen afgenomen, hetgeen tegenwoordig heel gewoon is. Ik zal daar in dit gesprek met u niet nader op ingaan, omdat ze puur technisch zijn.'

'En tot welke conclusie bent u uiteindelijk gekomen?'

'Ik meende... ik meende dat mijn vriend zeer waarschijnlijk gelijk had. Ik dacht niet dat Michael Rafiel een moordenaar was.'

'En hoe zit het dan met die rechtszaak waar u eerder aan refereerde?'

'Natuurlijk sprak die tegen hem. Dat gold niet voor de jury, die daar pas van hoorde toen de rechter vonnis wees, maar beslist wel voor de rechter. Dat alles pleitte dus tegen hem, maar later heb ik zelf eens wat navraag gedaan. Hij had een meisje mishandeld. Hij had haar mogelijkerwijs verkracht, maar hij had niet getracht haar te wurgen en naar mijn mening – ik heb heel wat rechtszaken meegemaakt – was het zeer onwaarschijnlijk dat er echt sprake van aanranding was geweest. U moet niet vergeten dat jonge meisjes zich tegenwoordig veel meer laten welgevallen dan vroeger en dan zal een moeder er heel vaak op aandringen dat ze het een geval van verkrachting noemen. Het meisje in kwestie had verschillende vriendjes gehad met wie ze meer had gedaan dan voetjevrijen. Dus vond ik dat nu niet een sterk punt dat tegen hem pleitte. Tsja, het leed geen enkele twijfel dat het meisje in het tweede geval was vermoord, maar toch bleef ik uit alle fysieke en psychische testen het idee houden dat de jongeman deze misdaad niet kon hebben gepleegd.'

'Wat heeft u toen gedaan?'

'Ik heb contact opgenomen met meneer Rafiel. Ik heb hem gezegd dat ik hem graag zou willen spreken over iets dat met zijn zoon te maken had. Ik ben naar hem toegegaan. Ik heb hem gezegd wat ik dacht, wat de directeur dacht, dat we geen bewijzen in handen hadden, dat er op dat moment geen gronden waren om een herziening van het vonnis aan te vragen, maar dat we beiden geloofden dat het recht geweld was aangedaan. Ik zei dat ik het niet onmogelijk achtte een nieuw onderzoek aan te vragen, dat dat een dure aangelegenheid kon worden, dat er dan verschillende feiten aan het licht zouden kunnen komen die aan het ministerie van Binnenlandse Zaken konden worden voorgelegd, dat het een succes zou kunnen worden, maar dat het ook op niets zou kunnen uitdraaien. Ik zei dat er wellicht bewijsmateriaal boven tafel zou kunnen komen als iemand er maar hard genoeg naar zocht. Ik zei dat het een kostbare zaak zou zijn daarnaar op zoek te gaan, maar ook dat ik aannam dat dat voor iemand zoals hij geen probleem zou zijn. Toen was het al tot me doorgedrongen dat hij heel erg ziek was. Dat had hij me zelf verteld. Hij vertelde me dat hij verwachtte snel dood te gaan, dat de artsen hem twee jaar daarvoor al hadden gewaarschuwd dat zijn dood niet langer dan ongeveer een jaar op zich zou laten wachten, maar dat hij het door zijn ongemeen grote lichamelijke kracht toch langer had volgehouden. Ik vroeg hem hoe hij over zijn zoon dacht.'

'En wat waren zijn gevoelens ten aanzien van zijn zoon?' vroeg Miss Marple.

'Ah, dat zou u graag willen weten. Dat wilde ik ook. Ik denk dat hij uitzonderlijk eerlijk tegenover me was, al was hij dan ook...'

'Nogal meedogenloos?' vulde Miss Marple aan.

'Inderdaad, Miss Marple. U gebruikt het juiste woord. Hij was meedogenloos, maar ook rechtvaardig en eerlijk. Hij zei: "Ik weet al vele jaren lang hoe mijn zoon is. Ik heb niet getracht hem te veranderen, omdat ik niet geloof dat iemand daartoe in staat zou zijn. Hij is op een bepaalde manier gebouwd. Hij is verdorven en slecht. Hij zal altijd in de problemen blijven komen. Hij is oneerlijk. Niets en niemand zullen hem op het rechte pad kunnen brengen. Daar ben ik volkomen zeker van. In zekere zin heb ik mijn handen van hem afgetrokken, hoewel niet in wettelijke zin en zonder daar uiterlijk ooit iets van te laten merken. Hij heeft van mij altijd geld gekregen wanneer hij dat nodig had, en juridische of andere hulp wanneer hij weer eens in de problemen was gekomen. Ik heb altijd gedaan wat ik kon. Tsja, laten we eens stellen dat ik een zoon had die spastisch was, die ziek was, die epilepsie had... dan zou ik voor hem doen wat ik kon. Als je een zoon hebt die in moreel opzicht ziek is, om het maar eens zo te stellen, en niet kan worden genezen, doe je eveneens wat je kunt. Niets meer en niets minder. Wat kan ik nu voor hem doen?" Ik zei tegen hem dat dat afhankelijk was van de vraag wat hij wilde doen. "Dat is geen probleem," antwoordde hij. "Ik ben gehandicapt, maar ik weet precies wat ik wil. Ik wil dat hij wordt vrijgesproken en die instelling mag verlaten. Ik wil dat hij de vrijheid heeft zijn eigen leven te leiden, zo goed als hij dat kan. Als hij oneerlijk mocht blijven, zij dat zo. Ik zal ervoor zorgen dat er ook na mijn dood alles voor hem wordt gedaan wat mogelijk is. Ik wil niet dat hij lijdt, gevangenzit, van het leven is afgesneden als gevolg van een volkomen natuurlijke, maar ongelukkige vergissing. Als iemand anders dat meisje heeft vermoord, wil ik dat feit boven tafel gehaald zien. Ik wil gerechtigheid voor Michael. Maar ik ben gehandicapt. Ik ben heel erg ziek. Ik heb nu geen jaren of maanden meer te leven, doch slechts weken."

Ik zei tegen hem dat ik wel een advocatenkantoor kende dat... Maar hij onderbrak me direct. "Die juristen van u zullen niets kunnen doen. Ik kan hen in de arm nemen, maar daar zullen we niets wijzer van worden. Ik moet regelen wat ik binnen zo'n beperkte tijd kan regelen." Hij bood me een hoog honorarium als ik bereid zou zijn naar de waarheid op zoek te gaan en al het mogelijke te doen, zonder kosten te sparen. "Zelf kan ik vrijwel niets ondernemen. Ik kan ieder moment doodgaan. Ik benoem u tot mijn belangrijkste assistent en ik zal trachten een bepaald persoon op te sporen die u op mijn verzoek zou kunnen helpen." Hij schreef een naam voor me op. Miss Jane Marple. Hij zei: "Ik zal u haar adres niet geven. Ik wil dat u haar ontmoet binnen een ambiance die ik zelf heb uitgezocht." Toen vertelde hij me over deze reizen, deze alleraardigste, onschuldige reizen langs historische huizen, kastelen en tuinen. Hij zou ervoor zorgen dat er van tevoren voor mij al een plaatsje in een bus was gereserveerd. "Miss Jane Marple," zei hij, "zal ook deelnemen aan die reis. U zult haar dan zogenaamd heel toevallig kunnen ontmoeten."

Ik moest zelf bepalen wanneer ik u duidelijk zou maken wie ik was, mits ik zoiets raadzaam achtte. Wanneer ik meende dat het beter was dat niet te doen, was dat ook mijn eigen beslissing. U hebt me al gevraagd of ik, of mijn vriend de directeur, redenen had om te vermoeden of te weten dat iemand anders die moord had gepleegd. Mijn vriend heeft zeker niets in die richting gesuggereerd, en hij had over deze kwestie al contact opgenomen met de politiefunctionaris die destijds de leiding over het onderzoek had gehad. Een zeer betrouwbare hoofdinspecteur van de recherche, met veel ervaring in dergelijke zaken.'

'Er is nooit de naam genoemd van een ander vriendje van dat meisje? Geen ex-vriendje dat het erg vond dat een ander hem was opgevolgd?'

'In die richting is gezocht, maar niets gevonden. Ik heb hem gevraagd me iets over u te vertellen, maar dat weigerde hij. Hij heeft me wel verteld dat u al een dagje ouder was en dat u iemand was die de mensen kende. Verder heeft hij me nog iets anders verteld.' Hij zweeg.

'Wat dan?' vroeg Miss Marple. 'Ik ben van nature ietwat nieuwsgierig, weet u. Ik kan werkelijk niets anders bedenken dat in mijn voordeel pleit. Ik ben lichtelijk doof. Mijn ogen zijn niet meer zo goed als ze vroeger waren. Ik kan me echt niet voorstellen dat ik andere positieve punten heb, behalve dan het feit dat ik nogal dwaas en naïef kan overkomen en een "oude vrijster" ben, zoals ze dat vroeger noemden. Ik bèn ook een oude vrijster. Heeft hij zoiets dergelijks tegen u gezegd?'

'Nee,' antwoordde professor Wanstead. 'Hij zei dat hij van mening was dat u het kwade vrijwel feilloos aanvoelde.'

'O,' reageerde Miss Marple geschrokken.

Professor Wanstead zat aandachtig naar haar te kijken. 'Zou u zeggen dat dat klopt?'

Miss Marple bleef vrij lang zwijgen. Toen zei ze uiteindelijk: 'Misschien wel, ja. Er zijn verscheidene momenten in mijn leven geweest waarop ik aanvoelde dat het kwaad in de buurt was, dat iemand die boosaardig was zich in mijn omgeving ophield en iets te maken had met bepaalde gebeurtenissen.'

Opeens keek ze hem aan en glimlachte.

'Het is net zoiets als geboren zijn met een heel scherp reukvermogen. Jij kunt een gaslek ruiken, terwijl anderen daar niet toe in staat zijn. Je kunt parfums makkelijk van elkaar onderscheiden. Ik heb eens een tante gehad,' ging Miss Marple nadenkend verder, 'die zei dat ze het kon ruiken wanneer iemand loog. Ze zei dat ze dan een heel duidelijke geur kon opsnuiven. Hun neuzen trilden, zei ze, en dan kwam die geur. Ik weet niet of dat waar was of niet, maar... tsja, enige malen heeft ze er beslist opmerkelijke resultaten mee geboekt. Op een keer zei ze tegen mijn oom: "Jack, je moet die man met wie je vanmorgen hebt gesproken, niet in dienst nemen. Hij heeft je voortdurend leugens op de mouw gespeld." En ze bleek volkomen gelijk te hebben.'

'Een gevoel voor het kwade,' zei professor Wanstead. 'Als u dat gevoel krijgt, zou ik graag willen dat u het me zegt. Ik geloof niet dat ik zelf zoiets merk. Ik kan aanvoelen wanneer mensen hier boven' – hij tikte tegen zijn voorhoofd – 'ziek zijn, maar het kwade... nee.'

'Ik kan u nu maar beter in het kort vertellen hoe ik hierbij betrokken ben geraakt,' zei Miss Marple. 'Zoals u weet, is meneer Rafiel overleden. Zijn advocaten hebben me gevraagd naar hen toe te komen en me op de hoogte gebracht van zijn voorstel. Ik heb een brief van hem gekregen die niets verklaarde. Daarna heb ik enige tijd niets meer gehoord. Toen kreeg ik een brief van het reisbureau dat deze reizen organiseert. Daar stond in dat meneer Rafiel vóór zijn dood een plaatsje voor mij had gereserveerd, wetend dat ik beslist heel erg van de reis zou genieten, en dat hij me die als verrassing cadeau had willen doen. Ik was heel erg verbaasd, maar zag het als een aanwijzing van de eerste stap die ik moest zetten. Ik moest meegaan met deze reis en dan zou ik waarschijnlijk wel weer een nieuwe aanwijzing krijgen. Ik denk dat dat ook inderdaad is gebeurd. Gisteren, nee, eergisteren, werd ik bij mijn aankomst hier ontvangen door drie dames die hier in een oud landhuis wonen en zo vriendelijk waren me uit te nodigen bij hen te komen logeren. Ze zeiden dat meneer Rafiel hun enige tijd voor zijn dood een brief had gestuurd, waarin hij schreef dat een heel oude vriendin van hem aan deze reis zou deelnemen en vroeg of ze zo vriendelijk zouden willen zijn haar een paar dagen onderdak te verlenen, omdat hij meende dat ze niet fit genoeg was om mee te doen aan de tamelijk lastige klim naar een gedenktoren, het belangrijkste evenement van gisteren.'

'En u beschouwde dat ook als een aanwijzing ten aanzien van wat u moest doen?'

'Natuurlijk,' zei Miss Marple. 'Er kan geen andere reden voor zijn. Hij was niet iemand die zomaar kwistig voordeeltjes rondstrooide uit medeleven met een oude dame die niet zo best een heuvel op kon lopen. Nee, hij wílde dat ik daarheen zou gaan.'

'Dat heeft u dus ook gedaan. Wat is er toen gebeurd?'

'Niets,' zei Miss Marple. 'Drie zusters.'

'Drie eigenaardige zusters?'

'Dat hadden ze moeten zijn,' zei Miss Marple, 'maar ik geloof niet dat ze het waren. In ieder geval leken ze het niet. Ik weet het nog niet. Ik veronderstel dat ze het geweest kunnen zijn – dat ze het zijn, bedoel ik. Ze lijken heel gewoon. Ze hebben niet altijd in dat huis gewoond. Het was oorspronkelijk het eigendom van een oom van hen en ze zijn er pas enige jaren geleden komen wonen. Ze hebben het financieel verre van ruim, ze zijn vriendelijk, niet bijzonder interessant. Het zijn alle drie iets andere typen. Ze lijken meneer Rafiel niet goed te hebben gekend. Ieder gesprek dat ik met hen heb gevoerd, schijnt niets te hebben opgeleverd.'

'Dus u bent tijdens uw verblijf daar niets wijzer geworden?'

'Ik heb de feiten te horen gekregen waarvan u me daarnet ook deelgenoot hebt gemaakt. Niet via hen. Wel via een oudere dienstbode, die herinneringen ophaalde en begon in de tijd van de oom. Ze kende meneer Rafiel alleen van naam. Maar over de moord had ze veel te vertellen. Het was allemaal begonnen met een bezoek van de zoon van meneer Rafiel, die voor niets deugde. Ze vertelde me dat het meisje verliefd op hem was geworden en dat hij haar had gewurgd en dat het heel triest en tragisch en afschuwelijk was geweest. Ze overdreef behoorlijk, maar het was een naar verhaal en ze leek te geloven dat dit volgens de politie niet de enige moord was die hij had gepleegd.'

'U had niet de indruk dat het iets te maken had met die drie zusters?'

'Nee. Ze waren de voogden van het meisje geweest en ze hadden erg veel van haar gehouden. Meer niet.'

'Zouden zij iets... iets over een andere man kunnen weten?'

'Ja, daar zijn we naar op zoek, nietwaar? De andere man, een bruut figuur die niet zou aarzelen het hoofd van een meisje in te slaan nadat hij haar heeft vermoord. Een man die gek zou kunnen worden van jaloezie. Dergelijke mannen bestaan.'

'Verder is er in dat oude landhuis niets merkwaardigs gebeurd?'

'Eigenlijk niet. Een van de drie zusters, de jongste, geloof ik, bleef maar praten over de tuin. Ze klonk alsof ze heel veel van tuinieren afwist, maar dat was niet zo, want ze kende van de helft van de planten niet eens de naam. Ik heb een paar vallen voor haar uitgezet door bijzondere, zeldzame struiken te noemen en te vragen of ze die kende. Ja, zei ze dan. Is dat geen schitterende plant? Ik zei dat hij niet zo sterk was en daar was ze het mee eens. Maar ze wist niets van planten af. Dat doet me denken aan...'

'Waaraan doet u dat denken?'

'Tsja, u zult wel denken dat ik gewoon raar aan het doen ben over tuinen en planten, maar ik weet er echt het een en ander van af. Ik bedoel... ik weet het een en ander van vogels af en ik weet het een en ander van tuinen af.'

'Ik neem aan dat niet de vogels maar de tuinen u dwarszitten?'

'Ja. Zijn u twee vrouwen van middelbare leeftijd opgevallen die ook meereizen? Juffrouw Barrow en juffrouw Cooke?'

'Ja. Twee oude vrijsters, die samen op reis zijn.'

'Inderdaad. Nu, ik heb iets eigenaardigs ontdekt over die juffrouw Cooke. Zo heet ze toch, nietwaar? Ik bedoel, zo heeft ze zich voor deze reis laten inschrijven.'

'Hoezo? Heeft ze dan nog een andere naam?'

'Dat denk ik wel. Ze heeft me bezocht... Nu ja, bezocht is het juiste woord niet, maar ze stond bij mijn tuinhek in St. Mary Mead, het dorpje waar ik woon. Ze zei dat ze mijn tuin mooi vond en bood aan hem samen met mij te onderhouden. Ze zei dat ze in het dorp woonde en bij iemand die net een nieuw huis had betrokken, in de tuin werkte. Ik denk, ja ik denk echt dat ze toen niets anders dan leugens heeft gedebiteerd. Ook zij wist niets van tuinieren af. Ze deed net alsof, maar ze wist er niets van.'

'Waarom denkt u dat ze daarheen gekomen was?'

'Toentertijd had ik daar geen idee van. Ze zei dat ze Bartlett heette – en de naam van de vrouw bij wie ze woonde, begon met een H, hoewel ik me die op dit moment verder even niet kan herinneren. Ze droeg toen een ander kapsel en bovendien hadden haar haren een andere kleur. Ook kleedde ze zich toen in een andere stijl. Tijdens deze reis herkende ik haar eerst niet. Ik vroeg me alleen af waarom haar gezicht me vaag bekend voorkwam. Toen wist ik het opeens. Vanwege die geverfde haren. Ik zei waar ik haar al eens eerder had gezien. Ze gaf toe dat ze daar was geweest, maar deed net alsof ze míj ook niet had herkend. Allemaal leugens.'

'En wat is uw mening over dat alles?'

'Nu, een ding is zeker. Juffrouw Cooke (om haar maar bij haar huidige naam te noemen), is destijds alleen naar St. Mary Mead gekomen om mij te kunnen bekijken, zodat ze me zeker zou herkennen als we elkaar weer tegenkwamen...'

'Waarom zou ze dat nodig hebben gevonden?'

'Dat weet ik niet. Er zijn twee mogelijkheden. Ik ben er niet zeker van of die me wel aanstaan.'

'Ik geloof dat ik daar ook niet zo gelukkig mee ben,' zei professor Wanstead.

Ze zwegen beiden even en toen zei professor Wanstead: 'Wat er met Elizabeth Temple is gebeurd, bevalt me niets. Heeft u tijdens deze reis met haar gesproken?'

'Ja, zeker en als ze beter is, zou ik graag nog eens met haar willen praten. Ze zou mij - ons - dingen kunnen vertellen over dat meisje dat is vermoord. Ze heeft me wat verteld over een meisje dat bij haar op school had gezeten en zou gaan trouwen met de zoon van meneer Rafiel, maar niet met hem is getrouwd. In plaats daarvan is ze gestorven. Ik heb gevraagd hoe en waar zij was gestorven, en ze reageerde met het woord "liefde". Ik ben toen van de veronderstelling uitgegaan dat het kind zelfmoord had gepleegd, maar het was dus moord. Moord, gepleegd uit jaloezie, zou beslist mogelijk zijn. Een andere man. Een onbekende man die we moeten zien te vinden. Juffrouw Temple zou ons wellicht kunnen vertellen wie hij was.'

'Geen andere sinistere mogelijkheden?'

'Ik denk werkelijk dat we het meest behoefte hebben aan informatie die ons zomaar tussen neus en lippen door kan worden gegeven. Ik geloof niet dat een van de buspassagiers iets sinisters heeft, noch een van de mensen uit The Old Manor House. Maar een van die drie zusters kan zich wellicht iets herinneren - of iets weten dat eens door Michael of dat meisje is gezegd. Clotilde heeft het meisje destijds meegenomen op reizen naar het buitenland. Misschien herinnert zij zich iets dat het meisje heeft gezegd of gedaan tijdens een van die reizen. Een of andere man die ze heeft ontmoet. Iets dat niets te maken heeft met The Old Manor House. Het is moeilijk, want zo'n aanwijzing kun je alleen krijgen door te praten en te hopen dat iemand heel nonchalant een brokje informatie laat vallen. De tweede zuster, mevrouw Glynne, is al op vrij jeugdige leeftijd getrouwd en ik heb begrepen dat ze enige tijd in India en in Afrika heeft gewoond. Ze kan iets hebben gehoord via haar echtgenoot, of via familieleden van haar echtgenoot, of via andere kanalen die niets te maken hebben met het oude landhuis hier, hoewel ze daar wel van tijd tot tijd heeft gelogeerd. Ik neem aan dat ze het vermoorde meisje wel heeft gekend, maar veel minder goed, denk ik, dan de twee anderen. Dat betekent echter niet dat ze niet op de hoogte kan zijn van bepaalde feiten over het meisje. De derde zuster is wat warhoofdiger en meer op dit stadje geconcentreerd en lijkt het meisje niet zo goed te hebben gekend. Toch kan ook zij informatie hebben over mogelijke andere minnaars – of vriendjes. Zij kan haar ook in het gezelschap van een onbekende man hebben gezien. Dat is ze, trouwens. Die vrouw die nu net langs het hotel loopt.'

Hoewel Miss Marple actief betrokken was bij dit onderonsje had dat haar er niet van weerhouden vast te houden aan een levenslange gewoonte. Een openbare weg was voor haar altijd een observatiepost. Haar waren alle voorbijgangers, diegenen die snel liepen en diegenen die liepen te slenteren, automatisch opgevallen.

'Anthea Bradbury-Scott – de vrouw met dat grote pak. Ze zal wel naar het postkantoor onderweg zijn. Dat is net om de hoek, nietwaar?'

'Ziet er in mijn ogen een beetje wereldvreemd uit,' zei professor Wanstead. 'Al die wapperende haren, nog grijs ook. Een soort Ophelia van een jaar of vijftig.'

'Toen ik haar voor het eerst zag, moest ik ook aan Ophelia denken. Hemeltje, ik wou dat ik wist wat ik nu moest doen. Hier nog een paar dagen in het hotel blijven, of verder meereizen met de bus. Het is net zoiets als zoeken naar een naald in een hooiberg. Wanneer je je vingers er maar lang genoeg insteekt, moet je iets kunnen vinden, ook al prik je jezelf tijdens het zoeken.'

Rood en zwart geruit

Mevrouw Sandbourne keerde terug toen het reisgezelschap net aan tafel had plaatsgenomen voor de lunch. Het nieuws dat ze te melden had, was niet goed. Juffrouw Temple was nog altijd niet bij bewustzijn gekomen en zou de eerste dagen zeker nog niet vervoerd kunnen worden.

Zodra mevrouw Sandbourne dat had verteld, begon ze over praktische aangelegenheden. Ze haalde het spoorboekje te voorschijn voor diegenen die naar Londen terug wilden keren en kwam met geschikte plannen om de dag daarna of nog een dag later de reis voort te zetten. Ze had een lijst gemaakt van aardige korte uitstapjes in de omgeving voor die middag. Men zou er in kleine groepjes op uit kunnen gaan, in huurauto's.

Professor Wanstead nam Miss Marple terzijde toen ze de eetzaal weer uitliepen. 'Misschien dat u vanmiddag wilt rusten. Zo niet, kom ik u over een uurtje ophalen. Er is hier in de buurt een kerk die u wellicht zal interesseren...'

'Dat zou ik heel prettig vinden,' zei Miss Marple.

2

Miss Marple zat heel stil in de auto. Professor Wanstead was haar inderdaad een uurtje later komen ophalen.

'Ik dacht dat u deze speciale kerk wel zou kunnen waarderen. Het is ook een heel aardig dorpje. Er is geen enkele reden om niet van de plaatselijke bezienswaardigheden te genieten als dat mogelijk is.'

'Heel aardig van u,' had Miss Marple gezegd.

Ze had hem wat zenuwachtig aangekeken, op de manier die zo typerend voor haar was.

'Héél aardig,' had ze herhaald. 'Het lijkt alleen, ik wil niet zeggen harteloos, maar u zult wel begrijpen wat ik bedoel.'

'Beste Miss Marple, juffrouw Temple is uiteindelijk geen

oude vriendin van u of zoiets dergelijks, hoe triest dit ongeluk op zich ook is.'

'Het is echt heel aardig van u,' had Miss Marple nogmaals gezegd.

Professor Wanstead had het portier van de auto voor haar geopend en Miss Marple was ingestapt. Het was, nam ze aan, een huurauto. Een aardig idee om een oudere dame mee te nemen naar een van de bezienswaardigheden in de buurt. Hij had iemand mee kunnen nemen die jonger en interessanter was en er zeker beter uitzag. Terwijl ze door het dorp reden, keek Miss Marple enige keren nadenkend zijn kant op. Hij keek niet naar haar, maar staarde recht voor zich uit.

Toen ze het dorp achter zich hadden gelaten en over een kronkelende B-weg door het heuvelachtige terrein reden, draaide hij zich naar haar toe en zei: 'Ik ben bang dat we niet onderweg zijn naar een kerk.'

'Dat vermoedde ik al,' zei Miss Marple.

'Ja, dat vermoeden zal beslist wel bij u zijn opgekomen.'

'Mag ik u vragen waarheen we dan wel gaan?'

'Naar een ziekenhuis in Carristown.'

'O ja. Waar juffrouw Temple is opgenomen?'

Het was een vraag, hoewel het nauwelijks een vraag had hoeven zijn.

'Ja,' zei hij. 'Mevrouw Sandbourne heeft haar gezien en had een brief bij zich voor mij, van de artsen aldaar. Ik heb net met hen over de telefoon gesproken.'

'Gaat het al weer wat beter met haar?'

'Nee, beslist niet.'

'O. Ik begrijp het, maar eigenlijk zou ik het liever niet begrijpen.'

'Haar herstel is problematisch, maar ze kunnen daar verder niets meer aan doen. Het is mogelijk dat ze niet meer bij bewustzijn komt. Het kan echter ook zijn dat ze nog wel een paar maal helder is.'

'Waarom neemt u míj mee? Ik ben geen vriendin van haar, weet u. Ik heb haar pas tijdens deze reis leren kennen.'

'Ja, dat weet ik. Ik neem u mee omdat ze tijdens een van die heldere momenten naar u heeft gevraagd.'

'O,' zei Miss Marple. 'Ik vraag me af waarom ze naar mij heeft gevraagd, waarom ze heeft gedacht dat ik – dat ze op de een of andere manier iets aan mij zou kunnen hebben of dat ik iets voor haar zou kunnen doen. Ze is een vrouw met een scherp waarnemingsvermogen. Als hoofd van Fallowfield nam ze in de onderwijswereld een vooraanstaande positie in.'

'Ik neem aan dat dat de beste meisjeskostschool is?'

'Ja. Ze heeft een sterke persoonlijkheid en is een uitermate ontwikkelde vrouw. Ze had zich in de wiskunde gespecialiseerd, maar in feite was ze all round, een geboren docente. Ze had belangstelling voor het onderwijs, wist wat meisjes interesseerde en hoe ze haar leerlingen moest aanmoedigen. Het zou triest en heel wreed zijn wanneer zij overleed,' zei Miss Marple. 'Dat zou zo'n verspilling van een leven zijn. Hoewel ze met pensioen was gegaan, had ze nog steeds heel wat invloed. Dit ongeluk...' Ze zweeg even. 'Misschien wilt u daar liever niet over praten?'

'Ik denk dat het beter is als we dat wel doen. Een grote steen kwam de heuvel afgerold. Het is bekend dat dat wel eens eerder is gebeurd, maar wel met zeer lange tussenpozen. Iemand is naar me toe gekomen om er met mij over te praten.'

'Wie was dat?'

'Het waren eigenlijk twee jonge mensen, Joanna Crawford en Emlyn Price.'

'Wat hadden ze te zeggen?'

'Joanna vertelde me dat ze de indruk had gehad dat er iemand op die heuvel was. Nogal hoog op de heuvel. Zij en Emlyn klommen naar boven vanaf het laagst gelegen grote pad en namen daarbij een onverhard pad dat zich langs de heuvel naar boven kronkelde. Toen ze een hoek om gingen, zag ze tegen de lucht de figuur afsteken van een man of een vrouw die een grote steen over de grond probeerde voort te rollen. Ze zei daar volkomen zeker van te zijn. De steen begon op een gegeven moment echt verder te rollen, eerst langzaam en toen steeds sneller, de heuvel af. Juffrouw Temple liep over het grote pad daaronder en werd door die steen getroffen. Als er sprake van opzet is geweest, had die steen haar natuurlijk ook kunnen missen, maar dat gebeurde niet en de steen trof maar al te goed doel.'

'Hebben ze een man of een vrouw gezien?'

'Helaas kon Joanna Crawford dat niet met zekerheid zeggen. In ieder geval had de persoon in kwestie een spijkerbroek of een pantalon aan, met een polotrui in felle rood-zwarte ruiten. De figuur draaide zich om en verdween vrijwel direct uit haar gezichtsveld. Ze is geneigd te zeggen dat het een man was, maar is er niet absoluut zeker van.'

'En zij denkt, of u denkt, dat er bewust een poging is gedaan juffrouw Temple van het leven te beroven?'

'Hoe langer ze erover nadacht, hoe meer ze die overtuiging was toegedaan. De jongeman was het met haar eens.'

'U heeft er geen idee van wie het geweest zou kunnen zijn?'

'Geen enkel, evenmin als zij. Het kan een van onze medereizigers geweest zijn, iemand die die middag alleen een wandeling is gaan maken. Het kan een volslagen onbekende zijn, die wist dat de bus hier zou stoppen en een geschikte plaats heeft uitgezocht om een aanslag te plegen op een van de passagiers. Een jeugdig persoon die van geweldpleging houdt omwille van het geweld plegen. Het kan ook een vijand zijn geweest.'

'Het lijkt zo melodramatisch om het over een "geheime vijand" te hebben,' zei Miss Marple.

'Inderdaad. Wie zou nu een gepensioneerd, gerespecteerd schoolhoofd willen vermoorden? Dat is een vraag waarop we graag een antwoord zouden willen hebben. Het is mogelijk, heel misschien mogelijk dat juffrouw Temple ons dat zelf kan vertellen. Misschien heeft zij die persoon die boven haar stond herkend, of kent ze iemand die haar om de een of andere bijzondere reden verre van welgezind was.'

'Het lijkt me nog altijd zo onwaarschijnlijk.'

'Dat ben ik met u eens,' zei professor Wanstead. 'Ze lijkt een heel onwaarschijnlijk slachtoffer, maar als je er eens wat dieper over nadenkt, besef je dat een schoolhoofd erg veel mensen kent. Laat ik het zo zeggen: er zijn heel wat mensen door haar handen gegaan.'

'U bedoelt te zeggen dat er heel wat meisjes door haar handen zijn gegaan.'

'Ja, dat bedoelde ik. Meisjes en hun familieleden. Een schoolhoofd moet wel van heel veel zaken op de hoogte zijn. Bijvoorbeeld van romances van jonge meisjes waarvan hun ouders niets weten. Dat komt voor, weet u. Het komt heel vaak voor. Vooral sinds de laatste tien of twintig jaar. Ze zeggen dat meisjes tegenwoordig eerder rijp worden. In lichamelijk opzicht is dat ook zo, maar in de diepere betekenis van dat woord niet. Ze blijven in feite langer kind. Kinderlijk in de kleding die ze willen dragen en de loshangende haren waar ze de voorkeur aan schijnen te geven. Zelfs hun minirokken getuigen van het aanbidden van het kind-zijn. Die babydolls, de shorts, allemaal kindermode in feite. Ze willen níet volwassen worden, ze willen de verantwoordelijkheden van een volwassene níet op hun schouders nemen. Maar net als alle kinderen willen ze vaak wel als volwassenen worden gezien en willen ze de vrijheid hebben om die dingen te doen waarvan ze denken dat volwassenen die doen. Dat heeft soms een tragedie tot gevolg en die kan soms ook nog een nasleep hebben.'

'Denkt u aan een geval in het bijzonder?'

'Nee, niet bepaald. Ik denk alleen... laten we maar zeggen dat ik in gedachten diverse mogelijkheden de revue laat passeren. Ik kan niet geloven dat Elizabeth Temple een persoonlijke vijand had. Een vijand die meedogenloos genoeg is om gebruik te willen maken van een gelegenheid om haar te vermoorden. Ik denk...' Hij keek naar Miss Marple. 'Zou u misschien met een suggestie willen komen?'

'Een mogelijkheid? Tsja, ik denk dat ik weet, of wel kan raden, wat ú wilt suggereren. U denkt dat juffrouw Temple iets wist, een feit kende of over andere kennis beschikte die gevaar kon opleveren voor iemand als het bekend werd.'

'Ja, dat gevoel heb ik inderdaad exact.'

'In dat geval,' zei Miss Marple, 'lijkt het zo dat er iemand met ons meereist die juffrouw Temple heeft herkend, of wist wie zij was, maar die juffrouw Temple zich na enige jaren niet meer herinnerde, of niet herkende. Dat lijkt ons terug te brengen naar de buspassagiers, nietwaar?' Ze zweeg even. 'Die trui waar u het over had... rode en zwarte ruiten, zei u?'

Hij keek haar nieuwsgierig aan. 'Ja. Wat zou u daaruit kunnen concluderen?'

'Uit uw woorden heb ik opgemaakt dat die trui heel opvallend was. Zozeer dat die jonge Joanna daar expliciet melding van heeft gemaakt.'

'Ja. Waar doet u dat aan denken?'

'Vlagvertoon,' zei Miss Marple nadenkend. 'Iets dat je wel moet zien, herkennen en onthouden.'

'Ja?' Professor Wanstead keek haar aanmoedigend aan.

'Wanneer je iemand beschrijft die je hebt gezien, niet van dichtbij maar uit de verte, zul je als eerste de kleding beschrijven. Niet het gezicht, de manier van lopen, de handen of de voeten. Een rode platte Schotse muts, een paarse mantel, een bizar leren jack, een trui met felle rode en zwarte ruiten. Iets dat sterk opvalt en zeer herkenbaar is. Wanneer zo'n persoon dat kledingstuk dan uittrekt en zich ervan ontdoet, door het bijvoorbeeld als pakje met de post naar een andere plaats te sturen, zo'n honderdvijftig kilometer verderop, of door het ergens in een stad in een vuilnisbak te deponeren, of door het aan stukken te scheuren of op een andere manier te vernietigen, zal hij of zij er bescheiden en nogal saai gekleed bij lopen, niet verdacht worden, niet worden bekeken, worden vergeten. De persoon moet met opzet die trui met de zwarte en rode ruiten hebben aangetrokken, zodat die herkend zou worden, hoewel de persoon in kwestie hem zelf nooit meer zal dragen.'

'Een heel zinnig idee,' zei professor Wanstead. 'Zoals ik u al heb verteld, ligt Fallowfield hier niet ver vandaan. Een kilometer of vijfentwintig, denk ik. Dus dit is Elizabeth Temples deel van de wereld, een deel dat ze goed kent en waarvan ze de bewoners wellicht eveneens goed kent.'

'Ja, dat vergroot het aantal mogelijkheden,' zei Miss Marple. 'Ik ben het met u eens als u stelt dat de aanvaller eerder een man dan een vrouw moet zijn geweest. Als die steen met opzet aan het rollen is gebracht, is dat heel accuraat gebeurd, en accuratesse is eerder een mannelijke dan een vrouwelijke eigenschap. Maar aan de andere kant is het heel goed mogelijk dat het iemand uit onze bus is geweest, of wellicht iemand die hier in de buurt woont en juffrouw Temple op straat heeft gezien – een oud-leerling van haar. Iemand die ze zelf na verloop van enige tijd niet zou herkennen. Maar het meisje of de vrouw zou haar wel hebben herkend, omdat een schoolhoofd van boven de zestig niet zoveel verschilt van de persoon die hij of zij op vijftigjarige leeftijd was. Zij is herkenbaar. Het zou kunnen gaan om een vrouw die haar oude schoolhoofd heeft herkend en ook wist dat die iets wist dat haar schade zou kunnen berokkenen.' Ze zuchtte. 'Ik ken dit deel van het land helemaal niet. Weet u er iets meer van af?'

'Nee,' zei professor Wanstead. 'Ik kan niet beweren dit deel van het land uit persoonlijke ervaring te kennen. Ik weet echter wel iets af van verschillende dingen die zich hier hebben voorgedaan, door alles wat u me heeft verteld. Als ik geen kennis had gemaakt met u en u me dat alles niet had verteld, zou ik meer in het duister tasten dan thans het geval is.

Wat doet u hier in feite? Dat weet u niet. Toch bent u hierheen gestuurd. Rafiel had het met opzet zo geregeld dat u hierheen zou gaan met die bus en dat u en ik elkaar zouden ontmoeten. We hebben op andere plaatsen halt gehouden, maar het was zo geregeld dat u hier een paar dagen zou blijven. U bent te logeren gevraagd door oude vriendinnen van hem, die geen enkel verzoek van hem zouden hebben geweigerd. Was daar een reden voor?'

'Ja. Ik moest de kans krijgen op de hoogte te raken van bepaalde feiten,' zei Miss Marple.

'Een reeks moorden die vele jaren geleden zijn gepleegd?' Professor Wanstead keek weifelend. 'Dat is niets ongebruikelijks. Op veel plaatsen in Engeland en Wales heeft zoiets zich wel eens voorgedaan. Moorden lijken altijd in serie te moeten worden gepleegd. Een meisje wordt aangevallen en vermoord aangetroffen. Hetzelfde gebeurt niet al te ver daar vandaan met een ander meisje. Daarna doet iets dergelijks zich zo'n dertig kilometer verderop nogmaals voor. Hetzelfde patroon.

In Jocelyn St. Mary zelf zijn twee meisjes als vermist opgegeven. Het meisje over wie we hebben gesproken, van wie het lichaam een half jaar later is gevonden, vele kilometers verderop. Het meisje dat voor het laatst was gezien in het gezelschap van Michael Rafiel...'

'En?'

'Een meisje dat Nora Broad heette. Géén rustig meisje zonder vriendjes. Eerder een meisje met te veel vriendjes. Haar lichaam is nooit gevonden, al zal dat op een dag beslist wel gebeuren. In sommige gevallen heeft zoiets wel eens twintig jaar geduurd,' zei Wanstead. Hij ging langzamer rijden. 'We zijn er. Dit is Carristown en daar is het ziekenhuis.'

Miss Marple werd door professor Wanstead mee naar binnen genomen. Men verwachtte de professor kennelijk. Hij werd naar een kleine kamer gebracht, waar een vrouw die achter een bureau zat, meteen opstond.

'Professor Wanstead. En dit... eh... dit is...' Ze aarzelde even.

'Miss Jane Marple,' zei professor Wanstead. 'Ik heb door de telefoon met hoofdzuster Barker gesproken.'

'O ja. Zuster Barker zei al dat zij met u mee zou komen.'

'Hoe gaat het met juffrouw Temple?'

'Haar toestand is nog vrijwel onveranderd, geloof ik. Ik ben bang dat ik u geen duidelijke verbetering kan melden.' Ze stond op. 'Ik zal u bij zuster Barker brengen.'

Zuster Barker was een lange, magere vrouw. Ze had een lage, vastberaden stem en donkergrijze ogen die je even aankeken en dan vrijwel meteen een andere kant op blikten, zodat je het gevoel had dat je binnen zeer korte tijd was geschat en beoordeeld.

'Ik weet niet wat u precies in gedachten heeft,' zei professor Wanstead.

'Ik denk dat ik Miss Marple beter maar meteen kan vertellen wat we hebben geregeld. In de eerste plaats moet ik u duidelijk maken dat de patiënte, mejuffrouw Temple, nog in coma ligt en slechts heel af en toe bij bewustzijn komt, waarbij ze haar omgeving herkent en een paar woorden kan zeggen. We kunnen echter niets doen om haar te stimuleren. We zullen tot het uiterste geduld moeten betrachten. Ik neem aan dat professor Wanstead u al heeft verteld dat ze op een van die momenten dat ze bij bewustzijn was, heel duidelijk heeft gezegd: "Miss Jane Marple". En toen: "*Ik wil met haar praten. Miss Jane Marple.*" Toen raakte ze weer buiten bewustzijn. De behandelend arts achtte het raadzaam contact op te nemen met de andere buspassagiers. Professor Wanstead is hier geweest om het een en ander uit te leggen en heeft toen toegezegd dat hij u hierheen zou brengen. Ik ben bang dat we niets anders kunnen doen dan u vragen plaats te nemen in de kamer van juffrouw Temple en een aantekening te maken van wat ze zegt als ze bij bewustzijn mocht komen. Ik ben bang dat de prognose niet gunstig is. Om helemaal eerlijk te zijn, hetgeen in mijn ogen beter is omdat u niet tot haar naaste verwanten behoort en waarschijnlijk door deze mededeling niet van streek zult raken, denkt de arts dat ze heel snel achteruitgaat en zou kunnen sterven zonder nog eenmaal bij bewustzijn te komen. We kunnen niets doen om die hersenschudding te verlichten. Wel is het van belang dat iemand haar hoort wanneer ze nog iets kan zeggen en de arts acht het raadzaam dat ze niet te veel mensen om zich heen ziet als ze bij bewustzijn mocht komen. Als Miss Marple het niet vervelend vindt vrijwel alleen in de kamer te zitten, zullen we het zo regelen dat er alleen een verpleegster op de achtergrond aanwezig is. Dat wil zeggen dat zij door de patiënte niet kan worden gezien en alleen in beweging zal komen als haar daarom wordt gevraagd. Ze zal plaatsnemen in een hoek van de kamer, achter een scherm. Er is ook iemand van de politie aanwezig om zo nodig aantekeningen te maken. De arts acht het raadzaam dat ook hij niet door juffrouw Temple kan worden gezien. Wanneer ze bij bewustzijn komt en slechts één persoon ziet – en bovendien degene die ze wellicht *verwacht* te zien, zal ze niet schrikken of vergeten wat ze tegen u had willen zeggen. Ik hoop dat we hiermee niet te veel van u vragen?'

'O nee,' zei Miss Marple. 'Ik ben zonder meer bereid dit te doen. Ik heb een klein notitieboekje bij me en een pen. Voor een korte tijd kan ik dingen ook onthouden, dus hoef ik niet al te duidelijk aantekeningen te gaan zitten maken als ze iets zegt. U kunt op mijn geheugen vertrouwen en ik ben niet doof – in ieder geval niet in de ware betekenis van dat woord. Ik geloof niet dat mijn gehoor nog zo goed is als het eens is geweest, maar als ik naast een bed zit, moet ik in staat zijn alles wat ze zegt heel gemakkelijk te horen, zelfs wanneer ze fluistert. Verder ben ik gewend aan zieke mensen. Vroeger heb ik heel wat ervaring met hen opgedaan.'

Weer namen de ogen van zuster Barker Miss Marple razendsnel op. Ditmaal gaf ze door een licht knikje blijk van haar tevredenheid.

'Het is heel aardig van u,' zei ze, 'en als u ons op de een of andere manier kunt helpen, zult u dat mijns inziens ook beslist doen. Wanneer professor Wanstead in de wachtkamer beneden wil plaatsnemen, kunnen we hem direct roepen indien dat nodig mocht zijn. Miss Marple, zou u mij nu willen volgen?'

Miss Marple liep achter de verpleegster een gang door en een kleine kamer in. Die was vaag verlicht, omdat de luiken half dicht waren, en op het bed lag Elizabeth Temple. Ze lag daar als een standbeeld, maar wekte toch niet de indruk te slapen. Ze ademde onregelmatig en oppervlakkig. Zuster Barker onderzocht even haar patiënte en gaf Miss Marple toen een teken plaats te nemen op de stoel naast het bed. Daarna liep ze weer terug naar de deur. Een jongeman met een aantekenboekje in zijn hand kwam achter het scherm vandaan.

'De behandelend arts heeft hier opdracht toe gegeven, meneer Reckitt,' zei zuster Barker.

Er verscheen ook een andere verpleegster, die in de andere hoek van de kamer had gezeten.

'Bel me als dat nodig is, zuster Edmonds,' zei zuster Barker, 'en zorg ervoor dat Miss Marple alles krijgt wat ze nodig heeft.'

Miss Marple knoopte haar jas los. Het was warm in de kamer. De verpleegster nam de jas van haar aan. Toen ging ze op haar oude plekje zitten en nam Miss Marple weer op de stoel plaats. Ze keek naar Elizabeth Temple en constateerde, net zoals ze dat in de bus al had gedaan, dat ze een fraai gevormd hoofd had. Haar grijze haren waren naar achteren gekamd, als een kapje, en pasten perfect bij dat gezicht. Een knappe vrouw, en een vrouw met persoonlijkheid. Ja, het zou doodzonde, werkelijk doodzonde zijn wanneer de wereld Elizabeth Temple zou verliezen, dacht Miss Marple.

Miss Marple verschoof het kussen achter haar rug iets, draaide de stoel wat anders en ging toen rustig zitten wachten. Ze had er geen idee van of dat wachten tevergeefs zou zijn, of niet. De tijd verstreek. Tien minuten, twintig minuten, een half uur, drie kwartier. Toen klonk er opeens, heel onverwacht, een stem. Laag maar duidelijk, ietwat hees, zonder de welluidendheid van weleer. 'Miss Marple.'

De ogen van Elizabeth Temple waren nu open en ze keken naar Miss Marple. De blik erin was competent, volkomen bij zinnen. Ze bestudeerde het gezicht van de vrouw die naast het bed zat zonder blijk te geven van enige emotie of verrassing. Wel van grote aandacht. Toen weerklonk de stem opnieuw.

'Miss Marple. Bent u Jane Marple?'

'Dat klopt, ja. Jane Marple,' zei Miss Marple.

'Henry heeft vaak over u gesproken. Hij heeft me het een en ander over u verteld.'

De stem zweeg.

Miss Marple zei met een dringende, vragende ondertoon in haar stem: 'Henry?'

'Henry Clithering, een oude vriend van me - een heel oude vriend.'

'En ook een oude vriend van mij,' zei Miss Marple. 'Henry Clithering.'

Ze dacht terug aan de vele jaren dat ze Sir Henry Clithering had gekend, de dingen die hij tegen haar had gezegd, de hulp waar hij haar soms om had gevraagd, en de hulp waar zij hem om had verzocht. Een heel oude vriend.

'Ik kon me uw naam herinneren. Op de passagierslijst. Ik dacht dat u het moest zijn. U zou kunnen helpen. Dat zou hij, Henry, zeggen als hij hier was. U zou kunnen helpen. Om erachter te komen. Het is belangrijk. Heel belangrijk, hoewel het nu lang geleden is, heel... lang... geleden.'

Haar stem leek even te weifelen, haar ogen waren half gesloten. De verpleegster stond op, liep de kamer door, pakte een klein glas en bracht dat naar de lippen van Elizabeth Temple. Juffrouw Temple nam een slokje en schudde toen haar hoofd. De verpleegster zette het glas weer neer en liep terug naar haar stoel.

'Als ik kan helpen, zal ik dat doen,' zei Miss Marple en stelde geen nadere vragen.

'Goed,' zei juffrouw Temple en na een paar minuten zei ze nogmaals: 'Goed.'

Twee of drie minuten lag ze daar met gesloten ogen. Het kon zijn dat ze sliep, of weer buiten bewustzijn was geraakt. Toen gingen haar ogen opeens weer open.

'Wie,' zei ze, 'wie van hen? Dat moeten we te weten zien te komen. Weet u waarover ik het heb?'

'Dat denk ik wel. Een meisje dat gestorven is – Nora Broad?' Er verscheen direct een frons op het voorhoofd van Elizabeth Temple.

'Nee, nee, nee, dat andere meisje. Verity Hunt.'

Even bleef het stil. 'Jane Marple. U bent oud. Ouder dan toen we het over u hadden. U bent ouder, maar u kunt nog steeds wel dingen achterhalen, nietwaar?'

Haar stem werd iets hoger, indringender.

'Dat kunt u toch, nietwaar? Zeg dat u dat kunt. Ik heb niet veel tijd. Dat weet ik. Dat weet ik heel goed. Een van hen, maar wie? Dat moet u achterhalen. Henry zou hebben gezegd dat u dat kunt. Het kan gevaarlijk voor u zijn, maar u zult het uitzoeken, nietwaar?'

'Met Gods hulp zal ik dat doen,' zei Miss Marple. Het was een plechtige belofte.

'Ah.'

De ogen gingen dicht en toen weer open. Iets als een glimlach leek de lippen in beweging te willen brengen.

'De grote steen van boven. De Steen des Doods.'

'Wie heeft die steen naar beneden laten rollen?'

'Dat weet ik niet. Het is ook niet belangrijk. Het gaat alleen om Verity. Achterhaal alles over Verity. De waarheid. Een andere naam voor de waarheid, Verity.'

Miss Marple zag dat het lichaam op het bed zich iets ontspande. Toen werd er heel zacht gefluisterd: 'Vaarwel. Doe uw best...'

Het lichaam ontspande zich verder, de ogen gingen dicht. De verpleegster liep weer naar het bed. Ditmaal controleerde ze de polsslag en knikte Miss Marple toe. Miss Marple stond gehoorzaam op en liep achter haar aan naar de gang.

'Dit is heel inspannend voor haar geweest,' zei de verpleegster. 'Ze zal de eerste tijd niet bij bewustzijn komen. Misschien wel nooit meer. Ik hoop dat u iets wijzer bent geworden?'

'Dat geloof ik niet, maar je weet het nooit, nietwaar?'

'Heeft ze iets gezegd?' vroeg professor Wanstead toen ze terug liepen naar de auto.

'Een naam,' zei Miss Marple. 'Verity. Heette dat meisje zo?'

'Ja. Verity Hunt.'

Elizabeth Temple overleed anderhalf uur later, zonder nog bij bewustzijn te zijn gekomen.

Meneer Broadribb vraagt zich het een en ander af

'Heb je *The Times* van vanmorgen gezien?' vroeg meneer Broadribb aan zijn partner, meneer Schuster.

Meneer Schuster antwoordde dat hij zich *The Times* niet kon veroorloven en geabonneerd was op de *Telegraph*.

'Nu, daar zou het ook in kunnen staan,' zei meneer Broadribb. 'Bij de overlijdensberichten. Juffrouw Elizabeth Temple, D.Sc.'

Meneer Schuster keek wat verbaasd.

'Hoofd van Fallowfield. Daar heb je toch wel eens van gehoord?'

'Natuurlijk,' zei Schuster. 'Meisjeskostschool. Bestaat al een jaar of vijftig. Eersteklas, ongelooflijk duur. Dus zij is daar hoofd van geweest? Ik dacht dat het schoolhoofd daar enige tijd geleden ontslag had genomen. Minstens zes maanden. Ik ben er zeker van dat in de krant te hebben gelezen. Dat wil zeggen: er stond een stukje in over het nieuwe schoolhoofd. Getrouwde vrouw. Nog vrij jong. Vijfendertig tot veertig jaar. Moderne ideeën. Geef de meisjes les in cosmetica, sta het dragen van broekpakken toe. Zoiets dergelijks.'

'Hmmm,' zei meneer Broadribb, die het geluid maakte dat juristen van zijn leeftijd meestal maken wanneer ze iets horen dat kritiek oproept die op lange ervaring is gebaseerd. 'Ik denk niet dat ze ooit zo'n goede naam zal kunnen krijgen als die Elizabeth Temple. Dat was een persoonlijkheid. Ze heeft daar ook lang gewerkt.'

'Ja,' zei meneer Schuster, tamelijk ongeïnteresseerd. Hij vroeg zich af waarom Broadribb zoveel belangstelling had voor overleden schooljuffrouwen.

Geen van beide heren interesseerde zich eigenlijk bijzonder voor scholen. Hun eigen nageslacht was nu min of meer op hun plaats van bestemming gebracht. De twee zoons van meneer Broadribb werkten respectievelijk als ambtenaar en bij een oliemaatschappij en de nogal wat jongere kinderen van meneer Schuster studeerden aan verschillende universiteiten waar beiden respectievelijk evenveel problemen voor het bevoegd gezag veroorzaakten als ze mogelijkerwijs konden.

Schuster zei: 'Wat is er dan voor bijzonders met haar?'

'Ze nam deel aan een busreis,' zei meneer Broadribb.

'Die bussen,' zei meneer Schuster. 'Ik zou geen familielid van me met zo'n reis laten meegaan. Vorige week is er nog een van een berg in Zwitserland gestort, en twee maanden geleden zijn er bij een ongeluk met zo'n bus twintig mensen om het leven gekomen. Ik weet niet wie die dingen tegenwoordig bestuurt.'

'Het was een van die rondreizen langs Landhuizen en Tuinen en Interessante Objecten hier in Engeland, of hoe ze het dan ook noemen,' zei meneer Broadribb. 'Dat is niet helemaal de juiste naam, maar je weet wel wat ik bedoel.'

'O ja, dat weet ik. Dat... dat is zo'n reis die we juffrouw Hoe-heet-ze-ook-al-weer hebben laten maken. De reis die de oude Rafiel had geboekt.'

'Miss Jane Marple reisde ook met die bus.'

'Zij is toch niet eveneens overleden?' vroeg meneer Schuster.

'Voor zover ik weet niet, maar toch vraag ik me wel het een en ander af.'

'Is het door een ongeluk op de weg gebeurd?'

'Nee, op een van die plaatsen die altijd door toeristen worden bezocht omdat het er zo mooi is. Ze liepen op een pad, een heuvel op. Het was een pittige wandeling. Nogal steile heuvel, met grote stenen en zo erop. Een paar van die stenen zijn losgeraakt en de heuvel afgerold. Juffrouw Temple is door een daarvan geraakt. Toen is ze met een hersenschudding naar een ziekenhuis overgebracht en daar overleden.'

'Zielig,' zei meneer Schuster en wachtte op nadere informatie.

'Ik was me alleen het een en ander aan het afvragen,' zei meneer Broadribb, 'omdat ik me toevallig herinner dat... Tsja, dat meisje zat op Fallowfield.'

'Welk meisje? Ik weet echt niet waar je het over hebt, Broadribb.'

'Het meisje dat door de jonge Michael Rafiel is vermoord. Ik herinnerde me net een paar dingen die wel eens iets te maken zouden kunnen hebben met die eigenaardige geschiedenis rond Jane Marple, die de oude Rafiel zo na aan het hart lag. Ik wou dat hij ons er wat meer over had verteld.'

'Van welk verband zou er dan sprake kunnen zijn?' vroeg meneer Schuster.

Hij keek nu geïnteresseerder. Zijn juridische geest werd gescherpt om een zinnige mening ten beste te geven over hetgeen meneer Broadribb op het punt stond hem toe te vertrouwen.

'Dat meisje. Ik kan me haar achternaam nu niet herinneren. Haar voornaam luidde Hope of Faith of zoiets dergelijks. Nee, Verity. Verity Hunter, meen ik. Ze was een van die meisjes die toen zijn vermoord. Ze hebben haar lichaam in een greppel gevonden, een kilometer of vijfenveertig van de plaats waar ze als vermist was opgegeven. Ze was al een half jaar dood. Gewurgd, zo bleek, waarna haar hoofd en gezicht waren verminkt, om identificatie lastiger te maken, maar ze is toch wel geïdentificeerd. Kleding, handtasje, juwelen vlak in de buurt - de een of andere moedervlek of een litteken. O ja, ze werd heel gemakkelijk geïdentificeerd.'

'Het proces draaide om haar, nietwaar?'

'Ja. Michael werd ervan verdacht in dat jaar nog drie andere meisjes te hebben vermoord. Maar het bewijsmateriaal dienaangaande was niet echt sluitend, dus heeft de politie zich volkomen op deze zaak geconcentreerd. Bewijzen genoeg en

Michael Rafiel had al een strafblad omdat hij al eerder vrouwen had aangevallen en aangerand. Nu ja, we weten allemaal wat het begrip verkrachting tegenwoordig nog voorstelt. Mam zegt tegen dochterlief dat ze de jongeman van verkrachting moet beschuldigen, zelfs als dat meisje er bij hem aldoor op heeft aangedrongen naar haar toe te komen wanneer mam buitenshuis werkte of pap op vakantie was gegaan, en hem is blijven lastig vallen tot ze hem er vrijwel toe heeft gedwongen met haar naar bed te gaan. Zoals gezegd: dan zegt moeder tegen dochterlief dat ze het een verkrachting moet noemen. Maar daar gaat het nu niet om,' zei meneer Broadribb. 'Ik zat me af te vragen of er niet een of ander verband tussen al die dingen zou kunnen bestaan, weet je. Ik meende dat die kwestie rond Jane Marple en Rafiel wel eens iets te maken zou kunnen hebben met Michael.'

'Hij is schuldig bevonden en tot levenslang veroordeeld, nietwaar?'

'Dat kan ik me nu niet meer herinneren - het is al zo lang geleden. Kan het zijn dat hij verminderd toerekeningsvatbaar is verklaard?'

'En Verity Hunter, of Hunt, zat op die school. De school van juffrouw Temple? Maar ze was toch geen schoolmeisje meer toen ze werd vermoord? In ieder geval niet voor zover ik me dat kan herinneren.'

'Klopt. Ze was achttien of negentien en woonde bij familie of vrienden van haar ouders, of zoiets dergelijks. Leuk huis, aardige mensen, leuk meisje, volgens alle verhalen. Het type meisje over wie familieleden altijd zeggen: "Ze was een heel stil meisje, nogal verlegen, ze ging niet om met onbekende mensen en had geen vriendjes." Familieleden weten nooit welke vriendjes een meisje heeft. Van die jonge Rafiel werd gezegd dat hij voor meisjes heel aantrekkelijk was.'

'Is er nooit aan getwijfeld dat hij het had gedaan?'

'Absoluut niet. In de getuigenbank heeft hij heel wat leugens verkondigd. Zijn advocaat had hem beter niet als getuige kunnen horen. Veel vrienden van hem hebben hem een alibi verschaft dat geen stand kon houden, als je begrijpt wat ik bedoel. Al zijn vrienden leken doorgewinterde leugenaars te zijn.'

'Broadribb, hoe denk jij er zelf over?'

'Ik heb er geen mening over. Ik vroeg me alleen af of de dood van die vrouw er iets mee te maken kon hebben.'

'In welk opzicht?'

'Tsja, weet je... die stenen die van een helling afrollen en dan boven op iemand terechtkomen. Dat is niet altijd een volstrekt natuurlijke zaak. Grote stenen blijven gewoonlijk liggen waar ze liggen, is mijn ervaring.'

Verity

'Verity,' zei Miss Marple.

Elizabeth Margaret Temple was de avond daarvoor overleden. Het was een vredige dood geweest. Miss Marple, die weer te midden van de verkleurde sits in de salon van The Old Manor House zat, had het roze babyjasje weggelegd dat ze aan het breien was geweest en in plaats daarvan een paarse sjaal ter hand genomen, die moest worden gehaakt. Dat teken van halve rouw paste bij Miss Marples vroeg-Victoriaanse ideeën over tact bij confrontatie met een tragedie.

De volgende dag zou het gerechtelijk vooronderzoek plaatsvinden. De dominee was benaderd en had erin toegestemd in de kerk een korte herdenkingsdienst te houden zodra alles daarvoor in gereedheid was gebracht. Mensen van een begrafenisonderneming, met passende treurige gezichten, hadden de rest ter hand genomen, in samenwerking met de politie. Het gerechtelijk vooronderzoek zou de volgende morgen om elf uur beginnen. Deelnemers aan de busreis hadden erin toegestemd dat vooronderzoek bij te wonen en sommigen hadden ook besloten te blijven om bij de kerkdienst aanwezig te kunnen zijn.

Mevrouw Glynne was naar het hotel gekomen om er bij Miss Marple op aan te dringen weer naar The Old Manor House terug te keren tot men de busreis zou voortzetten.

'Op die manier zult u geen last hebben van al die verslaggevers.'

Miss Marple had de drie zusters hartelijk bedankt en de uitnodiging aangenomen.

De reis zou na de herdenkingsdienst worden voortgezet, eerst naar South Bedestone, een kleine vijfenvijftig kilometer verderop, waar een goed hotel was dat oorspronkelijk als stopplaats was uitgekozen. Daarna zou verder het vastgestelde schema worden afgewerkt.

Er waren echter, zoals Miss Marple al waarschijnlijk had geacht, mensen die naar huis zouden terugkeren, of hadden besloten een andere kant op te gaan en de reis met de bus niet verder voort te zetten. Er viel voor beide beslissingen wel iets te zeggen. Men kon besluiten de reis, die alleen maar pijnlijke herinneringen zou achterlaten, te staken, of door te gaan met het bekijken van bezienswaardigheden omdat men daar al voor had betaald en het incident af te doen als een van die pijnlijke zaken die zich tijdens een reis altijd kunnen voordoen. Veel zou van het resultaat van het gerechtelijk vooronderzoek afhangen, meende Miss Marple.

Nadat Miss Marple met haar drie gastvrouwen enige conventionele opmerkingen had uitgewisseld die passend waren voor die gelegenheid, had ze zich aan haar purperen wol gewijd en nagedacht over hoe ze haar onderzoek nu zou moeten voortzetten. Dat had tot gevolg dat ze, terwijl haar vingers nog altijd bezig waren, een woord sprak: 'Verity'. Ze gooide het eruit, zoals je een steentje in een riviertje gooit, alleen om te kijken of het enig resultaat zou opleveren en zo ja, welk. Zou die naam haar gastvrouwen iets zeggen? Dat kon. Zo niet, zou ze het effect ervan die avond in het hotel op haar medepassagiers beproeven, tijdens de maaltijd die daar zou worden geserveerd. Het was, bedacht ze zich, het laatste woord of bijna het laatste woord dat Elizabeth Temple had geuit. Dus daarom, dacht Miss Marple (met nog altijd bezige vingers, omdat ze niet naar haar haakwerk hoefde te kijken, ze kon een boek lezen of een gesprek voeren terwijl haar vingers, die weliswaar door de reumatiek iets verstijfd waren, correct de juiste bewegingen uitvoerden), dus daarom 'Verity'.

Als een steentje dat in een plas water rimpeltjes veroorzaakt, een plons, iets. Of helemaal niets. Er zou beslist de een of andere reactie komen. Ja, ze had zich niet vergist. Hoewel haar gezicht uitdrukkingsloos bleef, hadden de oplettende ogen achter haar bril drie mensen tegelijkertijd in de gaten gehouden, zoals ze dat al vele jaren deed wanneer ze haar buren wilde observeren in de kerk, tijdens vergaderingen van de Moederclub, of bij andere openbare gebeurtenissen in St. Mary Mead zodra ze op het spoor was gekomen van een interessant nieuwtje of roddelverhaaltje.

Mevrouw Glynne liet het boek vallen dat ze in haar hand had gehouden en keek Miss Marple lichtelijk verbaasd aan. Verbaasd, leek het, omdat het woord uit de mond van Miss Marple kwam, maar niet echt verbaasd het te horen.

Clotilde reageerde anders. Haar hoofd schoot omhoog, ze boog zich iets naar voren en keek toen niet naar Miss Marple, maar door de kamer heen naar het raam. Haar handen balden zich tot vuisten en ze bleef doodstil zitten. Miss Marple liet haar hoofd iets zakken, alsof ze niet meer naar de anderen keek, maar zag wel dat de ogen van Clotilde zich met tranen vulden. Ze bleef doodstil zitten en liet de tranen over haar wangen rollen. Ze deed geen poging om een zakdoek te pakken, ze zei geen woord. Miss Marple kwam onder de indruk van het verdriet dat ze uitstraalde.

Anthea's reactie was anders. Die kwam snel, opgewonden, bijna met vreugde.

'Verity? Zei u Verity? Heeft u haar gekend? Daar had ik geen idee van. U doelt toch op Verity Hunt?'

Lavinia Glynne zei: 'Is het een voornaam?'

'Ik heb nooit iemand gekend die zo heette,' zei Miss Marple, 'maar ik doelde wel op een voornaam. Ja. Een nogal ongebruikelijke naam, vind ik, Verity.' Ze herhaalde dat laatste woord nadenkend.

Ze liet haar paarse bol wol vallen en keek ietwat verontschuldigend en verlegen om zich heen, als iemand die beseft een *faux pas* te hebben gemaakt, maar niet zeker weet waarom.

'Ik... Het spijt me. Heb ik iets verkeerds gezegd? Dat kwam alleen omdat...'

'Nee, natuurlijk niet,' zei mevrouw Glynne. 'Het is alleen... het is een naam die we kennen... een naam die voor ons bepaalde associaties oproept.'

'Ik moest er alleen aan denken,' ging Miss Marple, nog altijd verontschuldigend, verder, 'omdat die arme juffrouw Temple hem noemde. Ik ben gistermiddag naar haar toe geweest, weet u. Professor Wanstead heeft me meegenomen. Hij leek te denken dat ik in staat zou zijn om... om - ik weet niet of het het juiste woord is - om haar op de een of andere manier te *wekken*. Ze lag in coma en ze dachten - niet dat ik ooit een vriendin van haar ben geweest, maar we hadden tijdens de reis wel met elkaar gebabbeld en op sommige dagen hadden we naast elkaar gezeten en gepraat - hij dacht dat ik misschien iets zou kunnen doen. Ik ben echter bang dat ik daar niet in ben geslaagd. Helemaal niet. Ik heb daar alleen gezeten en gewacht en toen heeft ze een paar woorden gezegd, die echter niets leken te betekenen. Maar net toen het voor mij tijd werd om weer weg te gaan, deed ze haar ogen open en keek me aan - ik weet niet of ze dacht dat ik iemand anders was, maar toen kwam dat woord over haar lippen. Verity! Natuurlijk heb ik dat onthouden, vooral omdat ze gisteravond is overleden. Ze moet aan iemand of iets hebben gedacht. Maar natuurlijk, tsja, natuurlijk zou het alleen Waarheid kunnen betekenen. Dat betekent Verity toch, nietwaar?'

Ze keek van Clotilde naar Lavinia en van Lavinia naar Anthea.

'Het was de voornaam van een meisje dat we hebben gekend,' zei Lavinia Glynne. 'Daarom schrokken we.'

'Vooral vanwege de afschuwelijke manier waarop ze is gestorven,' zei Anthea.

Clotilde zei met haar diepe stem: 'Anthea, het is nergens voor nodig daar gedetailleerd op in te gaan.'

'Maar iedereen is daar toch van op de hoogte?' zei Anthea. Ze keek naar Miss Marple. 'Ik dacht dat u misschien wel iets van haar wist omdat u meneer Rafiel heeft gekend. Dat is toch zo? Ik bedoel... hij heeft ons over u geschreven, dus moet u hem hebben gekend. En ik dacht dat hij misschien... tsja, dat hij u er wellicht alles over had verteld.'

'Het spijt me,' zei Miss Marple, 'maar ik ben bang dat ik niet helemaal begrijp waar u het over hebt.'

'Ze hebben haar lichaam in een greppel gevonden,' zei Anthea.

Anthea was nooit te stuiten als ze eenmaal was begonnen, dacht Miss Marple, en verder meende ze dat Clotilde daardoor extra gespannen raakte. Ze had nu heel rustig en onopvallend een zakdoekje gepakt. Toen veegde ze de tranen bij haar ogen weg en ging rechtop zitten, met een kaarsrechte rug en een tragische blik in haar ernstige ogen.

'Verity,' zei ze, 'was een meisje om wie we heel erg veel hebben gegeven. Ze heeft hier een tijdje gewoond. Ik was heel erg op haar gesteld...'

'En zij was heel erg op jou gesteld,' zei Lavinia.

'Haar ouders waren vrienden van me,' zei Clotilde. 'Ze zijn bij een vliegtuigongeluk om het leven gekomen.'

'Ze zat op Fallowfield op school,' vertelde Lavinia. 'Ik neem aan dat juffrouw Temple zich haar daardoor herinnerde.'

'O,' zei Miss Marple. 'Dat is de school waarvan juffrouw Temple het hoofd is geweest, nietwaar. Natuurlijk heb ik de naam Fallowfield vaak gehoord. Het is een uitstekende school, nietwaar?'

'Ja,' zei Clotilde. 'Verity was een van de leerlingen. Nadat haar ouders waren overleden, heeft ze enige tijd bij ons gelogeerd, zodat ze kon bepalen wat ze met haar toekomst wilde gaan doen. Ze was achttien of negentien. Een heel lief, aanhankelijk en innemend meisje. Ze dacht erover om de verpleging in te gaan, maar juffrouw Temple heeft er toen sterk op aangedrongen dat ze aan een universiteit zou gaan studeren. Dus was ze druk aan het studeren en bijlessen aan het nemen toen die afschuwelijke gebeurtenis zich voltrok.'

Ze wendde haar gezicht af.

'Ik... Zou u het erg vinden als we er nu verder even niet meer over praten?'

'Nee, natuurlijk niet,' zei Miss Marple. 'Het spijt me zo dat ik aan een tragedie heb gerefereerd. Ik wist het niet. Ik... ik heb niet gehoord... Ik dacht... tsja, ik bedoel...' Ze werd steeds onsamenhangender.

Die avond hoorde ze niets meer. Mevrouw Glynne kwam naar haar kamer toen ze een andere jurk aan het aantrekken was voor het diner in het hotel.

'Ik meende naar u toe te moeten komen om u iets uit te leggen,' zei mevrouw Glynne, 'over dat meisje Verity Hunt. Natuurlijk kon u niet weten dat onze zuster Clotilde erg op haar was gesteld en dat haar werkelijk afschuwelijke dood een hele schok voor haar is geweest. Wij proberen dat gespreksonderwerp altijd te vermijden, maar - ik denk dat het makkelijker zou zijn als ik u op de hoogte stelde van alle feiten, want dan zult u het wel begrijpen. Kennelijk had Verity, zonder dat wij dat wisten, vriendschap gesloten met een ongeschikte jongeman, die nog ongeschikter bleek te zijn dan we dachten, ja zelfs gevaarlijk. Het was een jongeman die al een strafblad had. Hij is hier een keer op bezoek geweest, toen hij op doorreis was. Zijn vader kenden we goed.' Ze zweeg. 'Ik kan u maar beter de hele waarheid vertellen als u die niet kent, en daar heeft het alle schijn van. Het was de zoon van meneer Rafiel, Michael...'

'O hemeltje,' zei Miss Marple. 'Ik herinnerde me zijn naam niet, maar ik herinner me wel te hebben gehoord dat meneer Rafiel een zoon had - en dat hij niet iemand was om echt trots op te zijn.'

'Hij had altijd al voor problemen gezorgd,' zei mevrouw Glynne. 'Hij had al een paar maal voor een rechtbank moeten verschijnen wegens diverse aanklachten. Een keer omdat hij een tiener had aangevallen - dergelijke dingen. Natuurlijk vind ik zelf dat de rechters zulke zaken te clement afhandelen. Ze willen geen streep halen door een universitaire carrière van een jongeman. Dus volstaan ze met een - hoe heet het ook al weer - een voorwaardelijke straf of zoiets dergelijks. Wanneer die jongens meteen naar de gevangenis zouden worden gestuurd, zouden ze misschien verder afzien van zo'n levenswandel. Hij was ook een dief. Hij had cheques vervalst, hij pikte dingen. Hij was door en door slecht. Wij waren bevriend met zijn moeder. Ik denk dat het maar gelukkig is dat zij is gestorven voordat ze van streek kon raken door de manier waarop haar zoon zich ontwikkelde. Ik denk dat meneer

Rafiel alles heeft gedaan wat hij kon. Hij heeft getracht geschikte baantjes voor de jongen te vinden, betaalde opgelegde boetes en dergelijke dingen meer. Maar ik denk dat het een grote klap voor hem was, hoewel hij net deed alsof hij er min of meer onverschillig tegenover stond en het wilde afschrijven als een van die dingen die kunnen gebeuren. Zoals de mensen in dit dorp u waarschijnlijk wel kunnen vertellen, is hier in dit district sprake geweest van een serie moorden en geweldplegingen, op plaatsen die soms dertig, soms zo'n tachtig kilometer van elkaar vandaan lagen. De politie vermoedde dat moorden die zo'n honderdvijftig kilometer hiervandaan zijn gepleegd, er ook mee te maken hadden. Toch leken de meeste misdrijven hier in de omgeving te worden gepleegd. In ieder geval is Verity op een dag weggegaan om een vriendin te bezoeken en niet naar huis teruggekeerd. We zijn naar de politie gegaan en die is haar gaan zoeken. Ze hebben overal naar haar gezocht, maar geen spoor van haar kunnen vinden. Wij hebben advertenties geplaatst, zij hebben advertenties geplaatst en zij spraken het vermoeden uit dat ze met een vriend was weggelopen. Toen werd er gefluisterd dat ze in het gezelschap van Michael Rafiel was gezien. Op dat moment hield de politie Michael al in de gaten als mogelijke verdachte van bepaalde misdaden die waren gepleegd, hoewel ze daar geen onomstotelijke bewijzen van konden vinden. Er werd verteld dat Verity, die werd beschreven aan de hand van haar kleding en andere dingen, was gezien met een jongeman die op Michael leek en in een auto die de zijne zou kunnen zijn. Verdere bewijzen konden er niet worden gevonden, tot haar lichaam een half jaar later werd ontdekt, zo'n vijfenveertig kilometer hiervandaan in een nogal woest bebost deel van het land, in een greppel die was dichtgegooid met stenen en aarde. Clotilde moest haar identificeren en het bleek inderdaad Verity te zijn. Ze was gewurgd en haar hoofd was verminkt. Clotilde is nooit helemaal over die schok heen gekomen. Ze herkende Verity aan een moedervlek en een oud litteken en natuurlijk aan haar kleding en de inhoud van haar handtasje. Juffrouw Temple was heel erg op Verity gesteld. Vlak voordat ze stierf, moet ze aan haar hebben gedacht.'

'Het spijt me,' zei Miss Marple. 'Het spijt me echt heel, heel erg. Wilt u alstublieft tegen uw zuster zeggen dat ik dat alles niet wist? Ik had er geen flauw idee van.'

Het gerechtelijk vooronderzoek

Miss Marple liep langzaam door de dorpsstraat naar het marktplein, waar het gerechtelijk vooronderzoek zou worden gehouden in het ouderwetse, uit de tijd van koning George v daterende gebouw dat al een volle honderd jaar bekend stond als de Curfew Arms. Ze keek op haar horloge en zag dat ze nog ruim twintig minuten de tijd had. Ze bekeek etalages, bleef staan voor een zaak die wol en babyjasjes verkocht en gluurde daar even naar binnen. Een winkelmeisje was een klant aan het helpen. Twee kinderen pasten kleine wollen jasjes aan. Iets verderop bij de toonbank stond een oudere dame.

Miss Marple liep de winkel in, in de richting van de oudere dame, en haalde een stukje roze wol te voorschijn. Ze was door dit speciale wolmerk heen, zei ze, en moest een klein jasje afmaken. De juiste wol was al spoedig gevonden, ze mocht een paar bollen andere wol bekijken die ze mooi vond, en was al snel in een gesprek verwikkeld. Dat begon met het trieste ongeluk dat zich zo kort geleden had voorgedaan. Mevrouw Merrypit, als haar naam tenminste overeenstemde met die welke buiten op de winkel stond geschreven, was zich het belang van dat ongeval volledig bewust en refereerde aan het algemene probleem een plaatselijk bestuur iets te laten doen aan een gevaarlijk voet- of overpad.

'Als het heeft geregend, moet u weten, wordt alle aarde weggespoeld en dan raken de stenen los en kunnen ze naar beneden rollen. Ik kan me herinneren dat zoiets in één jaar ooit drie keer is gebeurd. Een jongetje vond daarbij bijna de dood en later in dat jaar, zo'n zes maanden later geloof ik, liep een man er een gebroken arm door op en de derde keer betrof het die arme oude mevrouw Walker. Ze was blind en ook bijna doof. Ze had niets gehoord, want anders had ze nog een stap opzij kunnen doen, zeggen ze. Iemand zag het gebeuren en heeft naar haar geschreeuwd, maar ze was te ver weg om dat te kunnen horen, of om naar haar toe te rennen en haar weg te trekken. Het is haar dood geworden.'

'Wat triest,' zei Miss Marple. 'Wat tragisch. Iets dergelijks vergeet je niet gauw.'

'Inderdaad niet. Ik denk dat de lijkschouwer er vandaag ook wel melding van zal maken.'

'Dat verwacht ik ook,' zei Miss Marple. 'Het is afschuwelijk, maar in feite lijkt het iets heel natuurlijks, nietwaar, hoewel er zich soms ook wel eens een ongeluk voordoet als iemand tegen een steen gaat duwen, waardoor die in beweging komt. Zoiets.'

'Tsja, jonge jongens kunnen allerlei kattekwaad uithalen. Maar ik geloof niet dat ik dat daar in de buurt ooit heb gezien.'

Miss Marple sneed het onderwerp truien aan. Felgekleurde truien.

'Het is niet voor mezelf,' zei ze, 'maar voor een van mijn achterneven. Hij wil graag een polotrui hebben, het liefst in felle kleuren.'

'Tegenwoordig zijn felle kleuren helemaal in de mode, nietwaar?' bevestigde mevrouw Merrypit. 'Niet als het spijkerbroeken betreft. Die moeten zwart zijn. Zwart of donkerblauw. Maar daarboven dragen ze graag iets met een fellere kleur.'

Miss Marple beschreef een trui met een patroon van ruiten in felle kleuren. Er bleek een aardige voorraad truien te zijn, maar niets in rood en zwart, en zoiets bleek de laatste tijd ook niet voorradig te zijn geweest. Nadat Miss Marple een paar truien had bekeken, bereidde ze haar vertrek voor door in eerste instantie te beginnen over de moorden die, zoals ze zich had laten vertellen, in het verleden in dit deel van het land waren gepleegd.

'Ze hebben die man uiteindelijk te pakken gekregen,' zei mevrouw Merrypit. 'Aardig ogende jongeman, van wie je zoiets eigenlijk niet zou hebben verwacht. Had aan een universiteit gestudeerd en zo. Zijn vader was heel rijk, zeggen ze.

Ik veronderstel dat hij niet goed bij zijn hoofd was. Niet dat ze hem naar Broadway hebben gestuurd, of hoe die plaats dan ook mag heten. Nee, dat hebben ze niet gedaan, maar ik denk dat hij geestelijk niet in orde was - het ging om vijf of zes meisjes, zeiden ze. De politie heeft zich door allerlei jonge mannen hier in de buurt laten helpen. Ze hebben Geoffrey Grant enige tijd vastgehouden, want ze waren er in eerste instantie vrij zeker van dat hij het moest hebben gedaan. Hij is altijd al een beetje eigenaardig geweest, al sinds zijn jonge jaren. Hij viel kleine meisjes lastig die naar school gingen, weet u. Dan bood hij die kinderen een snoepje aan en nam hen mee over laantjes, om de pioenrozen te bekijken of zoiets dergelijks. Ja, ze verdachten hem sterk. Maar hij was het niet. Toen hebben ze iemand anders aangehouden, een zekere Bert Williams. Maar die was op het tijdstip van minstens twee moorden een heel eind hiervandaan. Dat noemen ze een alibi, dus kon hij het ook niet zijn geweest. Toen dachten ze uiteindelijk aan die - ik kan me zijn naam even niet herinneren. Luke, heette hij, geloof ik. Nee, Mike of zoiets. Heel aardig om te zien, zoals ik al zei, maar hij had al een slechte reputatie. Ja, stelen, het vervalsen van cheques, al dergelijke dingen meer. En twee zaken waarom het om het vaderschap ging, nee, dat bedoel ik niet, maar u begrijpt wel wat ik bedoel. Als een jong meisje een baby krijgt, weet u wel, en de jongen door een rechtbank wordt gedwongen te betalen. Hij had al twee meisjes zwanger gemaakt voordat deze zaak voorkwam.'

'Was dit meisje ook zwanger?'

'Dat was ze inderdaad. Toen het lichaam was gevonden, dachten we eerst dat het Nora Broad zou kunnen zijn. Dat was de nicht van mevrouw Broad, die het winkeltje bij de molen heeft. Die ging heel vaak met jongens uit. Zij was op eenzelfde manier van huis weggegaan en niet meer teruggekomen. Niemand wist waar ze was. Dus dachten ze in eerste instantie dat het lichaam dat ze zes maanden later vonden, het hare was.'

'Maar dat was het niet?'

'Nee. Het was heel iemand anders.'

'Is haar lichaam ooit gevonden?'

'Nee. Ik veronderstel dat dat op een gegeven moment nog wel kan gebeuren, maar ze denken eigenlijk dat het in de rivier is geduwd. Nu ja, je weet maar nooit, nietwaar? Je weet nooit wat ze in een omgeploegd veld kunnen vinden, of zoiets dergelijks. Ik ben eens meegekomen om schatten die ze zo hadden gevonden te bekijken. In Luton Loo, of een naam die daar veel op lijkt, geloof ik. Ergens in een van de oostelijke graafschappen. Onder een omgeploegd veld. Prachtig. Vikingschepen en schepen vol goud en gouden borden en enorm grote platte schalen. Tsja, je weet maar nooit. Je kunt iedere dag een lijk vinden. Of een gouden bord. Zoiets kan honderden jaren oud zijn, zoals die gouden borden, of drie of vier jaar, zoals het lijk van Mary Lucas, die volgens zeggen vier jaar lang vermist werd. Zij is ergens in de buurt van Reigate gevonden. Wat een ellende allemaal, nietwaar? Het leven kan triest zijn. Ja, werkelijk heel triest. Je weet nooit wat je te wachten staat.'

'Er heeft hier ook nog een ander meisje gewoond dat is vermoord, nietwaar?' zei Miss Marple.

'U doelt op het lichaam waarvan ze eerst dachten dat het Nora Broad was, terwijl het iemand anders bleek te zijn? Ja. Ik ben haar naam nu vergeten. Hope, geloof ik. Hope of Charity. Een van dat soort namen, als u begrijpt wat ik bedoel. In de tijd van koningin Victoria gebruikten ze zulke namen vaak, maar tegenwoordig hoor je ze niet zo veel meer. Woonde in het Manor House. Daar heeft ze enige tijd gewoond nadat haar ouders waren omgekomen.'

'Bij een ongeluk, nietwaar?'

'Ja. Met een vliegtuig dat onderweg was naar Spanje of Italië, een van die landen.'

'En u zegt dat ze toen hier is komen wonen? Waren ze familie van haar?'

'Dat weet ik niet, maar mevrouw Glynne, zoals ze nu heet, was, geloof ik, een heel goede vriendin van haar moeder of zoiets dergelijks. Mevrouw Glynne was in die tijd getrouwd en woonde in het buitenland, maar juffrouw Clotilde, dat is de oudste, de donkere, was heel erg op het meisje gesteld. Ze nam haar mee naar het buitenland, naar Italië en Frankrijk en allerlei andere landen, en liet haar typen en stenograferen leren en zo, en ze mocht ook schilder- en tekenlessen volgen. Juffrouw Clotilde is heel kunstzinnig. O, ze was ontzettend op dat meisje gesteld en haar hart was gebroken toen zij was verdwenen. Heel anders dan juffrouw Anthea.'

'Juffrouw Anthea is de jongste, nietwaar?'

'Ja, en niet helemaal goed bij haar hoofd, zeggen sommigen. Soms zie je haar lopen, in zichzelf pratend, weet u, en op een heel eigenaardige manier met haar hoofd schuddend. Kinderen worden soms wel eens bang van haar. Ze zeggen dat ze een beetje vreemd kan doen. Ik weet het niet. In een dorp hoor je van alles, nietwaar? De oudoom die hier vroeger heeft gewoond, was ook een beetje eigenaardig. Oefende in het schieten met zijn revolver in de tuin. Om geen enkele reden, voor zover men wist. Hij was trots op zijn scherpschutterskunst, zei hij, wat scherpschutterskunst dan ook mag zijn.'

'Maar juffrouw Clotilde is niet eigenaardig?'

'O nee, die is heel slim. Kent Latijn en Grieks, geloof ik. Ze had graag naar een universiteit willen gaan, maar heeft lange tijd voor haar invalide moeder moeten zorgen. Maar ze was heel erg gesteld op juffrouw... hoe heette ze toch ook al weer? Faith, wellicht. Ze was heel erg op haar gesteld en behandelde haar als een dochter. Toen kwam die jongeman - hoe heette hij ook weer? Michael, geloof ik - opdagen en ging dat meisje er op een dag vandoor zonder iets tegen iemand te zeggen. Ik weet niet of juffrouw Clotilde wist dat ze zwanger was.'

'Maar ú wist het wel,' zei Miss Marple.

'Tsja, ik heb heel wat ervaring. Ik weet het meestal wel als een meisje zwanger is. Dat kun je duidelijk genoeg zien. Niet alleen aan de lichaamsvorm, om het maar eens zo te zeggen, maar ook aan de ogen en de manier waarop ze lopen en zitten, de aanvallen van duizeligheid en misselijkheid zo af en toe. O ja, dacht ik bij mezelf, met haar is het ook al zover. Juffrouw Clotilde is erbij gehaald om het lichaam te identificeren. Dat heeft haar bijna gebroken. Weken daarna leek ze een heel andere vrouw te zijn geworden. Ze hield echt van dat meisje.'

'En die ander - juffrouw Anthea?'

'Het is gek, weet u, maar ik vond dat ze voldaan keek, ja, voldaan. Niet zo aardig, hè? De dochter van boer Plummer keek ook zo. Ging altijd kijken wanneer er varkens werden geslacht. Genoot ervan. Er kunnen zich vreemde dingen in families voordoen.'

Miss Marple nam afscheid, zag dat ze nog tien minuten de tijd had en liep naar het postkantoor. Het postkantoor en de grote winkel van Jocelyn St. Mary bevonden zich vlak bij het marktplein.

Miss Marple liep het postkantoor in, kocht een paar postzegels, keek naar een paar ansichtkaarten en besteedde toen aandacht aan verschillende pockets. Een dame van middelbare leeftijd met een nogal zuur gezicht zat achter het loket. Ze hielp Miss Marple een boekje uit het metalen rek te pakken.

'Soms blijven ze wel eens haken, weet u, wanneer mensen ze niet goed terugzetten.'

Er was nu niemand meer in het winkelgedeelte. Miss Marple keek walgend naar de omslag van het boek: een naakt meisje met bloedvlekken op haar gezicht en een sinister ogende moordenaar die met een met bloed bevlekt mes in zijn hand over haar heen gebogen stond.

'Ik houd werkelijk niet van die moderne griezelverhalen,' zei ze.

'Ze gaan inderdaad een beetje ver met sommige omslagen,' zei mevrouw Zuur. 'Niet iedereen vindt ze mooi. Ik zou zeggen dat men tegenwoordig geweldpleging in welke vorm dan ook te leuk vindt.'

Miss Marple pakte een tweede boek. '*Wat is er met baby Jane gebeurd?*,' las ze. 'Hemeltje, we leven in een trieste wereld.'

'O ja, dat weet ik. Gisteren heb ik nog in de krant gelezen dat een vrouw een baby in een kinderwagen voor de deur van een supermarkt had laten staan en dat iemand anders er toen zomaar mee is weggereden. En dat alles voor zover ik weet zonder enige reden. De politie heeft haar gelukkig gevonden. Ze schijnen allemaal hetzelfde te zeggen, of ze nu iets stelen uit een supermarkt, of een baby meenemen. Ze weten niet wat hun bezielde, zeggen ze.'

'Misschien weten ze dat werkelijk niet,' zei Miss Marple.

Mevrouw Zuur keek nog zuurder.

'Het kost me heel erg veel moeite om dat te geloven.'

Miss Marple keek om zich heen. Er was nog steeds niemand in het postkantoor. Ze liep naar de etalage.

'Ik vraag me af of u, als u het niet te druk heeft, een vraag van mij zou kunnen beantwoorden,' zei ze. 'Ik heb iets heel doms gedaan. De laatste jaren maak ik zoveel vergissingen. Het gaat om een pakje dat aan een liefdadigheidsinstelling was geadresseerd. Ik stuur er vaak kleren naartoe – truien en wolletjes voor kinderen. Ik heb alles ingepakt en het pakje geadresseerd en het werd verstuurd, maar vanmorgen besefte ik plotseling dat het adres onjuist was. Ik neem niet aan dat u een lijst bijhoudt van de adressen van de pakjes, maar ik bedacht me dat iemand het zich wellicht toch zou kunnen herinneren. Ik had het moeten adresseren aan de Dockyard and Thames Side Welfare Association.'

Mevrouw Zuur keek nu beslist heel vriendelijk, geroerd door het duidelijke onvermogen van een in haar ogen dementerende Miss Marple.

'Heeft u het zelf hierheen gebracht?'

'Nee, dat heb ik niet gedaan. Ik logeer in The Old Manor House en een van de mensen daar, mevrouw Glynne, meen ik, zei dat zij of haar zuster het wel op de post zou doen. Heel aardig van haar...'.

'Laat me eens nadenken. Dat moet dinsdag zijn geweest, nietwaar? Mevrouw Glynne heeft het niet afgegeven, maar de jongste zuster, juffrouw Anthea.'

'Ja, ja, ik geloof dat het dinsdag was...'

'Ik kan me het nog goed herinneren. Het was een doos van behoorlijke afmetingen, redelijk zwaar, meen ik. Maar wat u zei... de Dockyard Association... dat kan ik me echt niet herinneren. Het pakje was geadresseerd aan de Eerwaarde Mathews – de East Ham Women and Children's Woollen Clothing Appeal.'

'O ja, wat slim van u,' zei Miss Marple, die haar handen zeer opgelucht samenvouwde. 'Nu weet ik hoe ik daarbij gekomen ben. Met Kerstmis heb ik inderdaad het een en ander naar die instelling gestuurd, omdat ze speciaal om gebreide dingen vroegen, dus moet ik het verkeerde adres hebben overgeschreven. Kunt u het adres nog even herhalen?' Ze schreef het nauwkeurig op in een notitieboekje.

'Ik ben wel bang dat het pakje al weg is...'

'Dat hindert niet. Ik zal die mensen schrijven, mijn vergissing duidelijk maken en vragen of ze het naar de Dockyard Association willen doorsturen. Ik dank u heel hartelijk.'

Miss Marple trippelde naar buiten.

Mevrouw Zuur haalde postzegels te voorschijn voor de volgende klant en zei tegen een collega: 'Warhoofdig, die arme stakker. Ik neem aan dat ze voortdurend dergelijke dingen doet.'

Miss Marple liep het postkantoor uit en kwam Emlyn Price en Joanna Crawford tegen.

Ze zag dat Joanna heel bleek was en er volkomen van streek uitzag.

'Ik moet getuigen,' zei ze. 'Ik weet het niet... wat zullen ze me vragen? Ik ben zo bang. Ik... ik vind het zo vervelend. Ik heb het aan de politieagent verteld, ik heb hem verteld wat ik dacht dat we hadden gezien.'

'Maak je geen zorgen, Joanna,' zei Emlyn Price. 'Dit is niets anders dan een gerechtelijk vooronderzoek, weet je. Die arts is een heel aardige man, heb ik me laten vertellen. Hij zal je alleen een paar vragen stellen en dan moet je gewoon vertellen wat je hebt gezien.'

'Jij hebt het ook gezien,' zei Joanna.

'Ja, inderdaad,' zei Emlyn. 'In ieder geval heb ik gezien dat er daar boven iemand was. Bij die grote stenen en zo. Kom nu mee, Joanna.'

'Ze hebben onze hotelkamers doorzocht,' zei Joanna. 'Ze hebben ons eerst toestemming gevraagd, maar ze hadden een bevel tot huiszoeking bij zich. Ze hebben in onze spulletjes en onze bagage gesnuffeld.'

'Ik denk dat ze die geruite trui zochten waarvan jij een beschrijving hebt gegeven. In ieder geval hoef jij je nergens zorgen over te maken. Dat zou wel zo zijn geweest als jij zo'n trui had gehad en dat niet had verteld.'

'Die trui was toch zwart en rood, nietwaar?'

'Ik weet het niet,' zei Emlyn Price. 'Ik ben niet zo goed in kleuren. Het was een felle kleur, dat is eigenlijk het enige dat ik weet.'

'Ze hebben zo'n trui niet gevonden,' zei Joanna. 'Geen van ons heeft uiteindelijk veel meegenomen. Dat doe je niet als je met een bus op reis gaat. Niemand had zo'n soort trui bij zich. Ik heb ook geen van de mensen in onze groep ooit zo'n ding zien dragen. Tot dusverre niet. Jij wel?'

'Nee, maar ik veronderstel... Ik weet niet of ik het zou hebben gezien als dat wel het geval was geweest,' zei Emlyn Price. 'Ik kan rood niet altijd van groen onderscheiden.'

'Je bent een beetje kleurenblind, nietwaar?' zei Joanna. 'Dat is me laatst opgevallen.'

'Hoe bedoel je dat?'

'Mijn rode sjaal. Ik vroeg je of je die had gezien. Je zei dat je ergens een groene sjaal had gezien en toen kwam je aandragen met de rode. Die had ik in de eetzaal laten liggen. Maar je wist niet echt dat die rood was.'

'Ga alsjeblieft niet overal rondbazuinen dat ik kleurenblind ben. Ik vind het niet prettig. Op de een of andere manier stoot het mensen af.'

'Mannen zijn vaker kleurenblind dan vrouwen,' zei Joanna. 'Het heeft met je chromosomen te maken,' voegde ze daar met een air van alwetendheid aan toe. 'Een vrouw is de draagster en geeft het door aan een kind van het mannelijk geslacht.'

'Je doet net alsof we het over de mazelen hebben,' zei Emlyn Price. 'Ziezo, we zijn er.'

'Jij lijkt het niet erg te vinden,' zei Joanna, terwijl ze de trap op liepen.

'In feite vind ik het ook niet erg. Ik heb nog nooit een gerechtelijk vooronderzoek meegemaakt. Alles wat je voor het eerst doet, is nogal interessant.'

Dokter Stokes was een man van middelbare leeftijd, met grijzende haren en een bril. Eerst werden getuigen van de politie gehoord, toen kwamen de medische gegevens aan de orde, met technische details over de verwondingen aan het hoofd en de hersenschudding, die de dood tot gevolg hadden gehad. Mevrouw Sandbourne verschafte details over de busreis, het uitstapje dat voor die bepaalde middag was geregeld, en over het ongeluk. Juffrouw Temple, zei ze, was niet zo jong meer, maar had stevig kunnen doorstappen. Het gezelschap liep over een bekend voetpad rond een heuvel, dat geleidelijk aan omhoog ging naar de oude Moorlandkerk, die oorspronkelijk in de tijd van koningin Elizabeth I was gebouwd maar later was gerestaureerd, waarbij men er ook het een en ander had bijgebouwd. Op een aangrenzende heuvel stond het Bonaventure Memorial. Die klim daarheen was vrij steil en iedereen had zo'n beetje zijn of haar eigen tempo aangehouden. Jongeren bereikten de plaats van bestemming gewoonlijk veel eerder dan wat oudere mensen, zo was haar ervaring. Zij bleef meestal achteraan, zodat ze mensen die te moe werden, zo nodig kon voorstellen om te draaien als ze dat wilden. Juffrouw Temple had gesproken met meneer en mevrouw Butler, zei ze. Hoewel juffrouw Temple de zestig al was gepasseerd, had het langzame tempo van die twee mensen haar ietwat ongeduldig gemaakt, waarna ze zelf sneller verder was gelopen en een hoek om was gegaan, iets dat ze al meerdere malen had gedaan. Ze was geneigd ongeduldig te worden als ze te lang moest wachten op anderen en gaf er de voorkeur aan haar eigen tempo te bepalen. Ze hadden voor hen uit een kreet gehoord en toen waren zij en de anderen snel de bocht om gerend en hadden ze juffrouw Temple op de grond zien liggen. Ze meenden dat een van de grote stenen boven op de heuvel was losgeraakt en naar beneden was gerold en juffrouw Temple had getroffen. Een heel ongelukkig en tragisch ongeval.

'U twijfelde er niet aan dat het een ongeval was?'

'Ik had geen enkele reden om iets anders te denken. Ik kan me nauwelijks voorstellen dat het iets anders geweest kán zijn dan een ongeluk.'

'Heeft u niemand boven u op de heuvel gezien?'

'Nee. Wij liepen over het grote pad, maar natuurlijk lopen mensen boven rond. Ik heb die middag niemand gezien die me in het bijzonder is opgevallen.'

Toen werd Joanna Crawford als getuige gehoord. Nadat ze had gezegd hoe ze heette en hoe oud ze was, vroeg dokter Stokes: 'U liep niet mee met de rest van het gezelschap?'

'Nee, we hadden het pad verlaten en liepen iets hoger op de helling naar boven.'

'U had iemand bij u?'

'Ja, meneer Emlyn Price.'

'Verder liep er niemand met u mee?'

'Nee. We waren aan het praten en bekeken af en toe een bloem. De bloemen daar leken nogal bijzonder. Emlyn is in botanie geïnteresseerd.'

'Kon de rest van het gezelschap u niet zien?'

'Niet voortdurend. Zij liepen over het grote pad, iets onder ons, dus.'

'Heeft u juffrouw Temple gezien?'

'Dat geloof ik wel. Ze liep voor de anderen uit en ik denk dat ik haar de bocht heb zien omgaan, waarna we haar achter de heuvel niet meer konden zien.'

'Heeft u iemand boven u op de heuvel zien lopen?'

'Ja. Te midden van veel grote stenen. Tegen de zijkant van de heuvel liggen veel grote stenen.'

'Ja,' zei dokter Stokes. 'Ik weet precies op welke plaats u doelt. Grote granieten stenen. Mensen noemen die de Hamels, soms ook wel de Grijze Hamels.'

'Ik neem aan dat ze er vanaf een afstandje als schapen uit kunnen zien, maar wij waren er niet zo ver vandaan.'

'En u heeft daar iemand gezien?'

'Ja, iemand die min of meer te midden van die stenen stond, er overheen gebogen.'

'Denkt u dat die persoon tegen de stenen aan het duwen was?'

'Ja, dat dacht ik wel en ik vroeg me af waarom. Hij leek tegen een van de buitenste stenen aan te duwen. Ze waren zo groot en zwaar dat ik de indruk had dat het onmogelijk moest zijn ze van hun plaats te krijgen. Maar de steen waartegen hij of zij aan het duwen was, leek niet zo stevig op zijn plaats te liggen.'

'Eerst had u het over hij, nu zegt u hij of zij, juffrouw

Crawford. Denkt u dat het een man of een vrouw was?'

'Tsja, ik dacht... ik veronderstel... ik veronderstel dat ik dacht dat het een man was, maar in feite heb ik daar op dat moment niet bij stilgestaan. Hij of zij had een trui aan, een soort mannentrui.'

'Welke kleur had die trui?'

'Hij was nogal fel geruit, in rood en zwart. De persoon in kwestie had een soort pet op, waar van achteren nogal lang haar uit kwam. Het leek wel op het haar van een vrouw, maar het kan ook van een man zijn geweest.'

'Dat zal beslist wel,' zei dokter Stokes droog. 'Het identificeren van een mannelijk of vrouwelijk figuur aan de hand van het haar is tegenwoordig zeker niet makkelijk,' ging hij verder. 'Wat is er toen gebeurd?'

'De steen begon te rollen, de rand over, en toen ging hij steeds sneller. Ik zei tegen Emlyn: "O, die rolt helemaal de heuvel af." Toen hoorden we iets als een klap en ik meen ook beneden een kreet te hebben gehoord, maar dat kan ik me ook hebben verbeeld.'

'En toen?'

'Toen zijn we wat verder naar boven gerend, om de heuvel heen, om te zien wat er met de steen was gebeurd.'

'En wat zag u toen?'

'We zagen de steen beneden op het pad, met een lichaam eronder. Toen kwamen er mensen de bocht om gerend.'

'Was juffrouw Temple degene die die kreet had geslaakt?'

'Dat denk ik wel. Maar het kan ook een van de mensen zijn geweest die de bocht om kwamen gerend. O, het was zo... afschuwelijk.'

'Ja, daar twijfel ik niet aan. Wat is er gebeurd met degene die u boven op de heuvel had gezien? Die man of vrouw in die rood-zwart geruite trui? Stond die nog tussen de stenen?'

'Dat weet ik niet, want ik heb die kant niet meer op gekeken. Ik... ik keek naar het ongeluk en rende de heuvel af om te zien of ik iets kon doen. Ik geloof dat ik wel even naar boven heb gekeken, maar toen zag ik niemand meer. Alleen de stenen.'

'Kan het iemand zijn geweest die tot uw reisgezelschap behoorde?'

'O nee. Ik ben er zeker van dat het niemand van ons was. Dat zou ik hebben geweten. Ik bedoel dat ik de kleren zou hebben herkend. Ik weet zeker dat niemand een rood-zwart geruite trui aan had.'

'Dank u, juffrouw Crawford.'

Emlyn Price werd nu opgeroepen. Zijn verhaal was vrijwel identiek aan dat van Joanna.

Verder kwam er niet veel meer boven tafel dat de moeite waard was.

Dokter Stokes concludeerde dat niet duidelijk was geworden hoe Elizabeth Temple aan haar einde was gekomen en bepaalde dat het gerechtelijk vooronderzoek veertien dagen later zou worden voortgezet.

Miss Marple gaat op bezoek

Terwijl ze na het gerechtelijk vooronderzoek terugliepen naar het hotel, zei bijna niemand iets. Professor Wanstead liep naast Miss Marple en omdat zij niet zo snel kon lopen, bleven ze iets achter bij de anderen.

'Wat zal er nu gebeuren?' vroeg Miss Marple uiteindelijk.

'Bedoelt u op juridisch gebied, of ten aanzien van ons?'

'Beide, veronderstel ik, omdat het ene van invloed zal zijn op het andere.'

'Ik neem aan dat de politie het onderzoek zal voortzetten, uitgaande van de verklaring die de twee jonge mensen hebben afgelegd.'

'Ja.'

'Dat is ook nodig. Het gerechtelijk vooronderzoek moest wel worden verdaagd. Je kunt niet verwachten dat de lijkschouwer nu al tot de conclusie dood door ongeluk had kunnen komen.'

'Dat begrijp ik. Wat vond u van de verklaring van die twee jonge mensen?'

Professor Wanstead keek haar vanonder zijn borstelige wenkbrauwen even heel onderzoekend aan.

'Heeft u zo uw eigen ideeën daaromtrent, Miss Marple?

Natuurlijk wisten wij al wat ze zouden gaan zeggen.'

'Ja.'

'U bedoelt dat u graag zou willen weten wat ik van hen vond, en hun gevoelens rond deze kwestie.'

'Het was interessant,' zei Miss Marple. 'Heel interessant. Die rood-zwart geruite trui. Nogal belangrijk, denk ik. Vindt u ook niet? Nogal opvallend.'

'Ja, precies.'

Hij keek haar opnieuw vanonder zijn wenkbrauwen oplettend aan. 'Wat meent u er precies uit te kunnen concluderen?'

'Ik denk dat de beschrijving daarvan voor ons een waardevolle aanwijzing zou kunnen zijn,' antwoordde Miss Marple.

Ze waren bij het hotel. Het was pas een uur of half een en mevrouw Sandbourne stelde voor even iets te drinken voordat ze gingen lunchen. Terwijl sherry en tomatesap en andere drankjes werden geconsumeerd, kwam mevrouw Sandbourne met enige mededelingen.

'Ik heb zowel met de lijkschouwer als met inspecteur Douglas gesproken,' zei ze. 'Omdat het medisch onderzoek is afgerond, zal er morgen om elf uur in de kerk een herdenkingsdienst worden gehouden. Ik zal alles regelen met meneer Courtney, de dominee. Ik denk dat het het beste zou zijn wanneer we de dag daarna onze reis voortzetten. Het programma zal iets worden gewijzigd, omdat we drie dagen hebben verloren, maar ik denk dat een eenvoudige reorganisatie al toereikend is. Ik heb van een paar mensen die tot ons gezelschap behoren gehoord dat zij er de voorkeur aan geven naar Londen terug te keren, waarschijnlijk met de trein. Ik kan de gevoelens die daaraan ten grondslag liggen beslist begrijpen en ik wil niemand van u in enig opzicht trachten te beïnvloeden. Dit sterfgeval is een heel trieste zaak. Ik kan nog steeds niets anders geloven dan dat de dood van juffrouw Temple een ongeluk is geweest. Iets dergelijks is op dat pad al eens eerder gebeurd, hoewel het in dit geval niet lijkt te zijn veroorzaakt door bepaalde geologische of atmosferische omstandigheden. Ik denk dat er nog een heel grondig onderzoek zal moeten worden ingesteld. Natuurlijk kan iemand die bezig was aan een wandeltocht of zoiets dergelijks, heel onschuldig met die stenen hebben gespeeld, zonder te beseffen dat het gevaar kon opleveren voor iemand die beneden op het pad liep. Als dat zo is en die persoon zich meldt, kan alles heel snel worden opgehelderd, maar ik ben het ermee eens als iemand stelt dat we zoiets op dit moment niet als een vaststaand feit kunnen aannemen. Het lijkt onwaarschijnlijk dat wijlen juffrouw Temple een vijand heeft gehad, of dat iemand haar kwaad heeft willen doen. Het onderzoek zal worden uitgevoerd door de plaatselijke autoriteiten, wier werk dat is. Ik denk dat we waarschijnlijk wel allemaal morgen in de kerk de herdenkingsdienst willen bijwonen. Ik hoop dat de voortzetting van de reis ons zal afleiden van de schok die ons aller deel is geworden. Er zijn nog steeds een aantal heel interessante en beroemde huizen te zien, evenals hier en daar werkelijk prachtig natuurschoon.'

Kort daarna kwam de aankondiging dat men aan tafel kon voor de lunch en werd er over het onderwerp niet meer gesproken. Dat wil zeggen: niet openlijk. Toen men na de lunch naar de lounge ging om de koffie te gebruiken, deelde het gezelschap zich vrijwel automatisch in kleinere groepen op om de rest van de reis te bespreken.

'Gaat u ook weer met de bus mee?' vroeg professor Wanstead aan Miss Marple.

'Nee,' zei Miss Marple nadenkend. 'Nee. Ik denk dat alles wat er is gebeurd, me ertoe doet neigen hier nog enige tijd te blijven.'

'In dit hotel of in The Old Manor House?'

'Dat is afhankelijk van de vraag of ik nog een uitnodiging krijg terug te komen naar dat landhuis. Ik wil zelf liever niet met zo'n suggestie komen, omdat ze me oorspronkelijk alleen hadden uitgenodigd voor de twee nachten die ons gezelschap hier zou doorbrengen. Wellicht zou het beter zijn als ik in het hotel bleef logeren.'

'U voelt er niets voor terug te gaan naar St. Mary Mead?'

'Nog niet,' zei Miss Marple. 'Ik denk dat ik hier nog een paar dingen kan doen. Een ding heb ik al gedaan.' Ze zag hem vragend naar haar kijken. 'Als u verder gaat met de rest van het gezelschap zal ik u vertellen waar ik mee bezig ben geweest en u verzoeken een klein nevenonderzoek in te stellen waar we misschien wel wat aan kunnen hebben. De andere reden waarom ik hier wil blijven, zal ik u later meedelen. Ik wil hier ter plaatse enige inlichtingen inwinnen. Misschien dat die nergens toe zullen leiden, dus acht ik het beter daar nu niet op door te gaan. En u?'

'Ik zou graag naar Londen teruggaan. Daar ligt werk op me te wachten. Tenzij ik u natuurlijk hier ergens mee kan helpen?'

'Nee, dat geloof ik op dit moment niet,' antwoordde Miss Marple. 'Ik neem zonder meer aan dat u zelf ook wel het een en ander wilt natrekken.'

'Ik ben met deze reis meegegaan om u te ontmoeten, Miss Marple.'

'En nu u mij heeft ontmoet en weet wat ik weet, of bijna alles wat ik weet, moet u zich met andere dingen bezighouden. Dat begrijp ik. Maar voordat u weggaat zijn er een paar dingen die... die ons zouden kunnen helpen en misschien zelfs resultaat kunnen opleveren.'

'U heeft dus bepaalde ideeën.'

'Ik ben me aan het herinneren wat u heeft gezegd.'

'Heeft u misschien het kwaad geroken?'

'Het is moeilijk om te weten wat iets dat in de sfeer niet klopt, nu in feite precies te betekenen heeft.'

'Maar u voelt aan dat er iets niet klopt?'

'O ja, heel duidelijk.'

'En dat vooral na de dood van juffrouw Temple, die natuurlijk geen ongeluk was, al hoopt mevrouw Sandbourne dan ook het tegendeel.'

'Nee,' zei Miss Marple, 'het was geen ongeluk. Ik geloof niet dat ik u al heb verteld dat juffrouw Temple een keer tegen me heeft gezegd dat ze bezig was met een pelgrimstocht.'

'Interessant,' reageerde professor Wanstead. 'Ja, interessant. Ze heeft u niet gezegd waarheen of naar wie?'

'Nee,' zei Miss Marple. 'Als ze iets langer had geleefd en niet zo zwak was geweest, had ze me dat misschien wel verteld. Maar helaas is ze iets te snel overleden.'

'Dus heeft u daarover geen nadere ideeën.'

'Nee, alleen het zekere gevoel dat er met boze opzet een einde aan haar pelgrimstocht is gemaakt. Iemand wilde voorkomen dat ze haar plaats van bestemming, of de persoon naar wie ze onderweg was, zou bereiken. We kunnen alleen maar hopen dat het toeval of de Voorzienigheid daar licht op zal werpen.'

'Daarom blijft u hier?'

'Niet alleen daarom,' zei Miss Marple. 'Ik wil iets meer te weten komen over een meisje dat Nora Broad heette.'

'Nora Broad?' Hij keek lichtelijk verbaasd.

'Dat andere meisje dat is verdwenen rond dezelfde tijd dat Verity Hunt de dood vond. U zult zich nog wel herinneren dat u die naam heeft laten vallen. Een meisje dat veel vriendjes had en, naar ik heb begrepen, ook heel graag vriendjes wílde hebben. Een dom meisje, maar kennelijk aantrekkelijk voor mannen. Ik denk dat ik wat verder zou kunnen komen wanneer ik iets meer over haar te weten kom.'

'U gaat uw gang maar, inspecteur Marple,' zei professor Wanstead.

De herdenkingsdienst werd de volgende morgen gehouden. Alle deelnemers aan de busreis waren aanwezig. Miss Marple keek in de kerk om zich heen. Sommige dorpsbewoners waren er eveneens, zoals mevrouw Glynne en haar zuster Clotilde. De jongste, Anthea, was er niet. Verder zag Miss Marple een paar mensen die waarschijnlijk uit het dorp zelf afkomstig waren. Ze hadden juffrouw Temple vrijwel zeker niet persoonlijk gekend, maar waren gekomen uit een soort morbide nieuwsgierigheid naar wat nu 'boze opzet' werd genoemd. Er was ook een bejaarde geestelijke. Hij droeg slobkousen en moest volgens Miss Marple een eind in de zeventig zijn: een breedgeschouderde oude man met een nobele bos wit haar. Hij was licht invalide en het knielen en staan kostte hem kennelijk moeite. Hij had een mooi gezicht, meende Miss Marple, en ze vroeg zich af wie hij was. Een oude vriend van Elizabeth Temple, nam ze aan, die wellicht van ver hierheen was gekomen om deze dienst bij te wonen.

Toen ze de kerk uitliepen, wisselde Miss Marple een paar

woorden met haar medereizigers. Ze wist nu vrijwel precies wat iedereen ging doen. De Butlers zouden naar Londen terugkeren.

'Ik heb tegen Henry gezegd dat ik eenvoudigweg niet verder met de bus mee kan gaan,' zei mevrouw Butler. 'Ik heb het gevoel, weet u, dat iemand meteen op ons kan gaan schieten of met stenen gaat smijten als we een hoek om gaan. Iemand die misschien iets tegen de Beroemde Huizen van Engeland heeft.'

'Mamie, rustig nu maar, rustig,' zei meneer Butler. 'Je moet je niet zo door je verbeelding mee laten slepen.'

'Tsja, je weet het tegenwoordig niet meer. Met al die kapers en ontvoerders en zo, voel ik me nergens meer echt veilig.'

De oude juffrouw Lumley en juffrouw Bentham zouden verder met de bus reizen. Zij waren kennelijk niet bang meer.

'We hebben veel voor deze reis betaald en het lijkt jammer iets te missen omdat dit trieste ongeval zich heeft voorgedaan. We hebben gisteren een heel aardige buurvrouw van ons opgebeld en die zal voor de katten zorgen, dus hoeven we ons daar geen zorgen over te maken.'

Juffrouw Lumley en juffrouw Bentham bleven het als een ongeluk zien. Ze hadden geconcludeerd dat dat prettiger was.

Mevrouw Riseley-Porter zou de reis eveneens voortzetten. Kolonel en mevrouw Walker hadden zich vast voorgenomen dat niets hen ervan zou weerhouden een bijzonder zeldzame collectie fuchsia's te bezichtigen in de tuin die men overmorgen zou gaan bekijken. Jameson, de architect, had zich ook laten leiden door zijn wens verschillende gebouwen te zien die hij bijzonder interessant achtte. Meneer Caspar zou echter met de trein vertrekken, zei hij. Juffrouw Cooke en juffrouw Barrow leken nog geen besluit te hebben genomen.

'Je kunt hier in de buurt fraaie wandelingen maken,' zei juffrouw Cooke. 'Ik denk dat we nog een tijdje in dit hotel blijven logeren. Dat bent u toch ook van plan, nietwaar, Miss Marple?'

'Dat denk ik wel. Ik voel me niet echt opgewassen tegen het reizen en zo. Ik denk dat een paar dagen rust me na alles wat er is gebeurd, goed zullen doen.'

Toen ieder zijns weegs ging, koos Miss Marple voor zichzelf een onopvallende route. Uit haar handtasje pakte ze een blaadje dat ze uit haar aantekenboekje had gescheurd en waarop twee adressen stonden. Het eerste was van een zekere mevrouw Blackett, die in een net huisje met een goed onderhouden tuin woonde, op het punt waar de weg de heuvel afging in de richting van het dal. Een kleine, keurig ogende vrouw, deed de deur open.

'Mevrouw Blackett?'

'Ja, ja, mevrouw dat ben ik.'

'Ik vraag me af of ik binnen zou mogen komen om u even te spreken. Ik ben net naar de herdenkingsdienst geweest en voel me een beetje duizelig. Zou ik misschien een paar minuutjes mogen gaan zitten?'

'Mijn hemel, mijn hemel. O, wat vervelend voor u. Komt u maar meteen binnen, mevrouw, komt u maar meteen binnen. Prima. Gaat u zitten. Ik zal een glas water voor u halen, of heeft u soms liever thee?'

'Nee, dank u. Een glas water zal me goed doen,' zei Miss Marple.

Mevrouw Blackett kwam terug met een glas water en het prettige vooruitzicht te kunnen praten over kwaaltjes en duizeligheid en andere dingen.

'Ik heb een neef die er ook wel eens last van heeft, weet u. Dat zou niet moeten op zijn leeftijd, hij is net de vijftig gepasseerd, moet u weten, maar af en toe wordt hij opeens duizelig en als hij dan niet meteen gaat zitten, valt hij zomaar pardoes op de grond. Afschuwelijk is dat. Afschuwelijk. De artsen lijken er niets aan te kunnen doen. Hier heeft u een glas water.'

'Ah,' zei Miss Marple en nam een slokje. 'Ik voel me al veel beter.'

'Dus u bent naar die dienst geweest voor die arme dame die is vermoord, zoals sommigen zeggen, of een ongeluk heeft gehad, zoals anderen beweren. Ik denk dat het iedere keer een ongeluk is geweest. Maar die lijkschouwers willen er tijdens een gerechtelijk vooronderzoek altijd een misdaad van maken.'

'O ja,' zei Miss Marple. 'Ik vind het heel naar dat zich in

het verleden dergelijke dingen zo vaak hebben voorgedaan. Ik heb heel wat gehoord over een meisje dat Nora heette. Nora Broad, meen ik.'

'Ah, Nora. Ja. Ze was de dochter van mijn nicht. Ja, dat is al lang geleden gebeurd. Is weggegaan en nooit meer teruggekomen. Die meisjes zijn niet meer in de hand te houden. Ik heb vaak tegen Nancy Broad - dat is mijn nicht - gezegd - ik zei tegen haar: "Jij bent de hele dag buitenshuis aan het werk." En ik zei: "Wat doet Nora? Je weet dat zij dol is op jongens. Daar zullen problemen van komen," zei ik. "Wacht maar eens af!" En natuurlijk had ik gelijk.'

'U bedoelt...?'

'O, het gebruikelijke probleem. Ja, ze werd zwanger. Ik geloof niet dat mijn nicht Nancy dat al wist. Maar ik ben vijfenzestig en ik weet wat dat is en ik weet hoe een meisje er dan uitziet en ik denk dat ik ook weet wie de vader was, al ben ik daar niet zeker van. Ik kan het mis hebben, omdat hij bleef wonen waar hij woonde en echt van streek leek te zijn toen Nora werd vermist.'

'Is ze weggelopen?'

'Ze heeft een lift van iemand aangenomen, een onbekende. Dat is de laatste keer dat ze is gezien. Ik weet het merk van de auto nu niet meer. Was een rare naam. Een Audit of zoiets dergelijks. In ieder geval was ze al eens eerder in die auto gesignaleerd. Toen is ze vertrokken. Men zei dat het dezelfde auto was waarin dat arme meisje dat werd vermoord, vaak ging rijden. Maar ik geloof niet dat er iets dergelijks met Nora is gebeurd. Als Nora was vermoord, zou het lichaam nu wel gevonden zijn, denkt u ook niet?'

'Dat lijkt zeker waarschijnlijk,' zei Miss Marple. 'Was ze een meisje dat het goed deed op school en zo?'

'Nee, absoluut niet. Ze was lui en niet zo slim. Nee. Vanaf haar twaalfde jaar had ze alleen maar belangstelling voor jongens. Ik denk dat ze er op een gegeven moment gewoon voor altijd met iemand vandoor is gegaan. Maar ze heeft niemand ooit iets van zich laten horen. Ze heeft niet eens een ansichtkaart gestuurd. Ik denk dat ze er vandoor is gegaan met iemand die haar van alles en nog wat had beloofd. U kent dat wel. Een ander meisje dat ik heb gekend – maar dat was in de tijd toen ik nog jong was – is er met een van die Afrikanen vandoor gegaan. Hij zei tegen haar dat zijn vader een sjeek was. Raar soort woord, maar ik geloof dat het een sjeek was. In ieder geval woonde hij ergens in Afrika of Algiers. Ja, het was in Algiers. Daar ergens. En ze zou allerlei prachtige dingen krijgen. Hij had zes kamelen, de vader van die jongen, zei ze, en een heleboel paarden en ze zou in een schitterend huis gaan wonen, met tapijten aan alle muren – een rare plaats voor tapijten. En toen ging ze weg. Drie jaar later kwam ze weer terug. Ja. Ze had een afschuwelijke tijd gehad. Afschuwelijk. Ze hadden in een smerig huisje gewoond, dat van aarde was gemaakt. Ja, echt waar. En bijna niets anders te eten dan wat zij couscous noemen. Ik heb altijd gedacht dat dat een soort sla was, maar dat lijkt niet zo te zijn. Het lijkt wel wat weg te hebben van griesmeelpudding. O, het was afschuwelijk. Uiteindelijk zei hij dat hij niets aan haar had en zich van haar zou laten scheiden. Hij zei dat hij alleen maar drie keer "ik verstoot je" hoefde te zeggen. Dat deed hij en liep weg. Toen heeft de een of andere instelling zich over haar ontfermd en haar terugreis naar Engeland betaald. En daar was ze weer. Maar dat is nu al zo'n dertig of veertig jaar geleden gebeurd. Die affaire met Nora is nu zeven of acht jaar geleden. Maar ik denk dat ze een dezer dagen wel weer terug zal komen, nadat ze haar lesje heeft geleerd en tot de ontdekking is gekomen dat al die mooie beloften niet bewaarheid zijn geworden.'

'Kan ze hier nog naar iemand anders toe, behalve haar moeder, uw nicht, bedoel ik dan? Iemand die...'

'Tsja, er zijn veel mensen vriendelijk voor haar geweest, zoals de bewoners van The Old Manor House. Mevrouw Glynne was er toen niet, maar juffrouw Clotilde was altijd aardig tegen schoolmeisjes. Ja, ze heeft Nora menig leuk cadeautje gegeven. Een keer een heel mooie sjaal en een jurk. Dat was erg aardig van haar. Een zomerjurk van een soort zijde. Ja, juffrouw Clotilde was heel aardig. Ze probeerde Nora meer te interesseren voor haar schoolwerk. En meer van dergelijke dingen. Raadde haar aan haar stijl van leven te veranderen omdat ze... Tsja, weet u, ik zou het liever niet zeggen omdat ze het kind van mijn nicht is, al is ze dan ook alleen mijn nicht omdat ze met mijn neef is getrouwd... maar ik bedoel te zeggen dat het echt verschrikkelijk was zoals ze met jongens omging. Ze ging met iedereen mee. Echt heel triest. Ik denk dat ze op een gegeven moment de straat op zal gaan. Ik geloof niet dat haar een andere toekomst wacht. Ik zeg dergelijke dingen niet graag, maar het is wel zo. In ieder geval is het misschien beter dan te worden vermoord, zoals juffrouw Hunt, die in The Old Manor House woonde. Dat was wreed. Ze dachten dat ze er met iemand vandoor was gegaan en de politie is toen heel druk in de weer geweest. Aldoor vragen stellen, de jongens met wie ze wel eens was gezien inschakelen om te helpen bij het onderzoek. Geoffrey Grant, en Billy Thompson en Harry van de Langfords. Allemaal werkloos, terwijl er meer dan genoeg baantjes waren die ze hadden kunnen aannemen. Toen ik jong was, was dat allemaal heel anders. Toen gedroegen jonge meisjes zich zoals het hoorde. En de jongens wisten dat ze moesten werken als ze iets wilden bereiken.'

Miss Marple zei nog het een en ander, deelde toen mee dat ze zich weer helemaal goed voelde, bedankte mevrouw Blackett en ging weg.

Vervolgens bracht ze een bezoekje aan een meisje dat sla aan het planten was.

'Nora Broad? O, die is al jaren lang niet meer in het dorp gezien. Ze is er met iemand vandoor gegaan. Ze was jongensgek. Ik heb me altijd afgevraagd wat er van haar terecht zou komen. Wilde u haar om een speciale reden spreken?'

'Ik heb een brief van een vriendin uit het buitenland gehad,' loog Miss Marple. 'Een heel aardige familie, en ze denken erover een zekere juffrouw Nora Broad in dienst te nemen. Ik geloof dat ze enigszins in de problemen was gekomen. Ze was met iemand getrouwd die nogal slecht was. Die man had haar verlaten en was er met een andere vrouw vandoor gegaan. Zij wilde een baantje zien te krijgen als kinderverzorgster. Mijn vriendin wist niets van haar af, maar ik heb begrepen dat ze uit dit dorp afkomstig was. Dus vroeg ik me af of er hier iemand was die... tsja, die me iets over haar kon vertellen. Ik heb begrepen dat u samen met haar op school hebt gezeten.'

'O ja, we hebben in dezelfde klas gezeten. Ik was het niet eens met alles wat ze deed, moet u weten. Ze was jongensgek. Ik had zelf een aardige vriend, met wie ik al een tijdje vaste verkering had, en ik heb toen tegen haar gezegd dat ze er voor zichzelf niet goed aan deed met iedere jongeman mee te gaan die haar een lift aanbood of meenam naar een pub, waarbij ze naar alle waarschijnlijkheid over haar leeftijd loog. Ze was een rijp meisje, dat er veel ouder uitzag dan ze was.'

'Donker of blond?'

'Ze had donker haar. Mooi haar ook. Ze liet het altijd loshangen, zoals jonge meisjes dat nogal eens doen.'

'Heeft de politie nog naspeuringen naar haar gedaan, toen ze was verdwenen?'

'Ja. U moet weten dat ze geen briefje had achtergelaten. Ze is op een avond gewoon weggegaan en niet teruggekomen. Mensen hebben gezien dat ze in een auto stapte, maar daarna heeft niemand die auto of haar ooit nog gezien. In die tijd werden er nogal wat moorden gepleegd, weet u. Niet alleen hier, maar overal. De politie heeft heel wat jongemannen verhoord. In die tijd dachten we dat Nora misschien ook wel was vermoord. Maar dat was niet zo. Er was niets met haar aan de hand. Ik denk dat het heel waarschijnlijk is dat ze in Londen of een van die andere grote steden wat geld verdient met strippen of zoiets dergelijks. Zo'n type was ze.'

'Ik geloof niet,' zei Miss Marple, 'dat zij een geschikte kandidate zou zijn voor mijn vriendin, als we het tenminste over dezelfde persoon hebben.'

'Tsja, ze zou wel een beetje moeten veranderen om ervoor in aanmerking te komen,' zei het meisje.

Aartsdeken Brabazon

Toen Miss Marple wat buiten adem en nogal moe bij het hotel terug was, liep de receptioniste naar haar toe om haar te begroeten.

'O, Miss Marple, er is iemand die u wil spreken. Aartsdeken Brabazon.'

'Aartsdeken Brabazon?' Miss Marple keek verbaasd.

'Ja, hij is naar u op zoek geweest. Hij had gehoord dat u deze reis maakte en hij wilde u spreken voordat u was vertrokken, of teruggegaan naar Londen. Ik heb hem gezegd dat sommige leden van uw reisgezelschap in de namiddag met de trein naar Londen terug zouden gaan, maar hij wil u heel, heel graag spreken voordat u vertrekt. Ik heb hem in de televisiekamer laten plaatsnemen. Daar is het op dit moment wat rustiger dan in de andere lounge.'

Enigszins verbaasd liep Miss Marple naar die kamer. Aartsdeken Brabazon bleek de al wat oudere geestelijke te zijn die ze tijdens de herdenkingsdienst had gezien. Hij stond op en liep naar haar toe.

'Miss Marple? Miss Jane Marple?'

'Ja, dat ben ik. U wilde...'

'Ik ben aartsdeken Brabazon. Ik ben hier vanmorgen naartoe gekomen om een dienst bij te wonen voor een heel oude vriendin van me, juffrouw Elizabeth Temple.'

'O ja?' zei Miss Marple. 'Gaat u toch zitten.'

'Dank u. Dat zal ik doen, want ik ben niet meer zo sterk als ik eens ben geweest.' Hij liet zich voorzichtig in een stoel zakken.

'En u...'

Miss Marple ging naast hem zitten.

'U wilde me spreken?' zei ze.

'Ik moet u uitleggen waarom. Ik ben me er volledig van bewust dat ik voor u een volslagen onbekende ben. Ik heb een bezoekje gebracht aan het ziekenhuis in Carristown en daar met de hoofdverpleegster gesproken voordat ik naar de kerkdienst ging. Zij heeft me verteld dat Elizabeth voor ze stierf had gevraagd een medepassagiere te mogen spreken. Miss Jane Marple. En dat Miss Jane Marple haar had bezocht en heel, heel kort voor haar overlijden naast haar bed had gezeten.'

Hij keek haar gespannen aan.

'Ja, dat is zo,' zei Miss Marple. 'Het verbaasde me dat verzoek te krijgen.'

'Bent u een oude vriendin van haar?'

'Nee. Ik heb haar pas tijdens deze reis leren kennen. Daarom was ik zo verbaasd. We hadden wel eens van gedachten gewisseld en in de bus af en toe naast elkaar gezeten, waardoor we elkaar vrij aardig hadden leren kennen. Maar het verbaasde me dat ze mij wilde zien toen ze zo ziek was.'

'Ja. Ja, dat kan ik me heel goed voorstellen. Ze was, zoals ik al heb gezegd, een heel oude vriendin van me. In feite was ze van plan mij te bezoeken. Ik woon in Fillminster en daar zal uw bus overmorgen stoppen. Ze wilde me spreken over verschillende zaken waarbij ik haar zou kunnen helpen, meende ze.'

'O. Mag ik u eens iets vragen? Ik hoop dat het geen te intieme vraag is.'

'Natuurlijk, Miss Marple. Vraagt u maar.'

'Een van de dingen die juffrouw Temple tegen me heeft gezegd, was dat ze niet alleen met deze reis mee was gegaan om historische huizen en tuinen te bezichtigen. Ze beschreef deze reis met een nogal ongewoon woord, namelijk als een pelgrimstocht.'

'O ja? Werkelijk?' zei aartsdeken Brabazon. 'Ja, dat is interessant. Interessant en wellicht veelbetekenend.'

'Wat ik u wil vragen, is of u denkt dat ze met dat woord pelgrimstocht doelde op dat bezoek aan u.'

'Dat moet haast wel,' zei de aartsdeken. 'Ja, dat denk ik wel.'

'We hadden gesproken over een jong meisje, dat Verity heette,' zei Miss Marple.

'O ja. Verity Hunt.'

'Ik kende haar achternaam niet. Ik geloof dat juffrouw Temple alleen met Verity aan haar heeft gerefereerd.'

'Verity Hunt is dood,' zei de aartsdeken. 'Ze is al heel wat jaren geleden overleden. Wist u dat?'

'Ja,' zei Miss Marple. 'Dat wist ik. Juffrouw Temple en ik hebben het over haar gehad. Juffrouw Temple heeft me iets verteld dat ik niet wist. Ze zei dat ze verloofd was geweest met de zoon van een zekere meneer Rafiel. Meneer Rafiel is, of ik zou eigenlijk moeten zeggen was, een vriend van me. Meneer

Rafiel is zo vriendelijk geweest deze reis voor me te betalen. Ik denk dat hij wilde, dat het misschien zelfs wel zijn bedoeling was, dat ik juffrouw Temple tijdens deze reis zou ontmoeten. Ik denk dat hij dacht dat zij me bepaalde inlichtingen kon verstrekken.'

'Inlichtingen over Verity?'

'Ja.'

'Daarom wilde ze mij spreken. Ze wilde bepaalde feiten horen.'

'Ze wilde weten waarom Verity haar verloving met de zoon van meneer Rafiel had verbroken.'

'Verity heeft die verloving níet verbroken,' zei aartsdeken Brabazon. 'Daar ben ik zeker van. Zo zeker als je maar van iets kunt zijn.'

'Dat wist juffrouw Temple niet?'

'Nee. Ik denk dat ze verbaasd was over wat er was gebeurd en me wilde vragen waarom dat huwelijk niet had plaatsgevonden.'

'En waarom heeft het niet plaatsgevonden?' vroeg Miss Marple. 'Denkt u alstublieft niet dat ik ongepast nieuwsgierig ben. Ik word niet gemotiveerd door nieuwsgierigheid omwille van de nieuwsgierigheid. Ik ben ook bezig met - geen pelgrimstocht - maar wel het uitvoeren van een missie. Ook ik wil weten waarom Michael Rafiel en Verity Hunt niet met elkaar zijn getrouwd.'

De aartsdeken nam haar even heel aandachtig op.

'U bent er op de een of andere manier bij betrokken,' zei hij. 'Dat kan ik zien.'

'Ik ben erbij betrokken door een wens die de vader van Michael vlak voor zijn dood heeft uitgesproken. Hij heeft me gevraagd dit voor hem te doen.'

'Ik heb geen reden u niet alles te vertellen wat ik weet,' zei de aartsdeken langzaam. 'U vraagt me hetzelfde dat Elizabeth Temple me zou hebben gevraagd. U vraagt me iets dat ik zelf niet weet. Die twee jonge mensen, Miss Marple, waren vast van plan te trouwen. Ze hadden daar al alles voor geregeld. Ik zou het huwelijk sluiten. Ik meende destijds te hebben begrepen dat het huwelijk geheim zou worden gehouden. Ik kende beide jonge mensen. Ik kende dat lieve kind Verity al heel lang. Ik heb haar voorbereid op haar aanneming. Ik heb diensten geleid op de school van Elizabeth Temple, moet u weten. Een heel goede school. En een bijzondere vrouw. Een geweldige docente, die heel scherp aanvoelde wat de capaciteiten van een leerling waren. Ze drong er bij meisjes die carrière wilden maken op aan dat ook te doen, maar dwong meisjes die daar niet geschikt voor waren, er niet toe. Ze was een geweldige vrouw en een heel dierbare vriendin. Verity was een van de allermooiste kinderen - meisjes, beter gezegd - die ik ooit heb ontmoet. Ook mooi in geestelijk opzicht, niet alleen qua uiterlijk. Ze had de grote pech haar ouders te verliezen voordat ze echt volwassen was. Nadat Verity de school had verlaten, is ze bij een zekere juffrouw Clotilde Bradbury-Scott gaan wonen, van wie u waarschijnlijk wel zult weten dat ze hier woont. Zij was een goede vriendin van Verity's moeder. Er zijn drie zusters, hoewel de tweede getrouwd was en in het buitenland woonde, dus woonden er hier slechts twee. Clotilde, de oudste, raakte heel erg gehecht aan Verity. Ze deed al het mogelijke om haar een gelukkig leven te geven. Ze heeft haar een paar maal meegenomen naar het buitenland, in Italië mocht ze teken- en schilderlessen volgen en ze hield in alle opzichten heel veel van het meisje. Verity ging ook veel van haar houden, waarschijnlijk net zoveel als ze dat van haar eigen moeder zou hebben gedaan. Ze was afhankelijk van Clotilde. Clotilde was een intellectuele en goed geschoolde vrouw. Ze drong bij Verity niet op een universitaire opleiding aan, maar ik meen dat dat kwam omdat Verity zoiets zelf niet echt ambieerde. Zij gaf de voorkeur aan het bestuderen van kunst en muziek en dergelijke dingen meer. Ze woonde hier in The Old Manor House en leidde, denk ik, een heel gelukkig leven. Ze leek altijd gelukkig. Natuurlijk heb ik haar niet meer gezien nadat ze hierheen was gegaan, want Fillminster, waar ik aan de kathedraal verbonden ben, ligt ruim negentig kilometer hiervandaan. Ik heb haar geschreven rond Kerstmis en andere feestdagen en zij stuurde me ook altijd een kerstkaart. Maar ik had haar niet meer gezien tot ze op een dag opeens voor mijn neus stond, een mooie, volwassen vrouw, samen met een aantrekkelijke jongeman die ik toevallig vaag kende: Michael, de zoon van meneer Rafiel. Ze waren naar me toe gekomen omdat ze van elkaar hielden en wilden trouwen.'

'En u heeft er in toegestemd dat huwelijk te sluiten?'

'Ja, inderdaad. Misschien vindt u, Miss Marple, dat ik dat niet had moeten doen. Het was duidelijk dat niemand wist dat ze naar mij toe waren gegaan. Ik denk zo dat Clotilde Bradbury-Scott die romance niet direct heeft aangemoedigd en daar had ze beslist reden toe. Michael Rafiel, zal ik u maar eerlijk zeggen, was niet het soort echtgenoot dat je je dochter of een ander familielid zou toewensen. Ze was eigenlijk nog te jong om zo'n belangrijke beslissing te kunnen nemen en Michael had vanaf zijn jongensjaren voortdurend voor problemen gezorgd. Hij had al eerder voor kinderrechters moeten verschijnen, hij had vrienden die niet deugden, hij was bij verschillende gangsteractiviteiten betrokken geweest, had gebouwen en telefooncellen vernield. Hij had met meer meisjes een intieme verhouding gehad en moest voor enige kinderen alimentatie betalen. Ja, ook ten aanzien van vrouwen deugde hij niet, maar hij was wel heel erg aantrekkelijk en de meisjes vielen voor hem en gingen zich dan extreem dwaas gedragen. Hij had tweemaal een korte gevangenisstraf moeten uitzitten, dus hij had een strafblad. Ik kende zijn vader, hoewel niet goed, en ik denk dat zijn vader alles wat een man met zijn karakter kon doen, voor zijn zoon heeft gedaan. Hij schoot hem te hulp, zorgde voor baantjes waar hij echt een succes van had kunnen maken. Hij betaalde zijn schulden en vergoedde door hem aangerichte schade. Dat alles heeft hij gedaan. Ik weet niet...'

'U denkt dat hij meer had kunnen doen?'

'Nee,' zei de aartsdeken. 'Ik ben nu op een leeftijd dat ik weet dat je je medemensen moet accepteren zoals ze zijn, omdat hun karakter is gevormd door de genen die ze hebben. Ik geloof niet dat meneer Rafiel affectie koesterde voor zijn zoon, of ooit veel om hem had gegeven. Je zou op zijn best kunnen zeggen dat hij redelijk op hem was gesteld. Liefde heeft hij hem niet gegeven. Ik weet niet of het beter voor Michael zou zijn geweest als hij wel liefde van zijn vader had gekregen. Misschien zou het geen verschil hebben uitgemaakt. Het was triest. De jongen was niet stom. Hij had beslist wel een zekere intelligentie en talent. Hij zou wat van zijn leven hebben kunnen maken als hij dat echt had gewild en er moeite voor had gedaan. Maar hij was van nature - laten we dat maar eerlijk toegeven - een delinquent. Hij had bepaalde kwaliteiten die je kon waarderen. Hij had gevoel voor humor, hij was op verschillende terreinen vrijgevig en vriendelijk. Hij was bereid een vriend door dik en dun te steunen en uit de puree te halen. Hij behandelde zijn vriendinnen slecht en bracht hen in de problemen, zoals de volksmond dat noemt, waarna hij hen min of meer in de steek liet en aan een verhouding met een ander begon. Dus daar stonden die twee jonge mensen voor mijn neus en ik stemde er inderdaad in toe hun huwelijk te sluiten. Ik heb Verity volkomen duidelijk te verstaan gegeven met wat voor een jongeman ze zou trouwen en merkte toen dat hij in geen enkel opzicht had geprobeerd haar iets voor te liegen. Hij had haar verteld dat hij voortdurend problemen met de politie had en wat al niet meer. Hij had haar gezegd dat hij na hun huwelijk met een schone lei zou beginnen. Dat alles dan anders zou worden. Ik heb haar gewaarschuwd en voorgehouden dat dat beslist niet zou gebeuren, dat hij niet zou veranderen. Mensen veranderen niet, al had hij het zich wellicht wel voorgenomen. Ik denk dat Verity dat bijna even goed wist als ik. Ze heeft zelf toegegeven dat ze het wist. Ze zei: "Ik weet hoe Mike is. Ik weet dat hij waarschijnlijk altijd zo zal blijven, maar ik houd van hem. Misschien dat ik hem kan helpen, misschien ook niet. Dat risico wil ik nemen." Ik zal u het volgende zeggen, Miss Marple. Ik heb veel jonge mensen gekend en veel jonge mensen in de echt verbonden wier huwelijk later misging of juist steeds beter werd, maar ik kan het zien wanneer twee mensen echt van elkaar houden, en dan doel ik niet alleen op seksuele aantrekkingskracht. Er wordt te veel over sex gepraat. Er wordt te veel aandacht aan besteed. Ik wil niet zeggen dat sex verkeerd is. Dat is onzin. Maar sex kan niet de plaats van liefde innemen, het hoort bij de liefde, maar op zichzelf betekent het niets. Twee mensen moeten van elkaar houden, in voor- en tegenspoed, zoals we tijdens een huwelijksplechtigheid ook zeggen. Die twee mensen hielden van elkaar. En dat is het einde van mijn verhaal. Ik kan niet verder gaan, omdat ik *niet weet wat er is gebeurd*. Ik weet alleen dat ik bereid was te voldoen aan hun verzoek hen in de echt te verbinden en dat ik daar de noodzakelijke regelingen voor had getroffen. We hadden een dag, een uur en een plaats afgesproken. Misschien kan het me kwalijk worden genomen dat ik akkoord ben gegaan met die geheimhouding.'

'Ze wilden niet dat iemand het wist?' vroeg Miss Marple.

'Nee. Verity wilde niet dat iemand het zou weten en Mike wilde dat heel beslist al evenmin. Ze waren bang dat iemand er een stokje voor zou steken. Ik denk dat Verity niet alleen van die jongeman hield, maar ook wilde ontsnappen. Ik denk dat dat, gegeven haar omstandigheden, iets heel natuurlijks was. Ze had haar ouders verloren, ze was na hun dood aan een nieuw leven begonnen op een leeftijd dat een schoolmeisje voor het eerst "stapel" op iemand kan worden. Een aantrekkelijke docente, of een ouder meisje. Zoiets duurt nooit lang en is slechts een natuurlijk onderdeel van het leven. Daarna ga je door naar een volgende fase en besef je dat je wat je in je leven hebben wilt, zelf moet aanvullen. Een relatie tussen een man en een vrouw. Dan begin je op zoek te gaan naar een partner. Een partner met wie je je leven wilt delen. En als je verstandig bent, neem je daar de tijd voor, heb je vrienden, maar ben je wel zoekend naar de ware Jakob. Clotilde Bradbury-Scott is uitzonderlijk goed voor Verity geweest en ik denk dat Verity haar als een heldin heeft aanbeden. Als vrouw was ze een persoonlijkheid. Knap, veelzijdig, interessant. Ik denk dat Verity haar op een bijna romantische manier aanbad en dat Clotilde van Verity is gaan houden alsof ze haar eigen dochter was. Dus werd Verity volwassen binnen een sfeer van adoratie, leefde ze een interessant leven met interessante onderwerpen die haar intellect konden stimuleren. Het was een gelukkig leven, maar ik denk dat ze zich beetje bij beetje bewust werd van de wens te ontsnappen – zich daarvan bewust werd zonder echt te weten dat ze zich daarvan bewust werd, als u begrijpt wat ik bedoel. Ontsnappen aan de liefde die haar werd gegeven. Maar ze wist niet waarhéén ze zou moeten ontsnappen, noch waarin. Maar nadat ze Michael had leren kennen, wist ze dat wel. Ze wilde ontsnappen naar een leven waarin mannen en vrouwen samenkomen om het volgende levensstadium op deze wereld te scheppen. Ze wist echter ook dat ze Clotilde nooit duidelijk zou kunnen maken wat ze voelde. Ze wist dat Clotilde zich bitter zou verzetten tegen het feit dat ze haar liefde voor Michael zo serieus nam. Ik ben bang dat Clotilde daarin gelijk had... Dat weet ik nu. Hij was geen geschikte echtgenoot voor Verity. De weg die ze was opgegaan, leidde niet naar een intenser beleefd leven en geluk. Wel naar verdriet en de dood. U merkt, Miss Marple, dat ik me schuldig voel. Mijn beweegredenen waren zuiver, maar ik wist niet wat ik had moeten weten. Ik kende Verity, *maar Michael kende ik niet*. Ik begreep Verity's verlangen om alles geheim te houden, omdat ik wist hoe een sterke persoonlijkheid Clotilde Bradbury-Scott was. Ze had zo'n sterke invloed op Verity dat de kans groot was dat ze haar ertoe had kunnen overhalen van dat huwelijk af te zien.'

'Denkt u dat ze dat ook inderdaad heeft gedaan? Denkt u dat Clotilde haar voldoende over Michael heeft verteld om haar ertoe te brengen dat idee met hem te trouwen op te geven?'

'Nee, dat geloof ik níet, want dat zou Verity me beslist hebben verteld. Dat zou ze me op de een of andere manier hebben laten weten.'

'Wat is er op die dag precies gebeurd?'

'We hadden een dag, een tijdstip en een plaats afgesproken en ik wachtte. Ik wachtte op een bruid en een bruidegom die niet verschenen, me geen bericht stuurden, geen excuses maakten, niets. Ik vind dat nog steeds zo ongelooflijk. Niet ongelooflijk, bedoel ik, dat ze niet kwamen opdagen, want daar zou beslist wel een verklaring voor te geven zijn geweest, maar dat ze helemaal niets van zich lieten horen. Daarom hoopte ik dat Elizabeth Temple ú voor haar dood misschien iets had verteld. U misschien een boodschap voor mij had gegeven. Als ze wist, of vermoedde dat ze ging sterven, had ze misschien een boodschap aan mij willen doorgeven.'

'Ze wilde informatie *van* u hebben,' zei Miss Marple. 'Ik ben er zeker van dat ze u daarom wilde spreken.'

'Ja, ja, dat zal waarschijnlijk wel zo zijn. Ik had de indruk, moet u weten, dat Verity niets had gezegd tegen de mensen die haar hadden kunnen tegenhouden, Clotilde en Anthea Bradbury-Scott, maar er wel iets over had geschreven naar Elizabeth Temple, omdat ze altijd heel erg op haar gesteld was geweest en Elizabeth Temple een grote invloed op haar had.'

'Ik denk dat ze dat ook heeft gedaan.'

'Wat zou ze hebben geschreven?'

'Dat ze met Michael Rafiel ging trouwen. Dat wist juffrouw Temple. Het was een van de dingen die ze tegen me heeft gezegd. Ze zei dat ze een meisje had gekend dat Verity heette en met Michael Rafiel zou trouwen. De enige die haar dat heeft kunnen vertellen, is Verity zelf. Toen ik haar vroeg waarom ze niet met hem getrouwd was, antwoordde ze dat ze was gestorven.'

'Dan kunnen we niet verder komen,' zei aartsdeken Brabazon en zuchtte. 'Elizabeth en ik kenden alleen die twee feiten. Elizabeth wist dat Verity met Michael zou gaan trouwen. Ik wist dat die twee zouden gaan trouwen, dat ze alles hadden geregeld en dat er al een datum was vastgesteld. Ik wachtte op hen, maar ze kwamen niet opdagen. Geen bruid, geen bruidegom, geen bericht.'

'En u heeft er geen idee van wat er is gebeurd?'

'Ik geloof absoluut niet dat Verity of Michael hun verloving hebben verbroken.'

'Maar er moet tussen hen toch íets zijn gebeurd. Misschien iets waardoor Verity de ogen werden geopend voor bepaalde aspecten van Michaels karakter en persoonlijkheid die haar tot dan toe nog niet bekend waren.'

'Dat is geen bevredigend antwoord, want ook dan zou ze me een berichtje hebben gestuurd. Dan had ze me niet tevergeefs laten wachten om hen in de echt te verbinden. Ze was een goed opgevoed meisje, met uitstekende manieren. Ze zou me een berichtje hebben gestuurd. Nee, ik ben bang dat er slechts van één ding sprake kan zijn geweest.'

'De dood?' zei Miss Marple. Ze herinnerde zich dat ene woord dat Elizabeth Temple had uitgesproken en dat had geklonken als het luiden van een grote, zware klok.

'Ja,' zei aartsdeken Brabazon met een zucht. 'De dood.'

'Liefde,' zei Miss Marple nadenkend.

'Bedoelt u daarmee...' Hij aarzelde.

'Dat zei juffrouw Temple tegen me. Ik vroeg haar waardoor ze dood was gegaan en toen antwoordde zij met "liefde". Ze zei dat liefde het meest angstaanjagende woord ter wereld was. Het meest angstaanjagende woord.'

'Ik begrijp het,' zei de aartsdeken. 'Of in ieder geval denk ik dat ik het begrijp.'

'Hoe luidt uw verklaring dan?'

'Een gespleten persoonlijkheid.' Hij zuchtte. 'Iets dat andere mensen, die niet technisch geschoold zijn, niet opvalt. Jekyll en Hyde bestaan echt, weet u. Ze zijn niet uitgevonden door Stevenson. Michael Rafiel was een... Hij moet schizofreen zijn geweest. Ik ben medisch niet geschoold en heb geen ervaring met psycho-analyse, maar hij moet twee identiteiten in zich hebben gehad. De ene een goedbedoelende, bijna aardige jongen, een jongen die er waarschijnlijk intens naar verlangde gelukkig te worden. Maar er was ook een tweede persoonlijkheid, iemand die misschien werd geleid door een geestelijke afwijking en zich geroepen voelde te doden, geen vijand, maar iemand van wie hij hield: Verity. Hij wist misschien zelf niet eens waaróm hij dat moest doen, of wát het betekende. In die wereld van ons bestaan heel angstaanjagende dingen, geestesziekten of een hersenafwijking. Een van mijn parochianen was daar een triest voorbeeld van. Twee bejaarde dames woonden samen, gepensioneerd en wel. Ze waren al vriendinnen vanaf de tijd dat ze ergens samen hadden gewerkt. Ze leken gelukkig. Toch heeft de een op een dag de ander vermoord. Ze liet een oude vriend komen, de dominee van haar parochie, en zei: "Ik heb Louisa gedood. Het is heel triest," zei ze, "maar ik zag de duivel in haar ogen en ik wist dat ik opdracht kreeg haar te doden." Door dergelijke gebeurtenissen ga je soms wanhopen aan het leven. Je vraagt je af waarom en hoe, en op een dag zal dat ook bekend zijn. Artsen zullen een kleine afwijking aan een chromosoom of een gen ontdekken. Een klier die te sterk werkt, of juist niet meer werkt.'

'Dus u denkt dat dat is gebeurd?' vroeg Miss Marple.

'Ja. Ik weet dat het enige tijd heeft geduurd voordat het lichaam werd gevonden. Verity verdween gewoon. Ze ging van huis weg en werd niet meer gezien...'

'Maar het moet tóen zijn gebeurd, op die dag.'

'Tsja, maar tijdens het proces...'

'U bedoelt nadat het lichaam was gevonden, toen de politie Michael uiteindelijk arresteerde?'

'Hij was een van de eersten, moet u weten, die het verzoek kregen de politie te helpen. Hij was in het gezelschap van het meisje gezien, men had haar in zijn auto gesignaleerd. Ze waren er van het begin af aan in feite zeker van dat hij de man was die ze hebben moesten. Hij was hun eerste verdachte en ze zijn hem altijd blijven verdenken. De andere jongemannen die Verity hadden gekend, zijn eveneens ondervraagd en ze hadden allemaal een alibi, of er kon geen bewijsmateriaal worden gevonden dat tegen hen pleitte. Ze bleven Michael verdenken en toen werd het lichaam uiteindelijk gevonden. Gewurgd en het hoofd en gezicht verminkt door zware slagen. Je zou kunnen stellen dat meneer Hyde het heft in handen had genomen.'

Miss Marple rilde.

De aartsdeken ging verder, met een lage, trieste stem. 'Toch hoop ik soms nu nog af en toe dat een ándere jongeman haar heeft vermoord, en heb ik ook dat gevoel. Iemand die geestelijk beslist niet in orde was, hoewel niemand daar een idee van had. Een onbekende misschien, die ze in de buurt had leren kennen. Iemand die ze toevallig had ontmoet, die haar een lift in zijn auto had gegeven en toen...' Hij schudde zijn hoofd.

'Ik veronderstel dat het zo gegaan zou kunnen zijn,' zei Miss Marple.

'Mike maakte in de rechtszaal een slechte indruk,' zei de aartsdeken. 'Hij heeft dwaze en zinloze leugens gedebiteerd.

Leugens over waar zijn auto was geweest. Hij had vrienden ertoe overgehaald hem onmogelijke alibi's te verschaffen. Hij was bang en heeft niets gezegd over zijn trouwplannen. Ik geloof dat zijn advocaat meende dat dat tegen hem zou pleiten – dat ze hem wellicht tot een huwelijk had willen dwingen en dat hij dat niet had gewild. Het is nu zo lang geleden dat ik me de details niet meer kan herinneren. Maar het bewijsmateriaal sprak ronduit tegen hem. Hij was schuldig en hij zag er schuldig uit.

U ziet, Miss Marple, dat ik een heel trieste en ongelukkige man ben. Ik heb een verkeerd besluit genomen. Ik heb een heel lief en mooi meisje aangemoedigd haar dood tegemoet te gaan, omdat ik de menselijke natuur niet voldoende kende. Ik was me niet bewust van het gevaar dat er voor haar dreigde. Ik geloofde dat ze, als ze bang van hem was, of zich opeens bewust was geworden van iets kwaads in hem, de verloving zou hebben verbroken en naar mij toe zou zijn gekomen om me te vertellen over haar angst, of over hetgeen ze te weten was gekomen. Maar zoiets is nooit gebeurd. Waarom heeft hij haar vermoord? Heeft hij haar vermoord omdat hij misschien wist dat ze in verwachting was? Omdat hij al aan een verhouding met een ander meisje was begonnen en er niet toe wilde worden gedwongen met Verity te trouwen? Dat kan ik niet geloven. Of was er sprake van een heel andere reden? Was zíj opeens erg bang van hem geworden, wist ze dat ze van zijn kant gevaar te duchten had, en had ze daarom de verloving verbroken? Is hij daardoor boos, woedend, geworden met als gevolg dat hij gewelddadig werd en haar heeft vermoord? Het antwoord op die vragen kan niet worden gegeven.'

'Maar u weet en gelooft nog wel in één ding, nietwaar?' zei Miss Marple.

'Wat bedoelt u precies als u "gelooft" zegt? Spreekt u vanuit een godsdienstig standpunt?'

'O nee, zeker niet. Ik bedoel dat u naar mijn idee nog altijd heel sterk gelooft dat die twee van elkaar hielden en met elkaar hadden moeten trouwen, maar dat er íets is gebeurd dat daar een stokje voor stak. Iets dat haar dood tot gevolg heeft gehad. Maar u gelooft nog steeds echt dat ze die dag van plan waren naar u toe te komen om te trouwen?'

'Inderdaad. Ja, ik geloof nog steeds dat die twee gelieven wilden trouwen en bereid waren onder alle omstandigheden hun leven met elkaar te blijven delen. Ze hield van hem, met al zijn goede en zijn slechte eigenschappen, en die laatste zijn haar fataal geworden.'

'Dat moet u blijven geloven,' zei Miss Marple. 'Weet u, ik denk dat ík het ook geloof.'

'Maar?'

'Ik weet het nog niet zeker,' reageerde Miss Marple. 'Ik ben er niet zeker van, maar ik denk dat Elizabeth Temple wist, of begon te weten, wat er was gebeurd. Een angstaanjagend woord, zei ze. *Liefde*. Toen ze dat woord uitsprak, dacht ik dat ze bedoelde dat Verity wegens een liefdesaffaire zelfmoord had gepleegd. Omdat ze iets over Michael te weten was gekomen, of omdat iets aan Michael haar opeens van streek had gemaakt en tegen was gaan staan. Maar het kan geen zelfmoord zijn geweest.'

'Nee,' zei de aartsdeken. 'Dat is onmogelijk. Tijdens het proces zijn de verwondingen zeer uitgebreid besproken. Je pleegt geen zelfmoord door je eigen hoofd in te slaan.'

'Afschuwelijk!' zei Miss Marple. 'Afschuwelijk! En je zou dat iemand van wie je houdt, ook niet kunnen aandoen, zelfs als je "uit liefde" meende te moeten doden, nietwaar? Als hij haar had vermoord, zou hij het niet op die manier hebben gedaan. Wurgen... misschien, maar je kunt beslist niet het hoofd verminken van iemand van wie je hield. Liefde, liefde, een angstaanjagend woord,' mompelde ze.

Er wordt afscheid genomen

De bus stond de volgende morgen voor het hotel. Miss Marple was naar beneden gekomen en nam afscheid van verschillende vrienden. Mevrouw Riseley-Porter bleek hoogst verontwaardigd te zijn.

'Die jongemeisjes van tegenwoordig hebben werkelijk geen

ruggegraat en uithoudingsvermogen meer!'

Miss Marple keek haar vragend aan.

'Joanna, bedoel ik. Mijn nichtje.'

'Hemeltje. Is ze ziek?'

'Dat zegt ze, maar ik kan niet zien dat er iets bijzonders met haar aan de hand is. Ze zegt dat ze een zere keel heeft en aanvoelt dat ze straks koorts zal krijgen. Onzin allemaal, vind ik.'

'Wat vervelend,' zei Miss Marple. 'Kan ik iets doen? Voor haar zorgen of zo?'

'Als ik u was, zou ik haar alleen laten,' zei mevrouw Riseley-Porter. 'Als u het mij vraagt, is het alleen maar een smoesje.'

Miss Marple keek haar nogmaals vragend aan.

'Meisjes zijn zo dom. Worden altijd verliefd.'

'Emlyn Price?' zei Miss Marple.

'O, dus dat is u ook opgevallen. Ja, ze lijken het erg goed met elkaar te kunnen vinden. Ik ben niet bijzonder op hem gesteld. Een van die langharige studenten. Gaan altijd wel ergens voor demonstreren. En hoe moet ík het nu verder redden? Niemand om voor me te zorgen en mijn bagage naar binnen en naar buiten te sjouwen. Nu vraag ik u! En dat terwijl ik voor deze reis heb betaald.'

'Ik vond haar heel attent jegens u,' zei Miss Marple.

'De laatste paar dagen is dat niet meer zo. Meisjes begrijpen niet dat mensen best wat hulp kunnen gebruiken wanneer ze de middelbare leeftijd hebben bereikt. Ze lijken het absurde idee te hebben - zij en die jongeman Price - om naar de een of andere berg te gaan. Een wandeling van zo'n kilometer of twaalf.'

'Maar als ze een zere keel heeft, en koorts...'

'Zodra de bus is vertrokken, zult u zien dat die zere keel over is en de koorts zakt,' zei mevrouw Riseley-Porter. 'Mijn hemel, we moeten nu instappen. Tot ziens, Miss Marple, het is leuk u te hebben leren kennen. Het spijt me dat u niet met ons mee reist.'

'Dat spijt mij ook heel erg,' zei Miss Marple, 'maar ik ben niet zo jong en sterk meer als u, mevrouw Riseley-Porter, en ik vind echt dat ik na de schok en al het overige dat er de afgelopen dagen is gebeurd, vierentwintig uur lang volledig rust moet houden.'

'Ik hoop u in de toekomst nog eens te zien.'

Ze gaven elkaar een hand en mevrouw Riseley-Porter stapte de bus in.

Een stem achter de schouder van Miss Marple zei: '*Bon voyage* en opgeruimd staat netjes.'

Ze draaide zich om en zag Emlyn Price staan. Hij grinnikte.

'Waren die woorden gericht aan het adres van mevrouw Riseley-Porter?'

'Ja. Aan wie anders?'

'Het spijt me te horen dat Joanna zich vanmorgen niet zo lekker voelt.'

Emlyn Price grinnikte Miss Marple weer toe.

'Zodra die bus weg is, zal er met haar niets meer aan de hand zijn.'

'Werkelijk? Bedoelt u...?'

'Ja. Joanna heeft genoeg van die tante van haar, die haar voortdurend aan het commanderen is.'

'Dus u gaat ook niet met de bus mee?'

'Nee. Ik blijf nog een paar dagen hier. Wat wandelen en een paar excursies maken. Miss Marple, u moet niet zo afkeurend kijken. Zo sterk keurt u dit toch ook weer niet af?'

'Tsja,' zei Miss Marple. 'Ik heb dergelijke dingen in mijn jeugd ook wel eens meegemaakt. Misschien dat er toen andere excuses werden verzonnen en ik denk dat de kans op succes voor ons minder groot was dan tegenwoordig.'

Kolonel en mevrouw Walker kwamen aangelopen en schudden Miss Marple hartelijk de hand.

'Zo prettig u te hebben leren kennen. Ik heb genoten van onze gesprekken over tuinieren,' zei de kolonel. 'Ik geloof dat ons overmorgen op dat terrein iets heel bijzonders te wachten staat, mits er natuurlijk verder niets vervelends gebeurt. Dit zo ongelukkige incident is echt heel triest geweest. Ik moet zeggen dat ik nog steeds denk dat het ècht een ongeluk is geweest en vind dat de lijkschouwer te ver is gegaan.'

'Het lijkt heel eigenaardig,' zei Miss Marple, 'dat als er daar boven iemand met die stenen bezig is geweest, de persoon in kwestie zich nog altijd niet heeft gemeld.'

'Dat zal wel komen omdat die persoon denkt er dan de schuld van te zullen krijgen. Dus zal hij of zij zich koest houden,' zei kolonel Walker. 'Tot ziens. Ik zal u een stekje sturen van die Magnolia highdownensis en ook van de Mahonia japonica. Ik moet echter wel zeggen dat ik er niet zeker van ben dat die het daar waar u woont, goed zullen doen.'

Ook zij stapten de bus in. Miss Marple draaide zich om en zag professor Wanstead naar de vertrekkende bus zwaaien. Mevrouw Sandbourne kwam het hotel uit, zei Miss Marple goedendag en stapte eveneens in de bus, waarna Miss Marple professor Wanstead bij zijn arm pakte.

'Kunnen we ergens heen gaan waar we kunnen praten?' zei ze.

'Uitstekend. Wat zou u denken van het plekje waar we laatst hebben gezeten?'

Ze liepen naar de zijkant van het hotel. Er werd vrolijk getoeterd en de bus vertrok.

'In zekere zin wou ik dat u hier niet achtergebleven was,' zei professor Wanstead. 'Ik had u liever veilig met de bus zien vertrekken.' Hij keek haar scherp aan. 'Waarom blijft u hier? Bent u uitgeput of is er iets anders aan de hand?'

'Iets anders,' zei Miss Marple. 'Ik ben niet bijzonder uitgeput, maar dat is wel een volkomen natuurlijk excuus voor iemand van mijn leeftijd.'

'Ik heb het gevoel dat ik hier moet blijven om een oogje op u te houden.'

'Dat is echt nergens voor nodig,' zei Miss Marple. 'U moet andere dingen doen.'

'Wat voor dingen?' Hij keek haar aan. 'Heeft u een idee, of bent u iets aan de weet gekomen?'

'Ik denk dat ik iets aan de weet ben gekomen, maar dat moet ik eerst verifiëren. Er zijn bepaalde dingen die ik zelf niet kan doen. Ik denk dat u dat beter kunt doen, omdat u contacten hebt met wat ik het bevoegd gezag zou willen noemen.'

'U doelt op Scotland Yard, inspecteurs en directeuren van staatsgevangenissen?'

'Inderdaad. Een van hen, of hen allen. Het kan best zijn dat u de minister van Binnenlandse Zaken ook in uw zak heeft zitten.'

'Wat wilt u dat ik doe?'

'In de eerste plaats wil ik u dit adres geven.'

Ze pakte haar aantekenboekje, scheurde er een blaadje uit en gaf hem dat.

'Wat is dat? O ja, een bekende liefdadigheidsinstelling, nietwaar?'

'Een van de betere, geloof ik. Ze doen veel goed werk. Je kunt er kleding naartoe sturen. Vrouwenkleding en kinderkleding. Jassen, truien, al dergelijke dingen meer.'

'En u wilt dat ik er ook iets naartoe stuur?'

'Nee. Ik wil dat u daar inlichtingen inwint over een pakje dat twee dagen geleden hiervandaan is verzonden vanuit het postkantoor.'

'Wie heeft het op de post gedaan? U?'

'Nee,' zei Miss Marple. 'Nee. Maar ik heb er wel de verantwoordelijkheid voor op me genomen.'

'Hoe bedoelt u dat?'

'Ik bedoel,' antwoordde Miss Marple licht glimlachend, 'dat ik naar het postkantoor ben gegaan en nogal warhoofdig, als de oude vrijster die ik uiteindelijk ook ben, heb uitgelegd dat ik zo dom was geweest een pakje dat iemand anders daar voor me had afgeleverd, verkeerd te adresseren. Ik was daar erg door van streek. De juffrouw van het postkantoor was zo vriendelijk te zeggen dat ze zich het pakje nog herinnerde, maar dat het adres erop niet hetzelfde was als het adres dat ik noemde. Het adres dat ik u net heb gegeven, stond op dat pakje. Ik legde haar uit dat ik heel dom was geweest en er het verkeerde adres had opgeschreven, omdat ik dat had verward met een andere liefdadigheidsinstelling waar ik wel eens wat naartoe stuurde. Ze zei me dat het te laat was om daar iets aan te doen, omdat het pakje natuurlijk al verzonden was. Ik zei toen dat dat niet erg was en dat ik een brief zou schrijven naar de liefdadigheidsinstelling waarnaar dat pakje was verstuurd, om uit te leggen dat het per vergissing aan hen was geadresseerd en te vragen of ze zo vriendelijk zouden willen zijn het naar de liefdadigheidsinstelling te sturen die ik in gedachten had gehad.'

'Lijkt me een nogal omslachtige manier.'

'Tsja, je moet íets zeggen,' reageerde Miss Marple. 'Ik ben niet van plan dat alles ook echt te doen. U moet die kwestie afhandelen. We moeten weten wat er in dat pakje zat. Ik twijfel er niet aan dat u dat wel voor elkaar zult krijgen.'

'Zal ergens uit kunnen blijken wie het pakje heeft verzonden?'

'Dat denk ik eigenlijk niet. Er zal wel een briefje bij zitten waarop "Van vrienden" staat, of er zijn een valse naam en adres opgegeven. Zoiets als mevrouw Pippin, Westbourne Grove 14 of zo. Als iemand op dat adres dan nadere inlichtingen zou willen inwinnen, zou er natuurlijk niemand blijken te wonen die zo heet.'

'O. Zijn er nog alternatieven?'

'Er zou een briefje bij kunnen zitten waarop staat: "Van juffrouw Anthea Bradbury-Scott". Dat is mogelijk, maar wel heel onwaarschijnlijk.'

'Heeft zij...?'

'Zij heeft het naar het postkantoor gebracht,' zei Miss Marple.

'En u hebt haar gevraagd het daarheen te brengen?'

'O nee. Ik heb niemand gevraagd iets voor me op de post te doen. Ik heb dat pakje voor het eerst gezien toen Anthea langs de tuin van ons hotel liep, waar u en ik zaten te praten, en zij het bij zich had.'

'Maar u bent naar het postkantoor gegaan en hebt net gedaan alsof het van u was.'

'Ja,' zei Miss Marple, 'en dat was volkomen bezijden de waarheid. Maar op een postkantoor is men heel voorzichtig en ik wilde per se te weten komen waar het naartoe was gestuurd, weet u.'

'U wilde achterhalen of dat pakje was verstuurd en of het was verzonden door een van de Bradbury-Scotts, of speciaal door juffrouw Anthea?'

'Ik wist dat het Anthea moest zijn, omdat we haar hadden gezien.'

'Ja, ik denk dat ik hier wel mee aan de slag kan gaan. Denkt u dat dat pakje interessant zal zijn?'

'Ik denk dat de inhoud ervan nog wel eens heel belangrijk zou kunnen zijn.'

'U houdt ervan geheimen te bewaren, nietwaar?' zei professor Wanstead.

'Niet precies geheimen,' zei Miss Marple. 'Het zijn slechts *mogelijkheden* die ik aan het verkennen ben. Je komt liever niet met stellige beweringen wanneer je niet iets zekerder van je zaak bent.'

'Verder nog iets?'

'Ik denk... Ik denk dat degene die de leiding over dergelijke zaken in handen heeft, op de hoogte moet worden gesteld van het feit dat er nog een tweede lichaam kan worden ontdekt.'

'Doelt u op een tweede lijk dat verband houdt met de misdaad waarmee wij ons in het bijzonder bezighouden? Een misdaad die tien jaar geleden is gebeurd?'

'Ja,' zei Miss Marple. 'Om u de waarheid te zeggen, ben ik daar heel zeker van.'

'Een ander lichaam? Van wie?'

'Tsja, tot dusverre is het nog niets anders dan een idee van me.'

'Heeft u er enig idee van waar dat lichaam zich bevindt?'

'O ja. Ik ben er volkomen zeker van waar het is, maar ik heb wat meer tijd nodig voordat ik u dat kan vertellen.'

'Van wie zou het dan zijn? Van een man? Een vrouw? Een kind? Een meisje?'

'Er is destijds nog een ander meisje als vermist opgegeven,' zei Miss Marple. 'Een meisje dat Nora Broad heette. Ze verdween en niemand heeft hier ooit meer iets van haar gehoord. Ik denk dat haar lichaam op een bepaalde plaats kan worden gevonden.'

Professor Wanstead keek haar aan.

'Hoe meer u zegt, hoe minder het me aanstaat u hier achter te laten,' zei hij. 'Al die ideeën van u, en misschien dat u iets doms gaat doen. Of...' Hij zweeg.

'Of het is allemaal onzin?' vroeg Miss Marple.

'Nee, nee, dat bedoelde ik niet. Of u weet te veel, wilde ik zeggen, en dat zou gevaarlijk kunnen zijn... Ik denk dat ik hier blijf om een oogje op u te houden.'

'Nee, dat doet u niet. U moet naar Londen gaan, om bepaalde dingen in gang te zetten.'

'Miss Marple, uit uw woorden meen ik te kunnen opmaken dat u behoorlijk veel weet.'

'Dat denk ik ook, maar ik moet zeker van mijn zaak zijn.'

'Ja, maar dat zou dan nog wel eens het laatste kunnen worden waar u zeker van kunt zijn. We hebben geen enkele behoefte aan een derde lijk. Het uwe.'

'Iets dergelijks verwacht ik niet,' zei Miss Marple.

'Als een van die ideeën van u klopt, zou er gevaar voor u kunnen dreigen. Verdenkt u een bepaald persoon?'

'Ik denk dat ik over een bepaald persoon wel iets weet. Ik moet zekerheid hebben en daarom moet ik hier blijven. U heeft me eens gevraagd of ik het kwaad aanvoelde. Dat is inderdaad zo. Ik voel het kwaad, gevaar zo u wilt - een intens ongelukkig gevoel, angst... Daar moet ik iets aan doen, zo goed me dat mogelijk is. Maar een oude vrouw zoals ik kan niet veel doen.'

Professor Wanstead was zacht aan het tellen. 'Een... twee... drie... vier.'

'Wat bent u aan het tellen.'

'De mensen die met de bus vertrokken zijn. U heeft waarschijnlijk geen belangstelling voor hen, omdat u hen heeft laten vertrekken en zelf hier bent gebleven.'

'Waarom zou ik belangstelling voor hen moeten hebben?'

'Omdat u zei dat meneer Rafiel u om een speciale reden met deze bus had laten meegaan en u om een speciale reden met deze reis heeft laten meegaan en u om een speciale reden naar The Old Manor House heeft laten gaan. Best. De dood van Elizabeth Temple heeft wat te maken met iemand in de bus. Het feit dat u hier blijft, heeft iets te maken met The Old Manor House.'

'U heeft niet helemaal gelijk. Er bestaan verbanden tussen die twee zaken. Ik wil dat iemand me het een en ander gaat vertellen.'

'Denkt u dat u iemand ertoe kan brengen u dingen te vertellen?'

'Ik denk van wel, maar u zult uw trein missen wanneer u nu niet snel vertrekt.'

'Pas goed op uzelf,' zei professor Wanstead.

'Dat heb ik me vast voorgenomen.'

De deur naar de lounge ging open en er kwamen twee mensen naar buiten: juffrouw Cooke en juffrouw Barrow.

'Hallo,' zei professor Wanstead. 'Ik dacht dat u verder met de bus mee zou gaan.'

'Tsja, we zijn op het allerlaatste moment van gedachten veranderd,' zei juffrouw Cooke vrolijk. 'We hebben net ontdekt, moet u weten, dat er hier in de buurt heel fraaie wandelingen kunnen worden gemaakt en dat er een paar plekjes zijn die ik dolgraag wil zien. Een kerk met een heel ongewone Saksische façade. Niet meer dan een kilometer of zes, zeven hier vandaan en makkelijk per bus te bereiken, denk ik. Ik ben niet alleen in huizen en tuinen geïnteresseerd, weet u, maar ook in kerkelijke architectuur.'

'Ik ook,' zei juffrouw Barrow. 'Hier in de buurt moet ook Finley Park liggen, dat in botanisch opzicht heel interessant is. We waren echt van mening dat het veel aangenamer zou zijn hier nog een paar dagen te blijven.'

'U blijft in dit hotel logeren?'

'Ja. We hebben een heel fraaie tweepersoonskamer kunnen krijgen. Een veel betere kamer dan we de laatste twee dagen hebben gehad.'

'U zult uw trein nog missen,' zei Miss Marple nogmaals.

'Ik wou dat u...' begon professor Wanstead.

'Mij zal niets gebeuren,' zei Miss Marple met nadruk. 'Zo'n aardige man,' zei ze, toen hij om de hoek was verdwenen. 'Hij zorgt zo goed voor me dat ik eigenlijk wel een oudtante of zoiets dergelijks van hem zou kunnen zijn.'

'Het is allemaal een grote schok geweest, nietwaar?' zei juffrouw Cooke. 'Misschien dat u met ons mee wilt gaan als we een bezoek gaan brengen aan St. Martins in the Grove?'

'Heel vriendelijk van u, maar ik geloof niet dat ik vandaag tegen een uitstapje opgewassen ben. Misschien morgen, als er dan nog iets interessants te zien is.'

'Dan moeten we nu maar eens opstappen.'

Miss Marple glimlachte de beide vrouwen toe en liep het hotel in.

Miss Marple krijgt ideeën

Nadat Miss Marple in de eetzaal de lunch had gebruikt, ging ze naar het terras om daar koffie te drinken. Net toen ze een slokje van haar tweede kop had genomen, liep er een lange, magere figuur de trap op en richtte nogal buiten adem het woord tot haar. Het was Anthea Bradbury-Scott.

'O, Miss Marple, we hebben net gehoord dat u uiteindelijk toch hebt besloten niet met de bus mee te gaan. Wij dachten dat u verder zou reizen en hadden er geen idee van dat u hier zou blijven. Clotilde en Lavinia hebben me hierheen gestuurd om te zeggen dat we echt hopen dat u weer in The Old Manor House bij ons komt logeren. Ik ben er zeker van dat het daar voor u aangenamer zal zijn. Hier komen en gaan altijd zoveel mensen, vooral tijdens een weekend en zo. Dus zouden we zeer, zeer blij zijn - echt waar - als u weer bij ons kwam.'

'Dat is heel aardig van u,' zei Miss Marple. 'Werkelijk heel aardig, maar ik ben er zeker van... ik bedoel, het was de bedoeling dat het een bezoekje van twee dagen zou worden. Ik was oorspronkelijk van plan verder mee te gaan met de bus. Na die twee dagen, bedoel ik. Als dit bijzonder tragische ongeluk zich niet had voorgedaan... tsja, ik had echt het gevoel dat ik niet verder kon meereizen. Ik meende minstens, ja minstens één nachtje rust nodig te hebben.'

'Het zou echt veel beter zijn als u bij ons kwam logeren. We zullen ons best doen het u zo comfortabel mogelijk te maken.'

'Ik heb het tijdens mijn verblijf bij u heel comfortabel gehad,' zei Miss Marple. 'O ja, ik heb er echt heel erg van genoten. Zo'n mooi huis. En al uw spulletjes zijn zo mooi. Uw porselein en het glaswerk en de meubels, weet u. Het is zo aangenaam in een huis en niet in een hotel te verblijven.'

'Dan moet u nu met me mee komen. Ja, dat moet u echt doen. Ik kan uw spulletjes wel voor u inpakken.'

'O. Dat is heel aardig van u, maar ik kan dat zelf wel.'

'Zal ik u dan een handje helpen?'

'Dat zou heel vriendelijk zijn,' zei Miss Marple.

Ze liepen naar haar slaapkamer, waar Anthea nogal slordig de spulletjes van Miss Marple bij elkaar pakte. Miss Marple, die alles altijd op haar eigen manier opvouwde, moest op haar lip bijten om welwillend te kunnen blijven kijken. Ze kan werkelijk helemaal niets fatsoenlijk opvouwen, dacht ze.

Anthea riep een kruier van het hotel en die droeg de koffer de hoek om en de straat uit, naar The Old Manor House. Miss Marple gaf hem een behoorlijke fooi en sloot zich weer bij de zusters aan, nog altijd met zenuwachtige woorden blijk gevend van dankbaarheid en vreugde.

De Drie Zusters! dacht ze. We zijn er weer! Ze ging in de salon zitten en deed een minuut lang haar ogen dicht, terwijl ze nogal snel ademhaalde. Ze leek ietwat buiten adem. Dat was niet meer dan natuurlijk op haar leeftijd, meende ze, zeker nadat Anthea en die kruier er stevig de pas in hadden gezet. Maar in feite deed ze haar ogen dicht om zich te herinneren wat ze had gevoeld toen ze dit huis weer betrad. Was iets hier sinister? Nee, niet zozeer sinister alswel ongelukkig. Een intens ongelukkige sfeer. Zo sterk dat het bijna angstaanjagend was.

Ze deed haar ogen weer open en keek naar de twee andere mensen in de kamer. Mevrouw Glynne was net uit de keuken gekomen, met een dienblad met de middagthee. Ze zag er uit zoals ze er aldoor al uit had gezien. Op haar gemak, geen specifieke emoties of gevoelens. Misschien wel te weinig, meende Miss Marple. Had ze het zich, misschien door een gespannen en moeilijk leven, eigen gemaakt aan de buitenwereld niets te laten zien, zich gereserveerd op te stellen en niemand te laten weten wat haar gevoelens waren?

Ze keek naar Clotilde. Die zag er als Clytemnestra uit, zoals ze al eerder had gevonden. Ze had beslist haar echtgenoot niet vermoord, want ze had nooit een echtgenoot gehad om te vermoorden, en het leek onwaarschijnlijk dat ze het meisje had vermoord aan wie ze volgens zeggen zo sterk gehecht was geweest. Dat was waar. Dat wist Miss Marple heel zeker. Ze had destijds gezien hoe de tranen in Clotildes ogen opwelden toen de dood van Verity ter sprake kwam.

En Anthea? Anthea had die kartonnen doos naar het postkantoor gebracht. Anthea was haar komen halen. Ze stond heel weifelend tegenover Anthea. Verward? Te verward voor haar leeftijd. Ogen die afdwaalden en dan weer naar je keken. Ogen die dingen leken te zien die andere mensen wellicht niet zagen, over je schouder heen. Ze is bang, dacht Miss Marple. Bang van iets. Waar was ze bang van? Was er eventueel geestelijk iets niet met haar in orde? Was ze misschien bang om naar een of andere instelling of instituut terug te moeten waar ze wellicht een deel van haar leven had doorgebracht? Was ze soms bang dat die twee zusters van haar het gevoel hadden dat het onverstandig was als zij vrij kon blijven rondlopen? Waren die twee er niet zeker van wat hun zuster Anthea zou kunnen zeggen of doen?

Er was iets eigenaardigs aan de sfeer hier. Terwijl ze het laatste slokje van haar thee nam, vroeg ze zich af wat de dames Cooke en Barrow aan het doen waren. Waren ze die kerk gaan bezichtigen, of waren dat alleen maar woorden, loze woorden geweest? Het was eigenaardig. Eigenaardig dat ze haar in St. Mary Mead waren komen bekijken om haar in de bus te kunnen herkennen, zonder te willen toegeven dat ze haar al eens eerder hadden gezien of ontmoet.

Er waren heel wat moeilijke dingen gaande. Nu haalde mevrouw Glynne het dienblad weg. Anthea liep de tuin in en Miss Marple bleef alleen met Clotilde achter.

'Ik meen dat u een aartsdeken kent die Brabazon heet, nietwaar?' zei Miss Marple.

'O ja. Hij was gisteren tijdens de dienst in de kerk. Kent u hem ook?'

'Nee. Maar hij is wel naar het hotel toegekomen en heeft daar met me gesproken. Ik heb begrepen dat hij in het ziekenhuis was geweest, om navraag te doen over de dood van die arme juffrouw Temple. Hij vroeg zich af of juffrouw Temple de een of andere boodschap voor hem had achtergelaten. Ik heb begrepen dat ze van plan was hem op te zoeken. Maar natuurlijk heb ik hem verteld dat ik er inderdaad naartoe ben gegaan, voor het geval ik op de een of andere manier zou kunnen helpen, maar dat ik niets anders heb kunnen doen dan naast het bed van die arme juffrouw Temple zitten. Ze was niet bij bewustzijn, weet u. Ik kon haar op geen enkele manier helpen.'

'Heeft ze niets gezegd? Heeft ze geen enkele verklaring voor het gebeurde gegeven?'

Clotilde vroeg het ongeïnteresseerd. Miss Marple vroeg zich af of ze er meer belangstelling voor had dan ze liet merken, maar ze meende eigenlijk dat dat niet zo was. Ze meende dat Clotilde druk bezig was aan iets anders te denken.

'Denkt u dat het een ongeluk was?' vroeg Miss Marple, 'of denkt u dat er wel iets waars kan zitten in dat verhaal dat het nichtje van mevrouw Riseley-Porter vertelde. Over het feit dat ze iemand een grote steen had zien voortduwen.'

'Tsja, als die twee dat zeggen, zullen ze iets dergelijks wel hebben gezien.'

'Ja, ze hebben het alle twee verklaard, nietwaar?' zei Miss Marple. 'Al hebben ze er wel een iets andere beschrijving van gegeven. Maar misschien is dat wel heel normaal.'

Clotilde keek haar nieuwsgierig aan.

'Dat lijkt u te intrigeren.'

'Tsja, het lijkt zo heel onwaarschijnlijk,' zei Miss Marple. 'Een onwaarschijnlijk verhaal, tenzij...'

'Tenzij wat?'

'Tsja, ik vroeg me alleen af...'

Mevrouw Glynne kwam de kamer weer in. 'Wat vroeg u zich af?'

'We hebben het over het ongeluk, of misschien was het geen ongeluk,' zei Clotilde.

'Maar wie...'

'Het verhaal dat zij vertelden lijkt zo eigenaardig,' zei Miss Marple nogmaals.

'Dit huis, de sfeer hier, heeft iets vreemds,' zei Clotilde opeens. 'We zijn er hier nooit overheen gekomen. Nooit. Het is jaren geleden dat Verity is gestorven, maar die sfeer is er nog steeds. Er hangt hier iets als een schaduw.' Ze keek naar Miss Marple. 'Voelt u dat ook? Voelt u hier geen schaduw hangen?'

'Tsja, ik ben een onbekende,' zei Miss Marple. 'Voor u en uw zusters, die hier woonden en het overleden meisje hebben gekend, is het natuurlijk anders. Ze was, zo heb ik uit de woorden van aartsdeken Brabazon begrepen, een heel charmant en mooi meisje.'

'Ze was een lieflijk meisje, een lief kind ook,' zei Clotilde.

'Ik wou dat ik haar beter had gekend,' zei mevrouw Glynne. 'Natuurlijk woonde ik in die tijd in het buitenland. Mijn man en ik zijn een keer met verlof teruggekomen, maar toen zijn we voornamelijk in Londen gebleven. We zijn hier niet zo vaak naartoe gegaan.'

Anthea kwam vanuit de tuin weer naar binnen. Ze had een grote bos lelies bij zich.

'Grafbloemen,' zei ze. 'Daar hebben we vandaag behoefte aan, nietwaar? Ik zal ze in een grote pot zetten. Grafbloemen.' Opeens lachte ze. Een eigenaardig, hysterisch gegiechel.

'Anthea,' zei Clotilde, 'doe... doe dat niet. Het is... het is niet goed.'

'Ik ga ze in het water zetten,' zei Anthea vrolijk en liep de kamer uit.

'Die Anthea!' zei mevrouw Glynne. 'Ik geloof echt dat ze...'

'Het wordt steeds erger met haar,' zei Clotilde.

Miss Marple deed net alsof ze niet luisterde en niets hoorde. Ze pakte een geëmailleerd doosje op en keek er bewonderend naar.

'Nu zal ze wel een vaas breken,' zei Lavinia.

Ze liep de kamer uit.

'Maakt u zich zorgen over uw zuster, over Anthea?' vroeg Miss Marple.

'Ja, eigenlijk wel. Ze is altijd nogal onevenwichtig geweest. Ze is de jongste en was als kind niet sterk. Maar ik vind dat het de laatste tijd echt steeds slechter met haar gaat. Ze heeft, denk ik, geen idee van de ernst van het leven. Af en toe krijgt ze een aanval van hysterie. Dan lacht ze hysterisch om dingen die je serieus zou moeten nemen. We willen haar niet... niet ergens naartoe sturen, weet u. Ik denk dat ze zou moeten worden behandeld, maar ik geloof niet dat ze graag van huis weg zou willen. Dit is uiteindelijk haar thuis, al is het soms... al is het soms erg moeilijk.'

'Ieder leven is soms moeilijk,' zei Miss Marple.

'Lavinia spreekt over weggaan,' zei Clotilde. 'Ze denkt erover weer in het buitenland te gaan wonen. In Taormina, geloof ik. Ze is daar vaak met haar echtgenoot geweest en ze waren er erg gelukkig. Ze woont nu al vele jaren hier bij ons, maar het lijkt alsof ze ernaar verlangt om weg te gaan en te reizen. Soms denk ik wel eens... soms denk ik wel eens dat ze het niet prettig vindt in hetzelfde huis te wonen als Anthea.'

'Hemeltje,' zei Miss Marple. 'Ja, ik heb wel eens van zulke gevallen gehoord, waarbij dergelijke problemen zijn ontstaan.'

'Ze is bang voor Anthea,' zei Clotilde. 'Beslist bang voor haar. Ik zeg telkens weer tegen haar dat ze nergens bang voor hoeft te zijn. Anthea doet soms alleen maar een beetje dwaas. Ze heeft wel eens rare ideeën, weet u, en dan zegt ze gekke dingen. Maar ik geloof niet dat ze gevaarlijk is... ik bedoel... o, ik weet niet wat ik bedoel. Dat ze iets gevaarlijks of vreemds of eigenaardigs zal doen.'

'In die zin zijn er nooit problemen geweest?' vroeg Miss Marple.

'O nee, beslist niet. Af en toe wordt ze wel eens heel zenuwachtig en ze kan mensen opeens onaardig gaan vinden. Ze is heel jaloers, weet u, ten aanzien van bepaalde dingen. Ze is heel jaloers wanneer er... tsja, wanneer er veel aandacht aan andere mensen wordt besteed. Ik weet het niet. Soms denk ik dat we dit huis maar beter zouden kunnen verkopen om ergens anders heen te gaan.'

'Het is triest voor u, nietwaar?' zei Miss Marple. 'Ik denk dat ik kan begrijpen dat het heel triest voor u moet zijn hier met de herinneringen aan het verleden te leven.'

'Begrijpt u dat echt? Ja, ik kan zien dat u het begrijpt. Je kunt er niets aan doen dat je gedachten teruggaan naar dat lieve, zachtaardige kind. Ze was als een dochter voor me. In ieder geval was ze de dochter van een van mijn beste vriendinnen. Ze was ook heel intelligent. Ze was een slim meisje en een goede kunstenares. Het ging heel goed met de lessen tekenen en ontwerpen die ze volgde. Ik was heel trots op haar. En toen kwam... die afschuwelijke verliefdheid op die jongeman die geestelijk helaas helemaal niet in orde was.'

'U doelt op Michael Rafiel, de zoon van meneer Rafiel?'

'Ja. Was hij maar nooit hierheen gekomen. Hij was alleen toevallig in dit deel van de wereld en toen bleek zijn vader tegen hem te hebben gezegd dat hij ons eens moest opzoeken om een maaltijd met ons te gebruiken. Hij kon heel charmant zijn, weet u. Maar hij was altijd al een delinquent geweest en had een strafblad. Hij had tweemaal in de gevangenis gezeten en hij had ten aanzien van meisjes een heel slechte reputatie. Maar ik had nooit gedacht dat Verity... gewoon een geval van smoorverliefd worden. Ik neem aan dat zoiets meisjes van die leeftijd wel eens vaker overkomt. Ze was stapel op hem. Ze dacht aan niets anders en wilde geen negatief woord over hem horen. Ze hield vol dat alles wat met hem was gebeurd, niet zijn schuld was. U weet wel wat jonge meisjes dan kunnen zeggen. "Iedereen is tegen hem," zeggen ze in zo'n geval altijd. Iedereen is tegen hem. O, je wordt er zo moe van dat telkens weer te horen. Kun je jonge meisjes dan niet een beetje gezond verstand aanpraten?'

'Ik ben het met u eens. Gewoonlijk hebben ze niet al te veel gezond verstand,' zei Miss Marple.

'Ze wilde niet naar me luisteren. Ik... ik heb geprobeerd hem van het huis weg te houden. Ik heb hem gezegd dat hij hier niet meer moest komen. Dat was natuurlijk stom, zoals ik later heb beseft. Het betekende alleen dat ze hem buitenshuis ging ontmoeten. Waar weet ik niet. Ze hadden verschillende plekjes waar ze afspraken. Hij kwam haar op een afgesproken plaats met zijn auto ophalen en bracht haar dan 's avonds laat weer thuis. Een paar maal heeft hij haar de volgende dag pas thuis gebracht. Ik heb getracht tegen hen te zeggen dat er een einde aan moest komen, dat ze er definitief een streep onder moesten zetten, maar ze wilden niet naar me luisteren. Verity wilde niet luisteren. Van hèm verwachtte ik dat natuurlijk niet.'

'Was ze van plan met hem te trouwen?' vroeg Miss Marple.

'Ik geloof niet dat het ooit zover is gekomen. Ik denk niet dat hij ooit met haar heeft willen trouwen of die mogelijkheid ook maar heeft overwogen.'

'Het is heel triest voor u,' zei Miss Marple. 'U moet erg veel verdriet hebben gehad.'

'Ja. Het ergste was dat ik het lichaam moest identificeren. Dat was enige tijd nadat... nadat ze hier weg was gegaan. We dachten natuurlijk dat ze met hem weg was gelopen en we meenden op een gegeven moment wel iets van hen te zullen horen. Ik wist dat de politie het nogal serieus opvatte. Ze hebben Michael gevraagd naar het bureau te komen en te helpen met het onderzoek, en zijn verhaal leek niet te kloppen met wat de mensen hier ter plaatse hadden gemeld.

Toen hebben ze haar gevonden, een heel eind hier vandaan. Zo'n kilometer of vijftig verderop. In een soort greppel langs een stil laantje, waar vrijwel nooit iemand kwam. Ja, ik heb naar het lijkenhuis moeten gaan om het lichaam te bekijken. Het was afschuwelijk om te zien. De wreedheid, het geweld dat tegen haar was gebruikt. Waarom had hij haar dat willen aandoen? Was het niet voldoende dat hij haar had gewurgd? Hij heeft haar gewurgd met haar eigen sjaal. Ik... ik kan er niet meer over praten. Ik kan het niet verdragen, ik kan het niet verdragen.'

De tranen stroomden opeens over haar wangen.

'Ik heb met u te doen,' zei Miss Marple. 'Ik heb heel, heel erg met u te doen.'

'Ik geloof u.' Clotilde keek haar opeens aan. 'En zelfs u weet het ergste niet.'

'In welk opzicht?'

'Ik weet het niet. Ik weet het niet ten aanzien van Anthea.'

'Hoe bedoelt u dat? Ten aanzien van Anthea?'

'Ze deed toen zo eigenaardig. Ze was... ze was heel erg jaloers. Opeens leek ze zich tegen Verity te keren. Ze keek haar aan alsof ze haar haatte. Soms dacht ik... soms dacht ik dat ze misschien – o nee, het is afschuwelijk om zoiets te denken, zoiets kun je niet van je eigen zuster denken - maar ze heeft een keer iemand aangevallen. Ze kan af en toe van die woedeaanvallen krijgen, weet u. Ik vroeg me af of het mogelijk kon zijn geweest... o, dergelijke dingen mag ik niet zeggen. Van zoiets kan geen sprake zijn geweest. Vergeet u alstublieft wat ik heb gezegd. Er kan niets van kloppen, helemaal niets. Maar... maar... tsja, ze is niet helemaal normaal. Dat feit moet ik onder ogen zien. Toen ze nog vrij jong was, zijn er een paar maal rare dingen gebeurd - met dieren. We hadden een papegaai. Een dier dat dingen zei, gekke dingen, zoals papegaaien dat kunnen doen, en toen heeft ze het dier zijn nek omgedraaid en zijn mijn gevoelens voor haar nooit meer de oude geworden. Ik heb nooit het gevoel gehad dat ik haar kan vertrouwen. Ik heb me nooit meer zeker van haar gevoeld. Ik heb nooit gevoeld... O mijn hemel, nu begin ik ook hysterisch te worden.'

'Kom, kom,' zei Miss Marple. 'Aan dergelijke dingen moet u niet denken.'

'Nee. Het is al erg genoeg te weten... te weten dat Verity gestorven is. Op zo'n afschuwelijke manier gestorven is. In ieder geval hebben andere meisjes nu niets meer te duchten van die jongen. Hij is tot levenslang veroordeeld en zit nog altijd in de gevangenis. Ze zullen hem niet vrijlaten en hem zo de kans geven iemand anders iets aan te doen. Ik vind het wel vervelend dat ze hebben gedaan alsof hij geestelijk niet in orde was. Verminderd toerekeningsvatbaar hebben ze hem verklaard, een van die termen die ze tegenwoordig gebruiken. Hij had in Broadmoor moeten worden opgesloten. Ik ben er zeker van dat hij verantwoordelijk was voor alles wat hij heeft gedaan.'

Ze stond op en liep de kamer uit. Mevrouw Glynne was teruggekomen en passeerde haar zuster in de deuropening.

'U moet geen aandacht aan Clotilde besteden,' zei ze. 'Ze is nooit helemaal bekomen van die afschuwelijke zaak van nu al weer jaren geleden. Ze hield erg veel van Verity.'

'Ze lijkt zich zorgen te maken over uw andere zuster.'

'Over Anthea? Met Anthea is niets aan de hand. Ze is... tsja, ze is een beetje verward, weet u. Ze is een beetje... hysterisch. Geneigd zich erg over bepaalde zaken op te winden, en soms verbeeldt ze zich wel eens eigenaardige dingen. Ik geloof echter niet dat Clotilde zich over haar al te veel zorgen hoeft te maken. Mijn hemel, wie loopt daar langs?'

Opeens stonden er twee verontschuldigende gestalten voor de openslaande deuren.

'O, wilt u ons alstublieft excuseren,' zei juffrouw Barrow. 'We waren net om het huis heen aan het lopen om te kijken of we Miss Marple ergens zagen. We hadden gehoord dat ze met u mee was gegaan en ik vraag me af... O, daar bent u, beste Miss Marple. Ik wilde u zeggen dat we vanmiddag uiteindelijk toch niet naar die kerk toe zijn gegaan. Hij blijkt te zijn gesloten in verband met schoonmaakwerkzaamheden, dus denk ik dat we tot morgen moeten wachten voordat we dat uitstapje kunnen gaan maken. Ik hoop dat u het niet erg vindt dat we hierheen zijn gekomen. Ik heb bij de voordeur aangebeld, maar de bel lijkt het niet te doen.'

'Ik ben bang dat die inderdaad soms dienst weigert,' zei mevrouw Glynne. 'Hij is nogal onberekenbaar, weet u. Soms doet hij het en soms doet hij het niet. Maar neemt u toch plaats, dan kunnen we gezellig een praatje maken. Ik had er geen idee van dat u niet verder was gegaan met de bus.'

'We vonden dat we hier in de buurt nog maar eens het een en ander moesten gaan bekijken en met de bus meegaan leek... tsja, leek nogal pijnlijk na alles wat er een paar dagen geleden is gebeurd.'

'U moet beslist een glaasje sherry met ons drinken,' zei mevrouw Glynne.

Ze liep de kamer uit en keerde even later terug. Anthea was bij haar, heel rustig nu, en droeg glazen en een karaf sherry. Toen gingen ze zitten.

'Ik kan er niets aan doen,' zei mevrouw Glynne, 'maar ik zou graag willen weten wat er ten aanzien van die zaak nu verder gaat gebeuren. Ten aanzien van die arme juffrouw Temple, bedoel ik. Je kunt de gedachten van de politie niet raden. Ze lijken nog altijd bezig te zijn met het onderzoek en omdat het gerechtelijk vooronderzoek is verdaagd, zijn ze kennelijk niet tevreden met wat ze tot nu toe hebben gevonden. Ik weet niet of dat iets met de verwonding te maken heeft.'

'Dat denk ik niet,' zei juffrouw Barrow. 'Ik bedoel... die slag op het hoofd en de zware hersenschudding waren gevolgen van die steen. De enige vraag is of die steen vanzelf naar beneden is gerold, Miss Marple, of dat iemand hem heeft geduwd.'

'O,' zei juffrouw Cooke, 'maar je denkt toch zeker niet... wie zou er nu een steen naar beneden willen rollen? Ik neem aan dat er altijd wel boeven rondzwerven, buitenlanders, of studenten. Ik vraag me echt af of... tsja...'

'U bedoelt dat u zich afvraagt of die persoon tot onze medepassagiers behoorde,' zei Miss Marple.

'Tsja, ik... Dat heb ik niet gezegd,' reageerde juffrouw Cooke.

'Maar we kunnen er toch beslist niets aan doen dat... dat we over zoiets nadenken,' zei Miss Marple. 'Ik bedoel dat er de een of andere verklaring voor moet zijn. De politie lijkt er zeker van dat het geen ongeluk was, dus moet iemand het met opzet hebben gedaan en... Tsja, ik bedoel te zeggen dat juffrouw Temple hier niet bekend was. Dus lijkt iemand uit deze omgeving geen waarschijnlijke kandidaat en komen we weer terug op... op alle mensen die in de bus zaten, nietwaar?'

Ze lachte vaag en nogal hinnikend, als een echt oud dametje.

'Mijn hemel!'

'U heeft gelijk. Dergelijke dingen zou ik niet moeten zeggen. U moet echter weten dat misdaden ècht interessant zijn. Soms hebben zich de meest buitengewone dingen voorgedaan.'

'Miss Marple, heeft u zich er al een mening over gevormd? In dat geval zou ik die graag willen horen,' zei Clotilde.

'Nu, je overweegt natuurlijk wel een aantal mogelijkheden.'

'Meneer Caspar,' zei juffrouw Cooke. 'U moet weten dat het uiterlijk van die man me van het begin af aan niet aan heeft gestaan. Ik dacht... dat hij wel eens iets met spionage of zo te maken kon hebben. Dat hij misschien naar dit land toe was gekomen om naar atoomgeheimen te zoeken of zo.'

'Ik geloof niet dat er hier in de buurt ergens atoomgeheimen verborgen zijn,' zei mevrouw Glynne.

'Natuurlijk niet,' zei Anthea. 'Misschien is het iemand geweest die haar volgde, die haar spoor volgde omdat ze een misdadigster of zo was.'

'Onzin,' zei Clotilde. 'Ze was het gepensioneerde hoofd van een heel bekende school, en een geleerde. Waarom zou iemand háár nu in vredesnaam willen volgen?'

'O, dat weet ik niet. Misschien was ze een beetje eigenaardig geworden of zo.'

'Ik ben er zeker van dat Miss Marple wel haar eigen ideeën heeft,' zei mevrouw Glynne.

'Ja, ik heb wel een paar ideeën,' reageerde Miss Marple. 'Ik heb de indruk dat... nu ja, de enige mensen die... Hemeltje, het is zo moeilijk onder woorden te brengen. Maar ik bedoel dat er twee mensen zijn die als logische mogelijkheden in je gedachten opkomen. Ik bedoel te zeggen... Ik geloof niet dat het echt zo is, want het zijn beiden heel aardige mensen, maar ik ben geneigd te zeggen dat niemand anders logischerwijze verdacht zou kunnen worden.'

'Hoe bedoelt u dat? Dit is heel interessant.'

'Ik geloof dat ik dergelijke dingen eigenlijk niet zou moeten zeggen. Het is alleen een... een soort wilde gok.'

'Wie zou naar uw idee die steen naar beneden hebben gerold? Wie denkt u dat degene zou kunnen zijn die door Joanna en Emlyn Price is gezien?'

'Ik dacht... ik dacht dat ze misschien niemand hebben gezien.'

'Ik begrijp u niet helemaal. Dat ze niemand hebben gezien?' zei Anthea.

'Tsja, ze zouden het allemaal verzonnen kunnen hebben.'

'Dat ze iemand hebben gezien?'

'Het is een mogelijkheid, nietwaar?'

'Als een soort grap, of een onvriendelijk idee? Wat bedoelt u nu eigenlijk?'

'Je hoort tegenwoordig wel eens dat jonge mensen heel buitengewone dingen doen,' zei Miss Marple. 'Zoals iets in de ogen van paarden duwen, ruiten van ambassades ingooien en mensen aanvallen. Stenen naar mensen smijten. Dat wordt gewoonlijk door jongeren gedaan, nietwaar? En zij waren de enige twee jonge mensen.'

'U bedoelt dat Emlyn Price en Joanna die steen aan het rollen kunnen hebben gebracht?'

'Zij zijn de enige twee figuren die voor de hand liggen, nietwaar?' zei Miss Marple.

'Het idee!' zei Clotilde. 'O, daar zou ik zelf nooit opgekomen zijn. Maar nu... ja, nu begrijp ik dat er iets in zou kunnen zitten. Natuurlijk weet ik niet hoe die twee mensen waren, want ik heb niet samen met hen gereisd.'

'O, ze waren heel aardig,' zei Miss Marple. 'Joanna leek me een zeer... capabel meisje, weet u.'

'Tot alles in staat, bedoelt u?' vroeg Anthea.

'Anthea, houd je mond,' zei Clotilde.

'Ja, beslist heel capabel. Als je uiteindelijk iets gaat doen dat in moord kan resulteren, moet je zo capabel zijn ervoor te zorgen dat je door niemand wordt gezien en zo.'

'Maar dan moeten ze zoiets samen hebben beraamd,' zei juffrouw Barrow.

'O ja. Ze hebben het samen beraamd en ruwweg ook hetzelfde verhaal verteld. Zij zijn de... de voor de hand liggende verdachten. Dat is alles wat ik zeggen kan. De anderen konden hen niet zien. Zij liepen op het lager gelegen pad. Ze kunnen naar de top van de heuvel zijn gegaan om die steen in beweging te brengen. Misschien was het niet speciaal hun bedoeling om juffrouw Temple te doden. Misschien wilden ze alleen blijk geven van anarchistische gevoelens, om iets of iemand kapot te maken, wie dan ook. Ze hebben die steen aan het rollen gebracht. Toen kwamen ze natuurlijk met het verhaal dat ze daar iemand hadden gezien. Een of ander nogal eigenaardig kledingstuk, dat ook heel ongeloofwaardig klonk. Ik zou dergelijke dingen eigenlijk niet moeten zeggen, maar ik heb er wel over nagedacht.'

'Het lijkt me een heel interessante gedachte,' zei mevrouw Glynne. 'Wat denk jij ervan, Clotilde?'

'Ik denk dat het een mogelijkheid is, al zou ik er zelf nooit op zijn gekomen.'

'Wij moeten weer eens terug naar het hotel,' zei juffrouw Cooke en stond op. 'Gaat u met ons mee, Miss Marple?'

'O nee. Ik neem aan dat u dat nog niet wist. Ik was vergeten het u te vertellen. Juffrouw Bradbury-Scott is zo vriendelijk geweest me uit te nodigen hier nog een of twee nachten te blijven logeren.'

'O. Ik ben er zeker van dat dat heel prettig voor u is. Veel comfortabeler. Er is vanavond een nogal luidruchtig gezelschap in het hotel aangekomen.'

'Heeft u beiden geen zin om hier na het diner nog een kopje koffie te komen drinken?' stelde Clotilde voor. 'Het is een vrij warme avond. Ik ben bang dat wij u niet voor het diner kunnen uitnodigen, omdat we niet genoeg in huis hebben, maar als u later een kopje koffie wilt komen drinken...'

'Dat zou heel leuk zijn,' zei juffrouw Cooke. 'Ja, we zullen graag gebruik maken van uw gastvrijheid.'

De klok slaat drie uur

Juffrouw Cooke en juffrouw Barrow arriveerden om kwart voor acht. De ene ging gekleed in zwarte kant, de andere in iets olijfgroens. Tijdens het diner had Anthea Miss Marple het een en ander over die twee dames gevraagd.

'Het lijkt heel gek dat ze achter wilden blijven,' zei ze.

'Dat geloof ik niet,' zei Miss Marple. 'Ik denk dat het een heel natuurlijke zaak is, want in mijn ogen hebben ze een tamelijk vaststaand plan.'

'Wat bedoelt u met een "plan"?' vroeg mevrouw Glynne.

'Ik ben geneigd te denken dat ze altijd op verschillende eventualiteiten zijn voorbereid en plannen paraat hebben om daar het hoofd aan te bieden.'

'Bedoelt u,' zei Anthea met enige interesse, 'dat ze al van tevoren een plan hadden gemaakt voor het geval er een moord zou worden gepleegd?'

'Ik wou dat je niet over de dood van die arme juffrouw Temple praatte als moord,' zei mevrouw Glynne.

'Maar natuurlijk was het moord,' zei Anthea. 'Ik vraag me

alleen af wie haar heeft willen vermoorden. Waarschijnlijk een leerling van haar school, denk ik, die haar altijd heeft gehaat en nu heeft vermoord.'

'Denkt u dat iemand zo lang kan blijven haten?' vroeg Miss Marple.

'O, dat denk ik wel. Ik denk dat ik iemand jarenlang zou kunnen blijven haten.'

'Nee,' zei Miss Marple. 'Ik denk dat haatgevoelens op een gegeven moment verdwijnen. Je kunt proberen die kunstmatig in stand te houden, maar ik denk niet dat je dat zal lukken. Haat is niet zo sterk als liefde,' voegde ze eraan toe.

'Denkt u dat juffrouw Cooke of juffrouw Barrow de moord kan hebben gepleegd, of dat zij het samen hebben gedaan?'

'Waarom zouden ze zoiets dergelijks hebben gedaan?' zei mevrouw Glynne. 'Werkelijk, Anthea, dit gaat te ver. Het lijken me heel aardige vrouwen.'

'Ik vind dat ze iets mysterieus hebben,' zei Anthea. 'Vind je ook niet, Clotilde?'

'Misschien heb je gelijk,' antwoordde Clotilde. 'Ze hebben in mijn ogen iets gekunstelds, als je begrijpt wat ik bedoel.'

'Ik vind dat ze iets heel sinisters hebben,' zei Anthea.

'Jouw verbeeldingskracht is altijd geneigd op hol te slaan,' zei mevrouw Glynne. 'In ieder geval liepen zij over het pad beneden. U heeft hen daar gezien, nietwaar?' zei ze tegen Miss Marple.

'Ik kan niet zeggen dat ze me bijzonder zijn opgevallen. Dat zou trouwens onmogelijk zijn geweest.'

'Bedoelt u...'

'Zij was daar niet. Ze was hier, in onze tuin,' zei Clotilde.

'O, natuurlijk. Dat was ik even vergeten.'

'Het was een heel fraaie, vredige dag,' zei Miss Marple. 'Ik heb er erg van genoten. Morgenochtend zou ik graag nog eens gaan kijken naar al die witte bloemen die in bloei komen aan het eind van de tuin, waar dat heuveltje zich bevindt. Ze begonnen die laatste keer net uit te komen en nu moet het een ware bloemenpracht zijn. Ik zal me dat altijd blijven herinneren als een onderdeel van mijn bezoek hier.'

'Ik haat ze,' zei Anthea. 'Ik wil dat ze worden weggehaald. Ik wil daar weer een kas bouwen. Clotilde, we hebben toch zeker wel geld genoeg om dat te doen?'

'We doen er niets aan,' zei Clotilde. 'Ik wil niet dat er iets aan wordt gedaan. Wat zouden we nu trouwens nog aan een kas hebben? Het zou jaren duren voordat de wijnranken weer druiven voortbrengen.'

'Laten we daar nu niet over gaan discussiëren,' zei mevrouw Glynne, 'en naar de salon gaan. Die twee dames komen zometeen een kopje koffie drinken.'

Toen arriveerden de gasten. Clotilde ging een dienblad met de koffie halen. Ze schonk de kopjes vol en deelde die rond. Ze zette ze voor iedere gast neer en gaf er toen een aan Miss Marple. Juffrouw Cooke boog zich naar voren.

'Miss Marple, vergeeft u me dat ik het zeg, maar als ik u was, zou ik die koffie zo laat op de avond niet opdrinken. Anders zult u niet goed kunnen slapen.'

'Denkt u dat? Ik ben anders helemaal gewend aan een kopje koffie 's avonds.'

'Ja, maar dit is heel sterke, goede koffie. Ik zou u aanraden die niet op te drinken.'

Miss Marple keek naar juffrouw Cooke. Haar gezicht stond heel ernstig en er hing een lok van haar onnatuurlijk blonde haar voor een oog. Het andere oog knipperde iets.

'Ik begrijp wat u bedoelt,' zei Miss Marple. 'Misschien heeft u gelijk. Ik neem aan dat u wel iets afweet van diëten?'

'Ja, die heb ik echt uitgebreid bestudeerd. Ik heb een soort opleiding gehad in de verpleging en zo, moet u weten.'

'Werkelijk?' Miss Marple duwde het kopje iets van zich af. 'Ik neem aan dat er geen foto is van dat meisje? Verity Hunt, of hoe ze dan ook heette? De aartsdeken had het over haar. Hij leek erg op haar gesteld te zijn geweest.'

'Dat geloof ik ook. Hij was op alle jonge mensen gesteld,' zei Clotilde.

Ze stond op en tilde de deksel van het bureau op. Toen pakte ze een foto en gaf die aan Miss Marple. 'Dat was Verity.'

'Een mooi gezichtje,' zei Miss Marple. 'Ja, een heel mooi en ongewoon gezichtje. Dat arme kind.'

'Het is afschuwelijk dat zoiets tegenwoordig voortdurend lijkt te gebeuren,' zei Anthea. 'Meisjes gaan met allerlei typen jongemannen uit. Niemand neemt nog de moeite goed op hen te letten.'

'Ze moeten tegenwoordig op zichzelf passen,' zei Clotilde, 'en ze hebben er geen idee van hoe dat moet, dus moge de hemel die meisjes bijstaan.'

Ze stak een hand uit om de foto weer van Miss Marple over te nemen. Toen ze dat deed, bleef haar mouw aan het koffiekopje haken, waardoor dat op de grond viel.

'Hemeltje!' zei Miss Marple. 'Was dat mijn schuld? Heb ik per ongeluk tegen uw arm gestoten?'

'Nee,' zei Clotilde, 'het kwam door mijn mouw. Die is nogal wijd. Misschien heeft u liever een glas warme melk, als u die koffie liever niet opdrinkt?'

'Dat zou heel aardig van u zijn,' zei Miss Marple. 'Een glas warme melk als ik naar bed ga, zou inderdaad heel rustgevend zijn en je slaapt er altijd lekker op.'

Nadat ze nog een tijdje over van alles en nog wat hadden gepraat, namen juffrouw Cooke en juffrouw Barrow afscheid. Dat ging nogal warrig. Eerst kwam de een en toen de ander terug om iets op te halen dat ze was vergeten. Een sjaal, een handtas en een klein zakdoekje.

'Mijn hemel, wat een onrust,' zei Anthea toen ze eindelijk waren vertrokken.

'Op de een of andere manier ben ik het met Clotilde eens wanneer ze zegt dat die twee niet echt zijn, als u begrijpt wat ik bedoel,' zei mevrouw Glynne tegen Miss Marple.

'Ja,' zei Miss Marple. 'Ik ben het eigenlijk ook wel met u eens. Ik heb me heel wat over hen afgevraagd. Ik heb me afgevraagd, bedoel ik dan, waarom ze zijn meegegaan met deze reis en of ze er echt van genoten. En wat hun reden was om hierheen te komen.'

'Heeft u een antwoord op al die vragen gevonden?' vroeg Clotilde.

'Dat denk ik wel,' reageerde Miss Marple en zuchtte. 'Ik heb een antwoord op veel vragen gevonden.'

'Ik hoop dat u zich tot nu toe heeft geamuseerd,' zei Clotilde.

'Ik ben nu blij dat ik niet verder mee ben gereisd,' zei Miss Marple. 'Ik denk niet dat ik van de rest nog bijzonder zou hebben genoten.'

'Dat kan ik me heel goed indenken.'

Clotilde haalde een glas warme melk uit de keuken en liep samen met Miss Marple naar haar kamer.

'Kan ik nog iets anders voor u halen?' vroeg ze.

'Nee, dank u,' zei Miss Marple. 'Ik heb alles wat ik hebben wil. Ik heb een kleine reistas bij me, zoals u ziet, dus hoef ik niets uit te pakken. Het is heel aardig van u en uw zusters geweest me uit te nodigen hier nog een nacht te komen logeren. Heel hartelijk dank daarvoor.'

'Nadat we die brief van meneer Rafiel hadden ontvangen, konden we weinig minder doen. Hij was een heel attente man.'

'Ja,' zei Miss Marple. 'Een man die... tsja, die aan alles dacht. Een heel goed stel hersenen, zou ik zo denken.'

'Ik geloof dat hij een heel beroemd financier was.'

'Hij dacht aan veel dingen, zowel op financieel gebied als op andere terreinen,' zei Miss Marple. 'Nu, ik ben blij dat ik naar bed kan gaan. Goedenacht, juffrouw Bradbury-Scott.'

'Zal ik u morgen uw ontbijt op bed laten brengen? Zou u dat prettig vinden?'

'Nee, nee, ik wil niet dat u zoveel moeite voor me doet. Ik kom liever naar beneden. Een kopje thee zou misschien heel lekker zijn, maar ik wil de tuin in. Ik wil met name kijken naar dat heuveltje dat helemaal met witte bloemen is bedekt. Zo mooi en zo triomfantelijk...'

'Welterusten,' zei Clotilde. 'Ik hoop dat u lekker slaapt.'

2

In de hal van The Old Manor House sloeg de grote klok onder aan de trap twee uur. De klokken in het huis liepen niet allemaal gelijk en sommige sloegen helemaal niet meer. Het was niet makkelijk een huis vol antieke klokken op orde te houden. Om drie uur sloeg de klok op de eerste verdieping zachtjes. Door een kier bij de deur kwam vaag licht naar binnen.

Miss Marple ging rechtop in bed zitten en legde haar vinger op de schakelaar van het lampje naast haar bed. Ze zag buiten haar kamer nu geen licht meer, maar zachte voetstappen liepen de kamer door. Miss Marple deed de lamp aan.

'O,' zei ze, 'bent u het, juffrouw Bradbury-Scott? Is er iets bijzonders aan de hand?'

'Ik kwam alleen even kijken of u nog iets nodig had.'

Miss Marple keek haar aan. Clotilde droeg een lange, paarse kamerjas. Wat was ze een knappe vrouw, dacht Miss Marple. Het haar rond haar voorhoofd, een tragische figuur, een dramatische figuur. Miss Marple dacht aan Griekse toneelstukken, en opnieuw aan Clytemnestra.

'Weet u zeker dat ik niets voor u kan halen?'

'Dank u. Ik ben bang dat ik mijn melk niet heb opgedronken,' zei ze verontschuldigend.

'Mijn hemel, waarom niet?'

'Ik dacht niet dat het erg goed voor me zou zijn,' reageerde Miss Marple.

Clotilde stond daar bij het voeteneind van het bed naar haar te kijken.

'Niet gezond, weet u,' zei Miss Marple.

'Wat bedoelt u daar precies mee?' De stem van Clotilde klonk nu scherp.

'Ik denk dat u dat wel weet. Ik denk dat u dat de hele avond weet, en misschien zelfs wel al langer.'

'Ik heb er geen idee van waarover u het heeft.'

'Nee?' Er was een licht satirische ondertoon in Miss Marples stem verschenen.

'Ik ben bang dat de melk nu koud is. Ik zal haar meenemen en wat warme melk voor u halen.'

Clotilde stak een hand uit en pakte het glas.

'Die moeite hoeft u niet te doen. Zelfs als u andere melk ging halen, zou ik die niet opdrinken.'

'Ik begrijp werkelijk niet wat u nu precies wilt zeggen. U bent een heel buitengewoon iemand. Wat voor een vrouw bent u? Waarom praat u zo? Wie bent u?'

Miss Marple trok de berg roze wol omlaag die haar hoofd had omkranst, een roze wollen sjaal, net zoals ze die eens in

West-Indië had gedragen.

'Ik word ook wel wraakgodin genoemd,' zei ze.

'Wraakgodin? Wat bedoelt u daar nu weer mee?'

'Ik denk dat u dat wel weet,' zei Miss Marple. 'U heeft een heel goede opleiding genoten. Soms duurt het lang voordat er wraak kan worden genomen, maar gebeuren doet het altijd.'

'Waar heeft u het toch over?'

'Over een heel mooi meisje, dat door u is vermoord.'

'Dat door mij is vermoord? Ik begrijp hier niets van.'

'Ik doel op het meisje Verity.'

'Waarom zou ik haar hebben vermoord?'

'Omdat u van haar hield,' zei Miss Marple.

'Natuurlijk hield ik van haar. Ik was haar volkomen toegewijd, en zij hield van mij.'

'Nog niet zo lang geleden heeft iemand tegen me gezegd dat liefde een angstaanjagend woord is. Het ís ook een angstaanjagend woord. U hield te veel van Verity. Ze betekende voor u alles op deze wereld. Ze was u volkomen toegewijd, tot er iets anders in haar leven verscheen. Ze werd verliefd op een jongen, een jongeman. Niet zo'n geschikte figuur, geen goede man, niet iemand met een onberispelijke levenswandel, maar ze hield van hem en hij hield van haar en ze wilde ontsnappen. Ze wilde ontsnappen aan de ketenen van uw liefde. Ze wilde het leven van een normale vrouw leiden. Ze wilde leven met de man van haar keuze, en kinderen van hem krijgen. Ze wilde trouwen, en het geluk van een normaal bestaan ervaren.'

Clotilde bewoog zich. Ze liep naar een stoel, nam plaats en bleef Miss Marple aanstaren.

'U lijkt het allemaal heel goed te begrijpen,' zei ze.

'Ja, ik begrijp het ook.'

'Wat u zegt, is volkomen waar. Ik zal het niet ontkennen. Het doet er niet toe of ik het ontken of niet.'

'Inderdaad,' reageerde Miss Marple. 'Wat dat betreft heeft u volkomen gelijk. Het zal er niets toe doen.'

'Heeft u er enig idee van – kunt u zich er een voorstelling van maken – hoe ik heb geleden?'

'Ja,' zei Miss Marple. 'Dat kan ik me voorstellen. Ik heb me altijd van alles kunnen voorstellen.'

'Kunt u zich voorstellen hoe ellendig je je voelt wanneer je denkt, wanneer je er zeker van bent datgene te verliezen dat je op deze wereld het meest dierbaar is? En ik verloor dat aan een ellendige, ontaarde delinquent. Een man die mijn mooie, schitterende meisje helemaal niet waard was. Ik moest het doen... Ik moest het doen.'

'Ja,' zei Miss Marple. 'U vermoordde haar, omdat u haar niet wilde laten gaan. Omdat u van haar hield, heeft u haar vermoord.'

'Denkt u dat ik ooit tot zoiets in staat zou zijn? Denkt u dat ik het meisje van wie ik hield, had kunnen wurgen? Denkt u dat ik haar hoofd tot moes had kunnen slaan? Iets dergelijks kon alleen worden gedaan door een boosaardige, ontaarde man.'

'Nee,' zei Miss Marple. 'Tot zoiets zou u niet in staat zijn geweest. Het meisje met wie dat is gebeurd, was niet het meisje van wie u hield. Verity is nog altijd hier, nietwaar? Hier in de tuin. Ik denk niet dat u haar hebt gewurgd. Ik denk dat u haar koffie of melk te drinken hebt gegeven, met een pijnloze overdosis slaapmiddelen. Toen ze dood was, hebt u haar meegenomen naar de tuin. Daar heeft u de stenen van de kapotte kas weggehaald en daar een graftombe voor haar gemaakt, waarna u de stenen hebt toegedekt. Daarna hebt u er de polygonum geplant, die sinds die tijd aldoor in bloei heeft gestaan en ieder jaar groter en sterker is geworden. Verity is hier bij u gebleven. U hebt haar nooit laten gaan.'

'Zottin! Idiote, oude zottin! Denkt u dat u ooit de kans zult hebben dit verhaal aan anderen te vertellen?'

'Dat denk ik wel,' zei Miss Marple, 'maar ik ben er niet helemaal zeker van. U bent een sterke vrouw, heel wat sterker dan ik.'

'Ik ben blij dat u dat inziet.'

'En u zou er geen enkel gewetensbezwaar over hebben,' ging Miss Marple verder. 'Een moordenaar houdt niet op na het plegen van een moord, weet u. Dat heb ik in de loop van mijn leven bij het observeren van misdaden wel gemerkt. U hebt twee meisjes gedood, nietwaar? U hebt het meisje vermoord van wie u hield, en een ander meisje.'

'Ik heb een dom, jong hoertje vermoord. Nora Broad. Hoe wist u dat trouwens?'

'Ik heb me zo het een en ander afgevraagd,' zei Miss Marple. 'Toen ik u had leren kennen, dacht ik niet dat u het had kunnen verdragen het meisje van wie u hield, te wurgen en te verminken. Maar rond diezelfde tijd verdween er nog een ander meisje, van wie het lichaam nooit is gevonden. Ik dacht echter dat dat lichaam wel was gevonden, zonder dat men wist dat het van Nora Broad was. Het was gekleed in de kleren van Verity, het werd geïdentificeerd als Verity door de enige persoon tot wie men zich in eerste instantie zou wenden, degene die haar beter kende dan wie ook. U moest zeggen of het lichaam dat was gevonden, van Verity was. U herkende het, zogenaamd. U zei dat het Verity was.'

'Waarom zou ik zoiets hebben gedaan?'

'Omdat u wilde dat de jongen die Verity van u had afgepakt, de jongen van wie Verity had gehouden en die van Verity had gehouden, berecht zou worden wegens moord. Dus heeft u dat tweede lichaam verborgen op een plaats waar het niet makkelijk zou worden gevonden. U wilde er zeker van zijn dat het zou worden geïdentificeerd zoals u dat wenste. U trok haar Verity's kleren aan en legde er haar handtasje bij – een paar brieven, een armbandje, een kruisje aan een ketting – en toen verminkte u haar gezicht.

Een week geleden hebt u een derde moord gepleegd, de moord op Elizabeth Temple. U hebt haar gedood omdat ze naar deze streek kwam en u bang was voor wat zij misschien wist omdat Verity haar had gesproken of geschreven. U dacht dat als Elizabeth Temple zou gaan praten met aartsdeken Brabazon, zij gezamenlijk, door wat ieder van hen wist, nog wel eens in de buurt van de waarheid zouden kunnen komen. Elizabeth Temple mocht de aartsdeken niet ontmoeten. U bent een heel sterke vrouw. U kunt die steen die heuvel hebben afgerold. Het moet u enige moeite hebben gekost, maar u bent een heel sterke vrouw.'

'Sterk genoeg om ook met u te kunnen afrekenen.'

'Ik denk niet dat men u dat zal laten doen,' zei Miss Marple.

'Wat bedoel je daarmee, ellendige, verschrompelde, oude vrouw?'

'Ja, ik ben een oude vrijster en ik heb weinig kracht in mijn armen en benen. Erg weinig kracht waarin dan ook. Maar ik ben, op mijn eigen manier, een afgezant van de gerechtigheid.'

Clotilde lachte. 'En wie zal me beletten een einde aan jouw leven te maken?'

'Mijn beschermengel, denk ik,' antwoordde Miss Marple.

'Je vertrouwt op je beschermengel?' Clotilde lachte weer. Ze liep naar het bed.

'Wellicht twee beschermengelen,' zei Miss Marple. 'Meneer Rafiel pakte iets altijd groots aan.'

Haar hand verdween onder het kussen en kwam weer te voorschijn. Ze hield een fluitje vast, dat ze aan haar lippen zette. In zijn soort was het een sensationeel ding. Het had een dermate schrille toon dat het de aandacht nog zou trekken van een agent aan het einde van de straat. Twee dingen gebeurden vrijwel tegelijkertijd. De deur van de kamer ging open. Clotilde draaide zich om. Juffrouw Barrow stond in de deuropening. Op hetzelfde moment ging de deur van de grote klerenkast open en stapte juffrouw Cooke daar uit. Beiden straalden een grimmig professionalisme uit, dat zeer opvallend was in verhouding tot hun vriendelijke manier van doen eerder die avond.

'Twee beschermengelen,' zei Miss Marple gelukkig. 'Meneer Rafiel heeft me werkelijk alle eer betoond, zoals ze vroeger zeiden.'

Miss Marple vertelt haar verhaal

'Wanneer hebt u ontdekt dat die twee vrouwen particuliere detectives waren die meereisden om u te beschermen?' vroeg professor Wanstead.

Hij boog zich voorover in zijn stoel en keek nadenkend naar de witharige oude dame die kaarsrecht in de stoel tegenover hem zat. Ze bevonden zich in een officieel regeringsgebouw in Londen en er waren nog vier andere personen aanwezig.

Een functionaris van het Openbaar Ministerie; de assistent-hoofdcommissaris van Scotland Yard, Sir James Lloyd; de directeur van de Manstone-gevangenis, Sir Andrew McNeil, en als vierde de minister van Binnenlandse Zaken.

'Pas gisteravond,' zei Miss Marple. 'Ik was er tot dat moment niet echt zeker van. Juffrouw Cooke was in St. Mary Mead geweest en ik kwam er al vrij snel achter dat ze niet degene was voor wie ze zich uitgaf, namelijk een vrouw met een redelijke kennis van tuinieren, die daarheen was gekomen om een vriendin met haar tuin te helpen. Dus moest ik bepalen wat het werkelijke doel van dat bezoek was geweest en kwam ik tot de conclusie dat ze kennelijk had willen weten hoe ik eruitzag. Toen ik haar in de bus weer herkende, moest ik bepalen of ze als een soort beschermengel meereisde, of dat de twee vrouwen vijanden waren, die in de arm waren genomen door wat ik de andere partij zou kunnen noemen.

Ik was pas echt volkomen zeker van mijn zaak toen juffrouw Cooke het me gisteravond door duidelijke, waarschuwende woorden belette de kop koffie op te drinken die Clotilde Bradbury-Scott net voor me had neergezet. Ze koos haar woorden heel slim, maar de waarschuwing wás er. Toen ik later die twee vrouwen goedenavond wenste, nam een van hen mijn hand in haar beide handen en gaf me een bijzonder vriendelijke handdruk. Daarbij stopte ze me iets in mijn hand en toen ik dat later bekeek, zag ik dat het een heel bijzonder fluitje was. Ik heb het meegenomen naar bed en een glas melk geaccepteerd dat mijn gastvrouwe me vrijwel opdrong. Toen heb ik haar welterusten gewenst en er terdege voor gezorgd niets aan mijn eenvoudige, vriendelijke houding te wijzigen.'

'U hebt die melk niet opgedronken?'

'Natuurlijk niet,' zei Miss Marple. 'Wie denkt u wel dat ik ben?'

'Mijn excuses,' zei professor Wanstead. 'Het verbaast me wel dat u uw deur niet op slot hebt gedaan.'

'Dat zou helemaal verkeerd zijn geweest. Ik wilde dat Clotilde Bradbury-Scott zou binnenkomen. Ik wilde weten wat ze zou zeggen of doen. Ik meende vrijwel zeker dat ze als er maar voldoende tijd was verstreken, binnen zou komen, om zich ervan te vergewissen dat ik de melk had opgedronken en in een bewusteloze slaap was gevallen waaruit ik waarschijnlijk niet meer zou zijn ontwaakt.'

'Hebt u juffrouw Cooke geholpen zich in de klerenkast te verbergen?'

'Nee. Het was een volledige verrassing voor me toen ze daar opeens uit te voorschijn kwam. Ik veronderstel,' zei Miss Marple nadenkend, 'dat zij erin is gekropen toen ik even door de gang liep, onderweg naar het... eh, het toilet.'

'U wist dat die vrouwen in het huis waren?'

'Ik dacht dat ze wel ergens in de buurt zouden zijn, nadat ze me dat fluitje hadden gegeven. Ik geloof niet dat het moeilijk was dat huis in te komen, want er waren geen luiken voor de ramen en er was geen alarminstallatie aangebracht of zoiets dergelijks. Een van hen kwam terug onder het voorwendsel een handtas en een sjaal te zijn vergeten en ik denk dat het die vrouwen toen is gelukt een raam op een kiertje te zetten. Ze zullen wel vrijwel meteen nadat ze het huis hadden verlaten, weer naar binnen zijn geglipt, terwijl de bewoners naar boven en naar bed gingen.'

'Miss Marple, u hebt een groot risico genomen.'

'Ik hoopte dat alles goed zou aflopen. Je kunt dit leven niet doorkomen zonder bepaalde risico's te nemen wanneer dat nodig is.'

'Die tip van u over dat pakje dat naar een liefdadigheidsinstelling was gestuurd, heeft tussen twee haakjes een positief resultaat opgeleverd. Er zat een splinternieuwe herentrui in, met felgekleurde zwarte en rode ruiten. Heel opvallend. Waardoor bent u aan die mogelijkheid gaan denken?'

'Dat was werkelijk heel eenvoudig,' antwoordde Miss Marple. 'De beschrijving die Emlyn en Joanna van die figuur hadden gegeven, leek er met vrijwel absolute zekerheid op te wijzen dat het de bedoeling was geweest dat het opvallende, felgekleurde kledingstuk zou worden gezien. Daardoor kon het niet ter plaatse worden verstopt of door de persoon in kwestie zelf worden bewaard. Dus moest die trui verdwijnen en wel zo spoedig mogelijk. In feite is er slechts een manier waarop je je met succes van iets kunt ontdoen. Via de post. Kleren kunnen heel gemakkelijk naar een liefdadigheidsinstelling worden gestuurd. Denk u maar eens in hoe blij de mensen die winterkleding voor werkloze moeders inzamelen, of welke andere soortgelijke instelling dan ook, met een vrijwel splinternieuwe wollen trui zouden zijn. Ik hoefde alleen maar te achterhalen naar welk adres hij was gestuurd.'

'En dat hebt u op het postkantoor gevráágd?' De minister van Binnenlandse Zaken keek ietwat geschokt.

'Niet rechtstreeks, natuurlijk. Ik moest een beetje zenuwachtig doen en uitleggen dat ik het verkeerde adres op dat pakje had geschreven en toen heb ik gevraagd of het pakje dat mijn vriendelijke gastvrouwe had afgeleverd, al was verstuurd. Een heel aardige dame daar heeft toen haar best gedaan en herinnerde zich dat het pakje niet naar het door mij bedoelde adres was verstuurd, waarna ze me het adres gaf dat wel vermeld was. Ik geloof niet dat ze er ook maar enig vermoeden van had dat ik inlichtingen wilde hebben. Ik neem aan dat ze dacht dat ik een nogal verwarde, oude dame was, die zich veel zorgen maakte over de plaats van bestemming van het pakje met de gedragen kleding.'

'Ah,' zei professor Wanstead. 'U bent duidelijk een actrice, Miss Marple, en niet alleen een wraakgodin. Wanneer begon u er een vermoeden van te krijgen wat er tien jaar geleden was gebeurd?'

'In het begin vond ik alles moeilijk, vrijwel onmogelijk. Ik nam het meneer Rafiel kwalijk dat hij me de zaken niet duidelijk had gemaakt. Ik zie nu in dat hij er heel verstandig aan heeft gedaan dat niet te doen. Hij was werkelijk uitzonderlijk slim, weet u. Ik begrijp nu waarom hij zo'n groot financier was en zo makkelijk zoveel geld verdiende. Hij had alles heel zorgvuldig gepland. Hij heeft me iedere keer net voldoende informatie gegeven. Ik werd, als het ware, gestuurd. Eerst werden mijn beschermengelen gewaarschuwd dat ze moesten gaan bekijken hoe ik eruitzag. Toen kreeg ik de uitnodiging deel te nemen aan die busreis.'

'Verdacht u, als ik dat woord mag gebruiken, in eerste instantie een van uw medepassagiers?'

'Ik zag alleen diverse mogelijkheden.'

'Maar u voelde niet de aanwezigheid van het kwaad?'

'Ah, die opmerking heeft u zich herinnerd. Nee, in de bus voelde ik geen kwade sfeer. Ik had niet te horen gekregen wie daar mijn contactpersoon zou zijn, maar zíj heeft zich aan míj kenbaar gemaakt.'

'Elizabeth Temple?'

'Ja,' zei Miss Marple. 'Het was zoiets als een zoeklicht, dat dingen op een donkere avond verlichtte. Tot dan toe had ik in het duister getast. Gezien alles waarop meneer Rafiel had gewezen, wist ik dat er iets aan de hand moest zijn. Dat er ergens een slachtoffer moest zijn, en ergens een moordenaar. Ja, er moest sprake zijn van een moordenaar, omdat dat de enige band was die er tussen mij en meneer Rafiel had bestaan. In West-Indië was een moord gepleegd. Hij en ik waren daar beiden bij betrokken geweest en dat was in feite het enige dat hij van mij wist. Dus kon het niet om een ander soort misdaad gaan. Het kon ook geen misdaad zijn die per ongeluk was begaan. Het moest met opzet zijn gebeurd, door iemand die het kwaad had omarmd. Het kwade in plaats van het goede. Er leken twee slachtoffers in het spel te zijn. Er moest iemand zijn die was vermoord en er moest iemand zijn die duidelijk het slachtoffer was geworden van een gerechtelijke dwaling. Een slachtoffer dat was beschuldigd van een misdaad die hij of zij niet had begaan. Terwijl ik over die dingen nadacht, tastte ik in het duister, tot ik met juffrouw Temple had gesproken. Ze was heel intens en sprak zeer indringend. Toen kwam de eerste aanwijzing. Ze sprak over een meisje dat ze had gekend en dat met de zoon van meneer Rafiel verloofd was geweest. Dat was voor mij het eerste lichtstraaltje. Ze vertelde me ook dat het meisje niet was getrouwd. Ik vroeg waarom niet en zij zei: "omdat ze is gestorven". Toen ik vroeg hoe ze was gestorven, wat haar dood was geworden, en ze zei – ik kan haar sterke stem nog altijd horen, als het luiden van een zware klok – zei ze *liefde*. Daar voegde ze aan toe dat liefde het meest angstaanjagende woord was dat er is. Ik wist toen niet precies wat ze ermee bedoelde.

In feite dacht ik in eerste instantie zelfs dat het meisje zelfmoord had gepleegd wegens een ongelukkige liefdesaffaire. Dat gebeurt vaak genoeg en het is altijd weer een trieste zaak. Meer wist ik toen niet. Dát en het feit dat zij niet alleen voor haar genoegen op reis was. Ze was, zei ze, op pelgrimstocht. Ze was onderweg naar de een of andere plaats, of de een of andere persoon. Ik wist toen nog niet wie die persoon was. Dat kwam pas later.'

'Aartsdeken Brabazon.'

'Ja, maar in die tijd had ik nog geen idee van zijn bestaan. Vanaf dat moment had ik echter wel het gevoel dat de hoofdrolspelers in het drama, of hoe u hen ook noemen wilt, niet in de bus zaten. Dat ze geen deel uitmaakten van het reisgezelschap. Ik heb even geaarzeld ten aanzien van bepaalde personen. Ik heb geaarzeld waar het Joanna Crawford en Emlyn Price betrof.'

'Waarom ten aanzien van hen in het bijzonder?'

'Vanwege hun jeugd. Omdat jeugd zo vaak in verband wordt gebracht met zelfmoord, met geweld, met intense jaloezie en tragische liefde. Een man vermoordt zijn meisje. Zoiets komt voor. Ja, ik dacht aan hen, maar ik kon geen enkel verband ontdekken. Geen schaduw van kwaad, van wanhoop of ellende. Later heb ik dat idee over hen gebruikt als een valse aanwijzing toen we die laatste avond in The Old Manor House samen sherry zaten te drinken. Ik wees erop dat zij de meest voor de hand liggende verdachten waren ten aanzien van de dood van Elizabeth Temple. Als ik die twee weer zie, zal ik mijn excuses aanbieden voor het feit dat ik hen heb gebruikt om de aandacht af te leiden van mijn werkelijke ideeën.'

'En toen kwam de dood van Elizabeth Temple?'

'Nee, het eerstvolgende dat gebeurde, was dat ik werd ontvangen in The Old Manor House. De vriendelijke uitnodiging om onder hun gastvrije dak te komen logeren. Ook dat was weer door meneer Rafiel geregeld. Dus wist ik dat ik erheen moest, al wist ik niet waarom. Het zou slechts een plaats kunnen zijn waar ik meer informatie zou krijgen die me bij mijn onderzoek moest leiden. Het spijt me,' zei Miss Marple en werd opeens weer zichzelf, met haar normale, verontschuldigende, wat nerveuze manier van doen, 'maar ik ben veel te lang aan het woord. Ik moet u echt niet lastig vallen met alles wat ik dacht en...'

'Gaat u alstublieft verder,' zei professor Wanstead. 'Misschien weet u het niet, maar alles wat u me vertelt, vind ik bijzonder interessant. Het klopt met zoveel dat mij door mijn werk bekend is. Vertelt u me alstublieft wat u nog meer voelde.'

'Ja, gaat u door,' zei Sir Andrew McNeil.

'Het wás een kwestie van gevoel,' zei Miss Marple, 'en in feite niet van logisch deduceren. Het was gebaseerd op een soort emotionele reactie op, of gevoeligheid voor... tsja, ik kan het alleen maar een bepaalde sfeer noemen.'

'Ja,' zei professor Wanstead. 'In huizen hangt een bepaalde sfeer, net als op plaatsen, in tuinen, in het bos, in een café, in een landhuisje.'

'De drie zusters. Daar dacht ik aan, dat voelde ik aan en dat zei ik tegen mezelf toen ik in The Old Manor House was. Ik werd zo aardig ontvangen door Lavinia Glynne. Iets aan die uitdrukking - de drie zusters - klinkt je sinister in de oren. Je brengt het in verband met de drie zusters uit de Russische literatuur en met de drie heksen uit Macbeth. Ik had de indruk dat er in dat huis een sfeer hing die getuigde van verdriet, van diep doorvoelde wanhoop, maar ook van angst, die trachtte de strijd aan te binden met een normale sfeer.'

'Zou u op dat laatste eens iets nader willen ingaan?' vroeg Wanstead.

'Ik denk dat het door mevrouw Glynne kwam. Zij was degene die me kwam uitnodigen toen de bus was gearriveerd. Zij was een volstrekt normale en aardige vrouw, een weduwe. Ze was niet erg gelukkig, maar wanneer ik dat zeg, doel ik daar niet mee op verdriet of een gevoel van intens ongelukkig zijn, wel op het feit dat de sfeer die in dat huis hing, strijdig was met haar karakter. Ze nam me mee en ik maakte kennis met de andere twee zusters. De volgende morgen hoorde ik van een bejaarde dienstbode, die me 's morgens vroeg een kopje thee kwam brengen, een verhaal over een tragedie die zich in het verleden had afgespeeld, over een meisje dat door haar vriend was gedood. Over verschillende andere meisjes in de omgeving die het slachtoffer waren geworden van geweldpleging of aanranding. Ik moest een tweede maal evalueren. Ik was tot de conclusie gekomen dat de mensen in de bus persoonlijk niets met mijn zoekactie te maken hadden. Ergens liep nog een moordenaar rond. Ik moest me afvragen of die daar in dat huis was waar ik naartoe was gestuurd, Clotilde, Lavinia, Anthea. Drie namen van drie eigenaardige zusters, die gelukkig of ongelukkig waren, die leden of bang waren. Mijn aandacht viel in eerste instantie op Clotilde. Een lange, knappe vrouw. Een persoonlijkheid, net zoals Elizabeth Temple een persoonlijkheid was. Ik meende dat ik alles wat ik over de zusters wist, goed onder de loep moest nemen. Wie zou een moordenares kunnen zijn? Wat voor een moordenares? Hoe was de moord gepleegd? Ik voelde een bepaalde sfeer ontstaan en ik geloof niet dat ik die met een ander woord kan omschrijven dan kwaadaardig. Het hoefde niet noodzakelijkerwijs te betekenen dat een van hen kwaadaardig was. Wel dat ze in een sfeer leefden waarbinnen zich iets kwaadaardigs had afgespeeld dat een schaduw had achtergelaten of hen nog steeds bedreigde. Ik dacht het eerst na over Clotilde, de oudste. Ze was knap, ze was sterk, ze was, meende ik, een vrouw met intense emoties. Ik zag haar, ik ben bereid dat toe te geven, als een mogelijke Clytemnestra. Kort geleden heeft een heel vriendelijk iemand mij meegenomen naar een Grieks toneelstuk,' ging Miss Marple op normale toon verder, 'dat werd opgevoerd op een bekende jongenskostschool, niet ver van mijn huis vandaan. Ik ben toen heel erg onder de indruk gekomen van het acteren van Agamemnon en vooral van de prestatie van de jongen die de rol van Clytemnestra speelde. Heel opmerkelijk, die prestatie. Ik kon Clotilde voorstellen als een vrouw die haar echtgenoot in zijn bad zou kunnen vermoorden.'

Even kostte het professor Wanstead erg veel moeite niet te gaan lachen. Dat kwam door de serieuze toon in de stem van Miss Marple. Ze keek hem met pretlichtjes in haar ogen aan.

'Ja, het klinkt nogal gek, nietwaar, als je het zo zegt? Maar ik kon haar zo zíen – die rol spelend, bedoel ik dan. Helaas had ze geen echtgenoot. Ze had nooit een echtgenoot gehad en kon daarom ook nooit een echtgenoot hebben vermoord. Toen dacht ik na over mijn gids in dat huis, Lavinia Glynne. Ze leek een heel aardige, gezonde en aangename vrouw. Maar helaas hebben sommige moordenaars die indruk wel eens meer gewekt bij hun omgeving. Zij leken charmante mensen. Veel moordenaars zijn aardig en charmant geweest en hebben mensen stomverbaasd doen staan. Zij zijn wat ik de "respectabele moordenaars" noem. Diegenen die, uitsluitend omdat ze dat nuttig achten, een moord kunnen begaan. Zonder emoties, maar om een gewenst doel te bereiken. Ik achtte het niet erg waarschijnlijk en het zou me hooglijk hebben verbaasd als het wel zo was geweest, maar ik kon mevrouw Glynne niet helemaal terzijde schuiven. Ze had een echtgenoot gehad. Ze was al enige jaren weduwe. Het had gekund. Daar liet ik het bij. En toen kwam ik bij de derde zuster. Anthea. Zij had een verontrustende persoonlijkheid. Slecht gecoördineerd, meende ik, wat warrig en ten prooi aan een emotie die ik door de bank genomen als angst meende te kunnen bestempelen. Ze was ergens bang van. Ze was ergens heel erg bang van. Ook dat kon in het beeld passen. Als ze de een of andere misdaad had gepleegd, een misdaad die, naar zij meende, definitief tot het verleden behoorde, zou ze misschien bang geweest kunnen zijn dat die oude misdaad weer ter sprake zou komen of zou worden ontdekt, wellicht door het onderzoek naar de dood van Elizabeth Temple. Ze had een eigenaardige manier om je aan te kijken en dan links en rechts even een blik over haar schouder te werpen, alsof ze iets achter zich zag staan. Iets dat haar bang maakte. Ook zij zou een mogelijke kandidate kunnen zijn. Een wellicht geestelijk wat onevenwichtige moordenares die kon doden omdat ze meende te worden achtervolgd. Omdat ze bang was. Dat waren alleen maar ideeën. Een enigszins definitievere gedachtengang rond de mogelijkheden die ik in de bus al had overwogen. Maar de sfeer in dat huis trof me meer dan ooit. De volgende morgen liep ik met Anthea door de tuin. Aan het einde van een van de grotere paden lag een heuvel. Een heuvel die was ontstaan door het instorten van iets dat eens een kas was geweest. Door een tekort aan tuinlieden tegen het einde van de oorlog, en wegens geldgebrek om noodzakelijke reparaties te laten uitvoeren, was die kas buiten gebruik en vervallen geraakt. Op de stenen lag een laag aarde en daar was een bepaalde plant op gaan groeien. Een plant die vaak wordt gebruikt wanneer je iets wilt verbergen of een nogal lelijk gebouwtje in je tuin aan het oog wilt onttrekken. Polygonum heet die. Een van de snelst groeiende, bloeiende planten die alles overwoekert, doodt en verdroogt. Hij groeit dwars over alles heen. In zekere zin is het een nogal angstaanjagende plant. Hij heeft prachtige witte bloemen en kan er heel lieflijk uitzien. Hij stond nog niet in bloei, maar dat zou wel spoedig het geval zijn. Ik stond daar met Anthea en zij leek diep bedroefd te zijn over het verloren gaan van die kas. Ze zei dat er zulke prachtige druiven in hadden gegroeid. Die leek ze zich uit haar kinderjaren nog het best te kunnen herinneren. En ze verlangde er wanhopig naar geld genoeg te hebben om die heuvel af te graven, de grond te egaliseren, de kas weer op te bouwen en daar weer druiven en perziken in te gaan kweken. Ze had afschuwelijk veel heimwee naar het verleden. Het was zelfs meer dan dat. Weer voelde ik heel duidelijk een sfeer van angst. Iets aan die heuvel verontrustte haar. Ik kon toen niet bedenken waarom. Daarna vond Elizabeth Temple de dood en stond het door het verhaal van Joanna Crawford en Emlyn Price vast dat het geen ongeluk was, maar een zeer opzettelijk gepleegde moord.

Ik denk dat ik het vanaf dat moment heb geweten,' zei Miss Marple. 'Ik kwam tot de conclusie dat er drie moorden waren gepleegd. Ik hoorde het volledige verhaal over de zoon van meneer Rafiel, de delinquent, de jongen die al in de gevangenis had gezeten. Ik was van mening dat hij inderdaad een boef was, maar achtte het wel zeer onwaarschijnlijk dat hij ook een moordenaar was. Toch was al het bewijsmateriaal tegen hem geweest. Niemand had eraan getwijfeld dat hij het meisje had vermoord dat, zoals ik inmiddels wist, Verity Hunt heette. Maar aartsdeken Brabazon zette definitief de kroon op deze zaak, om het zo maar eens te zeggen. Hij had die twee jonge mensen gekend. Ze waren naar hem toe gekomen met de mededeling dat ze wilden trouwen en hij had besloten dat dat ook zou gebeuren. Hij dacht dat het wellicht geen verstandig huwelijk zou zijn, maar het was een huwelijk dat werd gerechtvaardigd door het feit dat ze van elkaar hielden. Het meisje hield van de jongen met wat hij ware liefde noemde. Een liefde die even waar was als haar naam. En hij meende dat de jongen, ondanks zijn slechte reputatie op seksueel gebied, echt van het meisje had gehouden en vast van plan was geweest haar trouw te blijven en zijn slechte gewoonten te verbeteren. De aartsdeken was niet optimistisch. Hij geloofde niet, naar mijn mening, dat het een volkomen gelukkig huwelijk zou worden, maar in zijn ogen was het wel iets dat hij een noodzakelijk huwelijk noemde. Noodzakelijk omdat je, als je maar genoeg van iemand houdt, bereid bent de prijs daarvoor te betalen, ook al is de prijs teleurstelling en af en toe het gevoel ongelukkig te zijn. Maar van één ding was ik vrijwel volkomen zeker. Dat een jongen die echt van een meisje hield, niet haar hoofd op die manier had kunnen verminken. Dit was geen geval van aanranding. Binnen deze relatie was de liefde op tederheid gebaseerd. Ik was bereid de aartsdeken wat dat betreft op zijn woord te geloven. Maar ik wist ook dat ik van Elizabeth Temple een juiste aanwijzing had gekregen. Ze had gezegd dat liefde de reden was geweest van de dood van Verity – een van de meest angstaanjagende woorden die er zijn.

Daarna was het helemaal duidelijk,' ging Miss Marple verder, 'al denk ik dat ik het in feite al enige tijd wist. Kleine dingen hadden tot dan toe alleen niet in het patroon gepast, maar toen veranderde dat. Ze sloten aan bij wat Elizabeth Temple had gezegd over de reden van Verity's dood. Eerst was er dat ene woord "liefde" over haar lippen gekomen en toen had ze gezegd dat liefde het meest angstaanjagende woord kon zijn dat er was. Daarna was alles zo duidelijk. De overweldigende liefde die Clotilde voor dat meisje had gekoesterd. Het meisje dat haar als een heldin had aanbeden, afhankelijk van haar was geweest, maar naarmate ze ouder werd met haar normale instincten werd geconfronteerd. Ze wilde vrij zijn om lief te hebben, te trouwen en kinderen te krijgen. Toen verscheen er een jongeman in haar leven die ze kon liefhebben. Ze wist dat hij onbetrouwbaar was en in wezen niet deugde, maar daarom zal geen enkel meisje een jongen laten vallen,' ging Miss Marple verder. 'Nee. Jonge vrouwen lijken een lichte voorkeur te hebben voor jongens die niet deugen. Dat is altijd al zo geweest. Ze worden verliefd op jongens die niet deugen. Ze zijn er volkomen zeker van dat ze hen kunnen veranderen. En de aardige, vriendelijke, betrouwbare echtgenoten kregen in mijn tijd te horen dat ze "als een zuster voor hen zouden zijn" - een opmerking die nooit bijzonder in de smaak viel.

Verity werd verliefd op Michael Rafiel. Michael Rafiel was bereid met een schone lei te beginnen en met dit meisje te trouwen. Hij was er zeker van dat hij er nooit meer naar zou verlangen naar een ander meisje te kijken. Ik zal niet zeggen dat ze verder voor altijd gelukkig zouden zijn geworden, maar er was, zoals de aartsdeken met grote stelligheid beweerde, sprake van echte liefde. Ik denk dat Verity aan Elizabeth heeft geschreven dat ze met Michael Rafiel ging trouwen. Het was in het geheim geregeld, omdat ik denk dat Verity besefte dat ze in wezen bezig was te ontsnappen. Ze wilde ontsnappen aan een leven dat ze niet langer wenste te leiden, aan iemand van wie ze heel veel hield, maar niet op de manier waarop ze van Michael hield. Iets dergelijks zou haar niet worden toegestaan. Toestemming voor dat huwelijk zou niet vrijwillig worden gegeven en ieder obstakel zou hun voor de voeten worden geworpen. Dus waren ze, zoals zoveel andere jonge mensen, van plan er samen vandoor te gaan. Ze hoefden niet naar Gretna Green te vluchten, want ze waren oud genoeg om voor de wet te mogen trouwen. Dus deed ze een beroep op aartsdeken Brabazon, een oude en echte vriend. Het huwelijk werd afgesproken, ze kwamen een dag en een tijd overeen, en ze zal in het geheim waarschijnlijk ook wel een jurk hebben gekocht waarin ze wilde trouwen. Ze zouden ieder apart naar de plaats van het rendez-vous komen. Ik denk dat hij er wel naartoe is gegaan, maar zij kwam níet. Misschien heeft hij gewacht en daarna getracht te achterhalen waarom ze niet was gekomen. Ik denk dat er een boodschap aan hem kan zijn doorgegeven, dat iemand misschien haar handschrift heeft nagebootst om hem een brief te schrijven, om hem te laten weten dat ze van gedachte was veranderd. Dat het allemaal voorbij was en dat ze een tijdje ergens naartoe ging om er overheen te komen. Ik weet dat niet. Maar ik denk dat de werkelijke reden waarom ze niet was komen opdagen en hem geen berichtje had gestuurd, nooit in zijn hoofd is opgekomen. Hij heeft beslist nooit aan de mogelijkheid gedacht dat ze met opzet, op een wrede en wellicht vrijwel krankzinnige manier was vermoord. Clotilde was niet bereid degene van wie ze hield te laten gaan. Ze was niet bereid haar te laten ontsnappen, ze was niet van plan haar naar de jongeman te laten gaan die zij haatte en verafschuwde. Maar ik kon niet geloven dat zij het meisje had gewurgd en haar gezicht vervolgens had verminkt. Ik geloof niet dat ze het had kunnen verdragen iets dergelijks te doen. Ik denk dat ze de stenen van de ingestorte kas heeft gebruikt om er een soort graf van te maken, dat daarna werd toegedekt met aarde en turf. Het meisje had al iets te drinken gekregen, waarschijnlijk met een overdosis slaapmiddelen erin. Conform de Griekse traditie, als het ware. Een beker dollekervel, al is het misschien geen dollekervel geweest. Toen heeft ze het meisje in de tuin begraven en haar toegedekt met stenen, aarde en turf...'

'Had geen van de twee andere zusters er een vermoeden van?'

'Mevrouw Glynne was er in die tijd niet. Haar echtgenoot was nog niet overleden en ze woonden in het buitenland. Maar Anthea was er wel. Ik denk dat Anthea wel íets wist. Ik weet niet of ze in eerste instantie aan een moord heeft gedacht, maar ze wist dat Clotilde bezig was geweest een heuveltje op te werpen achter in de tuin, een heuveltje dat bedekt zou worden met een bloeiende plant, om er een fraai plekje van te maken. Ik denk dat de waarheid wellicht beetje bij beetje tot haar is doorgedrongen. Toen had Clotilde, die het kwaad had geaccepteerd, iets boosaardigs had gedaan en zich aan het kwaad had overgegeven, geen gewetensbezwaren ten aanzien van de volgende stap die ze moest zetten. Ik denk dat ze van het plannen ervan heeft genoten. Ze had een zekere invloed op een sluw, sexy dorpsmeisje die haar af en toe wel eens om iets kwam vragen. Ik denk dat het haar geen moeite heeft gekost op een dag een picknick af te spreken, of een uitstapje naar een plaats een eind van het dorp vandaan, zo'n kilometer of vijftig à zestig. Ik denk dat ze de plaats al van tevoren had uitgekozen. Ze wurgde het meisje, verminkte haar gezicht, verborg haar onder aarde, bladeren en takken. Waarom zou iemand haar er ooit van gaan verdenken iets dergelijks te hebben gedaan? Ze legde er ook Verity's handtasje bij, en een kettinkje dat Verity vaak droeg, en heeft haar wellicht ook kleren van Verity aangetrokken. Ze hoopte dat de misdaad de eerste tijd niet zou worden ontdekt, maar in die tussentijd verspreidde ze wel het gerucht dat Nora Broad in Michaels auto was gezien en omgang met hem had gehad. Misschien is ze met het verhaal gekomen dat Verity haar verloving had verbroken omdat hij haar met dat meisje ontrouw was geweest. Ze kan van alles en nog wat hebben gezegd en ik denk dat ze ervan heeft genoten, die arme verloren ziel.'

'Waarom zegt u "arme verloren ziel", Miss Marple?'

'Omdat ik veronderstel dat niemand zoiets ergs kan hebben meegemaakt als Clotilde, die al die tijd - tien jaar inmiddels - in voortdurend verdriet heeft geleefd. Ze moest leven met iets waarmee ze leven móest. Ze had Verity bij zich gehouden, daar in The Old Manor House, in de tuin. Ze had haar daar voor altijd bij zich gehouden. In eerste instantie zal ze niet hebben beseft wat het betekende dat haar hartstochtelijke verlangen naar het meisje weer tot leven was gekomen. Ik geloof niet dat ze ooit last heeft gehad van berouw. Zelfs die troost zal haar wel niet zijn gegund. Ze leed alleen, jaar na jaar. En ik weet nu wat Elizabeth Temple bedoelde. Beter wellicht dan zij dat zelf wist. Liefde ís iets afschuwelijks. Het kwaad kan er makkelijk op van invloed zijn en het kan een van de meest boosaardige dingen zijn die bestaan. Ze moest daar dag na dag, jaar na jaar mee leven. Ik denk, weet u, dat Anthea daar bang voor was. Ik denk dat ze steeds duidelijker is gaan beseffen wat Clotilde had gedaan en dat ze dacht dat Clotilde wist dat zij het wist. Ze was bang voor wat Clotilde zou kunnen doen. Clotilde heeft Anthea dat pakje met die trui naar het postkantoor laten brengen. Ze heeft dingen over

Anthea tegen me gezegd, dat ze geestelijk gestoord was, dat Anthea tot alles in staat was wanneer ze jaloers was of meende te worden achtervolgd. Ik denk echt dat er in de niet al te verre toekomst iets met Anthea had kunnen gebeuren: wellicht een zogenaamde zelfmoord vanwege een schuldig geweten...'

'En toch heeft u medelijden met die vrouw?' vroeg Sir Andrew. 'Boosaardigheid is als een kankergezwel, een kwaadaardige tumor. Het brengt lijden met zich mee.'

'Natuurlijk,' zei Miss Marple.

'Ik neem aan dat men u heeft verteld wat er die nacht, nadat uw beschermengelen u hadden meegenomen, verder nog is gebeurd.'

'Doelt u op Clotilde? Ik kan me herinneren dat ze mijn glas melk had opgepakt. Dat had ze nog altijd vast toen juffrouw Cooke me meenam, de kamer uit. Ik neem aan dat ze... dat heeft opgedronken?'

'Ja. Wist u dat dat zou kunnen gebeuren?'

'Ik heb er op dat moment niet aan gedacht, nee. Maar als ik er wel aan had gedacht, neem ik aan dat ik het wel had kunnen weten.'

'Niemand had het haar kunnen beletten. Ze deed het zo snel en niemand leek echt te beseffen dat er iets mis was met die melk.'

'Dus die heeft ze opgedronken.'

'Verbaast u dat?'

'Nee. Ze zal het wel het meest natuurlijke hebben gevonden. Ditmaal was zij degene die wilde ontsnappen, aan alle dingen waarmee ze moest leven. Net zoals Verity had willen ontsnappen aan het leven dat ze daar leefde. Heel eigenaardig, nietwaar, dat de vergelding die je jezelf op de hals haalt, zoveel overeenkomsten vertoont met de reden daartoe.'

'Het lijkt wel alsof u meer met haar te doen hebt dan met het meisje dat is gedood.'

'Nee,' zei Miss Marple. 'Het is een andere vorm van te doen hebben met. Ik heb met Verity te doen omdat ze zoveel heeft gemist terwijl ze het bijna had gekregen. Een leven vol liefde en toewijding en dienstbaarheid aan de man die ze had gekozen en van wie ze echt hield. Echt, in alle waarheid. Ze heeft dat alles gemist en niets kan het haar teruggeven. Ik heb met haar te doen om alles wat ze níet heeft gekregen. Maar ze is ontsnapt aan het lijden zoals Clotilde dat heeft gekend. Verdriet, ellende, angst en een toenemend toegeven aan het kwaad. Daar moest Clotilde mee leven. Verdriet en gefrustreerde liefde, die ze nooit zou kunnen terugkrijgen. Ze moest leven met twee zusters die hun vermoedens hadden, die bang van haar waren. En ze moest leven met het meisje dat ze daar had gehouden.'

'U bedoelt Verity?'

'Ja. Begraven in de tuin, in het graf dat Clotilde zelf had gemaakt. Ze was daar in The Old Manor House en ik denk dat Clotilde wíst dat ze daar was. Misschien zag ze haar wel, of dacht ze haar te zien als ze wat bloemen van de polygonum plukte. Op die momenten moet ze zich heel dicht in de buurt van Verity hebben gevoeld. Er had haar niets ergers kunnen overkomen dan dat, nietwaar? Niets ergers...'

Finale

'Die oude dame bezorgt me de kriebels,' zei Sir Andrew McNeil toen hij Miss Marple had bedankt en afscheid van haar had genomen.

'Zo aardig... en zo meedogenloos,' vulde de assistent-commissaris aan.

Professor Wanstead liep samen met Miss Marple naar beneden, naar zijn auto die al stond te wachten, en keerde toen terug voor een paar laatste woorden.

'Wat vind jij van haar, Edmund?'

'De meest angstaanjagende vrouw die ik ooit heb ontmoet,' antwoordde de minister van Binnenlandse Zaken.

'Meedogenloos?' vroeg professor Wanstead.

'Nee, nee, dat bedoel ik niet, maar... maar wel een heel angstaanjagende vrouw.'

'Een wraakgodin,' zei professor Wanstead nadenkend.

'Die twee vrouwen,' zei de man van het Openbaar Ministerie, 'die twee detectives die haar in de gaten hebben gehouden, hebben die nacht een buitengewone beschrijving van haar gegeven. Ze hadden heel gemakkelijk het huis weer in kunnen komen en zich verborgen gehouden in een kleine kamer op de begane grond, tot iedereen naar boven ging. Toen is een van hen naar de slaapkamer gegaan en heeft zich in de klerenkast verstopt, terwijl de ander buiten de kamer de wacht bleef houden. De vrouw die zich in de slaapkamer had verstopt zei dat de oude dame, toen zij de deur van de klerenkast opensmeet en te voorschijn kwam, rechtop in bed zat met een roze, wollige sjaal om haar hals en een volkomen rustig gezicht, rebbelend als een schooljuffrouw op leeftijd. Ze zeiden dat ze er even totaal verbouwereerd door waren.'

'Een roze, wollige sjaal,' zei professor Wanstead. 'Ja, ja, ik herinner me...'

'Wat herinnert u zich?'

'Die oude Rafiel. Hij heeft me het een en ander over haar verteld, weet u, en toen begon hij te lachen. Hij zei dat hij zijn leven lang één ding nooit zou vergeten. Dat had zich voorgedaan toen een van de gekste, warhoofdige oude vrijsters die hij ooit had ontmoet, in West-Indië zijn slaapkamer in kwam gemarcheerd, met een wollige roze sjaal om haar hals, en hem zei dat hij moest opstaan en iets moest doen om een moord te voorkomen. En hij zei: "Wat bent u in vredesnaam aan het doen?" En zij zei dat ze de wraakgodin was. Wraakgodin! Hij kon zich op dat moment niets en niemand anders voorstellen die daar minder op leek, zei hij. Ik vind die roze wollige sjaal een heel aardig detail,' zei professor Wanstead nadenkend. 'Ja, ik vind dat beslist een heel aardig detail.'

2

'Michael,' zei professor Wanstead, 'ik wil je voorstellen aan Miss Jane Marple, die voor jou heel actief is geweest.'

De jongeman van tweeëndertig jaar keek wat twijfelend naar de witharige, nogal vogelachtige oude dame.

'O... eh... Ja, daar heb ik, geloof ik, wel iets over gehoord. Hartelijk dank ervoor.'

Hij keek naar Wanstead.

'Het is toch waar dat ze me amnestie zullen verlenen, of zoiets geks?'

'Ja, je zult binnen korte tijd in vrijheid worden gesteld. Binnen heel korte tijd zul je weer een vrij man zijn.'

'O.' In Michaels stem klonk een lichte twijfel door.

'Ik neem aan dat u daar wel even aan zult moeten wennen,' zei Miss Marple vriendelijk.

Ze keek hem nadenkend aan en stelde zich voor hoe hij er zo'n jaar of tien geleden moest hebben uitgezien. Hij zag er nog altijd best aantrekkelijk uit – hoewel het wel duidelijk was dat hij aan spanningen onderhevig was geweest. Aantrekkelijk, ja, en eens moest hij héél aantrekkelijk zijn geweest, dacht ze. Toen moest hij vrolijkheid hebben uitgestraald, en charme. Dat was nu niet meer zo, maar misschien zou dat weer veranderen. Een zwakke mond en aantrekkelijk gevormde ogen die je recht konden aankijken en waarschijnlijk zeer nuttig waren geweest voor het vertellen van leugens waarin je zo graag wilde geloven. Leek heel veel op – wie was het ook alweer? Ze dook in haar herinneringen aan het verleden – Jonathan Birkin, natuurlijk. Hij had in het koor gezongen. Een werkelijk verrukkelijke bariton. Wat waren de meisjes stapel op hem geweest! Hij had een behoorlijk goede baan als klerk op het kantoor van de heren Gabriel. Jammer dat toen die kleine affaire met de cheques aan het licht was gekomen.

'O,' zei Michael. Toen ging hij nog verlegener verder. 'Het is beslist heel aardig dat u zoveel moeite voor me hebt gedaan.'

'Ik heb ervan genoten,' zei Miss Marple. 'Ik ben blij u te hebben ontmoet. Tot ziens. Ik hoop dat u een heel goede tijd te wachten staat. Op dit moment gaat het met de economie van dit land niet al te best, maar u zult waarschijnlijk wel een baantje vinden waar u plezier aan kunt beleven.'

'O ja. Dank, nogmaals heel hartelijk dank. Ik... ik ben u echt heel dankbaar, weet u.'

Zijn stem klonk nog steeds zeer onzeker.

'U moet mij niet dankbaar zijn,' zei Miss Marple, 'maar uw vader.'

‘Pap? Pap heeft nooit een hoge dunk van mij gehad.’

‘Toen uw vader wist dat hij binnen korte tijd zou sterven, heeft hij zich vast voorgenomen dat ten aanzien van u gerechtigheid zou geschieden.’

‘Gerechtigheid.’ Michael Rafiel dacht daarover na.

‘Ja. Uw vader vond gerechtigheid belangrijk. Ik denk dat hij zelf een heel rechtvaardig man was. In de brief die hij me heeft geschreven om te vragen of ik op zijn verzoek wilde ingaan, noemde hij een citaat:

“Laat liever het recht als water golven,
De gerechtigheid als een immer vliedende beek!”’

‘O. Wat betekent dat? Is het een citaat van Shakespeare?’

‘Nee, uit de bijbel. Je moet erover nadenken. Ik heb erover moeten nadenken.’

Miss Marple maakte een pakje open dat ze bij zich had. ‘Ze hebben me dit gegeven,’ zei ze. ‘Ze dachten dat ik het misschien wel leuk zou vinden het te hebben, omdat ik had geholpen de waarheid te achterhalen omtrent hetgeen er in werkelijkheid was gebeurd. Maar ik denk dat u er als eerste recht op hebt - als u het tenminste echt wilt hebben. Maar misschien wilt u het níet hebben...’

Ze gaf hem de foto van Verity Hunt die Clotilde Bradbury-Scott haar een keer had laten zien in de salon van The Old Manor House.

Hij pakte haar en bleef ernaar staan staren... Zijn gezicht veranderde. De lijnen verzachtten zich, verhardden zich toen weer. Miss Marple sloeg hem gade, zonder iets te zeggen. Het bleef geruime tijd stil. Professor Wanstead sloeg hen beiden gade, de oude dame en de jonge man.

Hij had het idee dat dit in zeker opzicht een crisis was - een moment dat nog wel eens een heel nieuwe levenswijze tot gevolg zou kunnen hebben.

Michael Rafiel zuchtte. Hij strekte zijn arm en gaf de foto terug aan Miss Marple.

‘Nee, u heeft gelijk. Ik wil hem niet hebben. Dat leven is voorbij. Zij is er niet meer en ik kan haar niet bij me houden. Wat ik nu ook ga doen, het moet iets nieuws zijn, op de toekomst gericht. U...’ Hij aarzelde en keek haar aan. ‘Kunt u dat begrijpen?’

'Ja,' zei Miss Marple, 'dat begrijp ik. Ik denk dat u gelijk hebt. Ik wens u succes in het leven waaraan u nu gaat beginnen.'

Hij nam afscheid en liep naar buiten.

'Niet direct een enthousiaste jongeman,' zei professor Wanstead. 'Hij had u wel wat enthousiaster kunnen bedanken voor hetgeen u voor hem hebt gedaan.'

'O, dat hindert niet. Ik had dat niet van hem verwacht. Het zou hem nog meer in verlegenheid hebben gebracht. U moet weten,' ging ze verder, 'dat je er heel verlegen van wordt als je mensen moet bedanken en een nieuwe start in je leven moet maken en alles vanuit een andere hoek moet gaan bekijken en zo. Ik denk dat het verder nog wel eens goed met hem zou kunnen gaan. Hij is niet bitter en dat is een geweldig groot voordeel. Ik begrijp heel goed waarom dat meisje van hem hield...'

'Misschien zal hij ditmaal op het rechte pad blijven.'

'Je bent geneigd daar nogal aan te twijfelen,' zei Miss Marple. 'Ik weet niet of hij zichzelf daar voldoende voor in de hand kan houden. Natuurlijk is het te hopen dat hij een echt aardig meisje zal leren kennen.'

'Wat ik zo aantrekkelijk aan u vind,' zei professor Wanstead, 'is die heerlijk praktische geest van u.'

3

'Ze komt zometeen,' zei meneer Broadribb tegen meneer Schuster.

'Ja. Het is allemaal zeer bijzonder, nietwaar?'

'Ik kon het in eerste instantie niet geloven,' zei Broadribb. 'Weet je, toen die oude Rafiel stervende was, dacht ik dat dit allemaal toe te schrijven was aan seniliteit of zoiets dergelijks. Niet dat hij daar oud genoeg voor was, maar...'

De zoemer ging. Meneer Schuster pakte de telefoon op.

'O, is ze er? Breng haar maar naar boven,' zei hij. 'Ze is gearriveerd. Weet je dat ik nog nooit in mijn leven zoiets eigenaardigs heb meegemaakt? Een oude dame ertoe brengen op het platteland naar iets op zoek te gaan zonder dat ze weet wat dat iets is. Weet je dat de politie denkt dat die vrouw niet één moord heeft gepleegd, maar drie moorden? Drie! Nu vraag ik je! Verity Hunts lichaam lag onder die heuvel in de tuin, zoals de oude dame al had gezegd. Ze was niet gewurgd en haar gezicht was niet verminkt.'

'Het verbaast me dat die oude dame zelf niet is vermoord,' zei meneer Broadribb. 'Ze is in feite veel te oud om op zichzelf te kunnen passen.'

'Er waren kennelijk twee detectives die een oogje op haar hielden.'

'Twéé detectives?'

'Ja, al wist ik dat niet.'

Miss Marple kwam binnen.

'Van harte gefeliciteerd, Miss Marple,' zei meneer Broadribb, die opstond om haar te begroeten.

'Ja, van harte. Schitterend werk,' zei meneer Schuster, die haar een hand gaf.

Miss Marple ging rustig in een stoel aan de andere kant van het bureau zitten.

'Zoals ik u in mijn brief al heb verteld,' zei ze, 'denk ik dat ik heb voldaan aan de voorwaarden rond het voorstel dat mij destijds is gedaan. Ik ben geslaagd in het uitvoeren van de opdracht die mij was gegeven.'

'Dat is mij bekend. Ja, dat hebben we al gehoord. We hebben het vernomen van professor Wanstead en van het ministerie van Justitie en van de politionele autoriteiten. Ja, u hebt het karwei schitterend geklaard, Miss Marple. Onze felicitaties.'

'Ik was bang dat ik hetgeen me was gevraagd, niet ten uitvoer zou kunnen brengen,' zei Miss Marple. 'Het leek zo heel erg moeilijk en in eerste instantie zelfs bijna onmogelijk.'

'Inderdaad. Ik vind het eigenlijk nog steeds onmogelijk. Ik weet niet hoe u het hebt gedaan, Miss Marple.'

'Tsja, met volharding kom je een heel eind,' antwoordde Miss Marple.

'Nu moeten we het hebben over het geldbedrag dat we voor u in beheer hebben gekregen. Daar kunt u nu direct over beschikken. Ik weet niet of u wilt dat wij dat op uw bankrekening storten of dat u met ons eventueel zou willen bespreken hoe u het kunt investeren. Het is een behoorlijk groot bedrag.'

'Twintigduizend pond,' zei Miss Marple. 'Ja, in mijn ogen is dat een heel groot bedrag. Heel buitengewoon,' voegde ze er aan toe.

'Als u een introductiebrief zou willen hebben voor onze effectenmakelaars, zouden die u wellicht een aantal ideeën over het investeren van dat geld aan de hand kunnen doen.'

'Ik wil er niets van investeren.'

'Maar het zou toch beslist...'

'Op mijn leeftijd heeft sparen geen zin meer,' zei Miss Marple. 'Ik bedoel dat dit geld me is gegeven - ik ben er zeker van dat meneer Rafiel het zo heeft bedoeld - om te genieten van een paar dingen waarvan je dacht er nooit het geld voor te zullen hebben.'

'Ik begrijp uw standpunt,' zei meneer Broadribb. 'Dus u geeft ons de opdracht het geld op uw bankrekening te storten?'

'Ja, bij Middleton's Bank, Dorpsstraat 132 in St. Mary Mead,' zei Miss Marple.

'Ik neem aan dat u daar een depositorekening heeft? Moeten we het op die depositorekening storten?'

'Zeker niet. Stort u het maar op mijn rekening-courant.'

'U vindt niet...'

'Ik wil het op mijn rekening-courant hebben,' zei Miss Marple.

Ze stond op en gaf de twee heren een hand.

'U zou de directeur van uw bank om advies kunnen vragen, weet u, Miss Marple. Het is echt... Je weet maar nooit of je niet iets nodig zult hebben voor donkere dagen.'

'Het enige dat ik voor donkere dagen nodig heb, is mijn paraplu,' zei Miss Marple.

Ze gaf de beide heren nogmaals een hand.

'Meneer Broadribb, heel hartelijk dank. En u ook, meneer Schuster. U bent heel vriendelijk voor me geweest door me alle informatie te geven die ik nodig had.'

'Wilt u echt dat dat geld op uw rekening-courant wordt gestort?'

'Ja,' zei Miss Marple. 'Ik ga het uitgeven, weet u. Ik ga er de bloemetjes van buiten zetten.'

Bij de deur draaide ze zich nog eens om en lachte. Even had meneer Schuster, een man met een grotere verbeeldingskracht dan meneer Broadribb, vaag de indruk van een jong en aantrekkelijk meisje dat tijdens een tuinfeest op het platteland de dominee de hand drukte. Het was, zoals hij even later besefte, een herinnering aan zijn eigen jeugd. Maar Miss Marple had hem even doen denken aan dat speciale meisje, jong, gelukkig, van plan zich prima te gaan amuseren.

'Meneer Rafiel zou het prettig hebben gevonden als ik me eens amuseerde,' zei Miss Marple.

Ze liep de deur uit.

'Wraakgodin,' zei meneer Broadribb. 'Zo noemde Rafiel haar. Wraakgodin! Ik heb nog nooit iemand gezien die zo weinig op een wraakgodin lijkt. Jij wel?'

Meneer Schuster schudde zijn hoofd.

'Dat zal wel weer een van die grapjes van meneer Rafiel zijn geweest,' zei meneer Broadribb.